小女金不換 1

文創風 767

君子羊 著

目錄

序

君子羊

去年暮春，被寒冬欺負了幾個月，變得深沈蒼茫的大山終於換了綠衣，百花綻放。週末閒暇時，我爬到山頂，望著連綿起伏的群山和山下農田裡耕種的農人，心中無限嚮往。

如果，我也在山下有塊地該多好，那樣我就可以種我最愛的馬鈴薯和番茄了……

這座山的山頂上有棵很古老的樹，長得尤為茂盛。不知從什麼時候起，山間便流傳著這棵古樹有靈，向它許願祈福就能夢想成真的說法。於是，它就成了大家許願的神樹。

一對比我晚上來的小情侶到古樹下許願，卻不曉得為什麼發生了爭吵，白淨靦覥的男孩子磕磕巴巴地哄著女孩子，女孩子先哭後笑，場面意外地溫馨有趣。

我站在不遠處，聽著溫柔的山風，看著這對小情侶爭吵歡笑然後許願下山，想像便由此展開，一發而不可收拾。這個在孤兒院長大、缺少愛的小女孩，穿越到古代有愛的小家庭裡，與隔壁沈默細心、說話有點磕巴的小男孩青梅竹馬的故事，便源於此。

這個故事裡的大多數人物，是我在鄉間經常見的，以典型小人物特徵為基礎誇張而來的。我讓他們一個個在文中鮮活起來，鉤織出一幅幅鄉間和市井的、喜怒哀樂的生活畫面。貫穿於這些場景的，始終是為了愛而努力奮鬥的小姑娘，和始終與她相隨的，沈默又聰明的磕巴小鄰居。

寫作是快樂的，特別是在每個安靜的夜晚，泡一杯花茶坐在電腦前，用手指一點點在鍵盤上敲出腦中的畫面，讓它變成可供人閱讀、與人分享的文字時，這種快樂攀升到頂點。我的情緒被故事中的人物牽動，有時寫得掉眼淚，有時寫得忍不住想笑。

寫作也是痛苦的。當我無法描述出自己想要的那種感覺、場景時，會很抓狂。為了符合這個故事樸素的風格，我儘量自然修飾，用樸實的語言和詞彙勾勒一幕幕場景和人物的一舉一動。只希望藉此，讓您在閱讀這個故事時能夠沈入其中，體會故事中人物的喜怒哀樂。

書中的故事脈絡和人物性格是我設計的，但自我賦予了他們性格後，他們便活了過來。當我把他們放在設定好的場景裡，他們就會按著各自鮮活的性格說話做事，有時候我想稍加干涉，讓他們做一些不符合他們性格的事，或者稍稍改變他們的性格，他們都不肯配合，使得我的情節無法按計劃推動。我因此而卡文，陷入痛苦糾結中。

每次糾結的結果都是我妥協，我只得順著他們的性格寫下去，所以現在呈現在您面前的故事，與我暮春之際站在山頂上的那場天馬行空的幻想，已經大有不同。

若是比較起來，我更喜歡最終變成文字的鮮活故事，因為它更真實、更鮮活。

希望拿起這本書的您，也會喜歡。

第一章

好餓啊——

僵硬冰冷的寧雲開半睡半醒間，餓得發狂，好想吃肉餡大包子。

怪了，昨晚睡前才吃了一大碗泡麵，怎麼這麼快就餓了？還沒等她想明白，就聽到一陣怒罵聲傳來。

「哭、哭、哭！這事就怪妳！滿大街要飯的隨便撿一個回來養大，等妳死了就能摔瓦打幡哭墳，妳現在弄個傻子回來有屁用，養大了連份彩禮錢都賺不回來！」

尖銳的聲音刺得人耳膜生疼，雲開皺了皺眉。

隨後，又有人淒淒切切地哭訴：「娘，開兒不傻，她只是剛到咱們家還認生，所以反應慢了些。」

開兒？誰啊？寧雲開有聽沒有懂，刻薄的罵聲和淒慘的哭聲一起轟炸她的大腦，就在此時，一段不屬於她的記憶伴著嘲笑聲猛灌進來，灌得寧雲開目瞪口呆。

原來，她是穿越了！穿越到一個跟她同名也叫雲開的傻妞身上！

這傻妞是被拐賣到此處、又被人救了帶到盧安村的，「雲開」是到這兒之後，養父母按照輩分重新給她取的名字。門外在哭泣的就是救了她的人、她現在的娘親梅氏，而外面高聲叫罵的則是梅氏的婆婆厲氏。

安家是典型的三代同堂。安老頭安麥熟和厲氏有三兒兩女：大兒安其金娶妻楊氏，有八歲的大郎和五歲的大姊兒安雲好兩個孩子；大女兒安如玉嫁到了鎮上，有兩個兒子；二兒安其滿娶妻梅氏，成親五年無所出，一個月前夫妻倆領養了安雲開回來招弟；三兒安其堂在私塾讀書，尚未娶妻；小女兒安如意十二歲，未定夫家。

因為安雲開是個智商只有三、四歲的傻妞，安家的男人們還好，但楊氏和安如意卻認為安雲開的到來讓他們一家成了村裡的笑話，恨不得立刻將她趕走；連大伯家的安大郎也以欺負安雲開為樂；看她最不順眼的是當家主母厲氏，天天就想著要把她攆出去或弄死才甘心，在這五穀歉收的荒年，養個癡兒簡直是浪費糧食。

剛剛那一頓毒打，厲氏就是想要傻妞的命。她也算成功了，安雲開死了，不過寧雲開來了！

同名也是猿糞……寧雲開，不，現在是安雲開，動了動生疼的小手，小心翼翼地順著脖子往下檢查身體。

沒有胸，很正常，安雲開才九歲；肋骨也好好的，那樣一頓毒打也沒被打斷，運氣很好；竹竿一樣的腿，直的，兩條一樣長；腳趾頭，一個不少！

她慢慢動了動腳，撐著瘦弱疼痛的身子下炕，試著走幾步，意識到自己的不同，內心湧上了喜悅——她不是瘸子了！上輩子是瘸子的安雲開激動得掉眼淚，老天爺待她不薄，給了她一個健全的身體重活一回。

「還不給我讓開！」門外，厲氏一棍棍地抽在二兒媳梅氏身上。「我叫妳護著個傻子！我叫妳護個賊！敢偷吃我的蛋，今天老娘非打死她不可！」

梅氏瘦弱的身體被打得左搖右晃，但仍擋著門。「娘，開兒知道錯了……您饒了她這一回，我會教懂她規矩的……」

外頭幾個看熱鬧的也開始勸架，安家大兒媳楊氏扯著嗓子給婆婆拱火。「二弟妹，一個傻妞妳護著做什麼？還不如趁這功夫多織些布、繡些花好賣錢呢。」

提到錢，厲氏的罵聲和棍子聲更響了，梅氏忍著疼痛不斷哀求。她的聲音沒撫平厲氏的怒火，卻激起從沒被母親疼愛過的雲開的護母之心。

雲開顧不得自己的疼痛，繞過外屋的織布機奮力拉開門，衝出去用她細弱的腿撐住梅氏倒下的身子，抬手抓住厲氏的燒火棍。

以往只會躲的傻妞忽然跑了出來，所有人都愣了。厲氏試了幾次，抽不回她的燒火棍，張口就罵。「妳這傻子，把老娘的鴨蛋吐出來，吐出來，吐出來！」

厲氏這麼一喊，雲開這才想到被傻妞生吃下去的鴨蛋，猛地胃裡一陣翻絞，她轉頭一嘔，摻雜著碎蛋殼的黏稠液體全吐在大伯娘楊氏的褲子上，眾人再愣住。

詭異的安靜被蹲在樹上看熱鬧的烏鴉「嘎嘎」打破，圍觀村民的爆笑聲和楊氏的尖叫聲一併響起。

「真吐出來了！哈哈——」

「傻妞一點也不傻啊，四嫂讓她吐，傻妞立馬就吐出來了！這麼聽話了四嫂還想怎麼樣？哈哈——」

「笑個屁！都給老娘滾、滾、滾！」粗裙木釵的厲氏操著她實用的三重奏罵腔，燒火棍一揮，想將眾人趕出院子。

梅氏趁亂爬起來，低聲對還在乾嘔的雲開道：「開兒快哭，用力哭！」

雲開心領神會，大哭道：「是伯娘讓我偷鴨蛋的，大郎拿了一個，還不給我吃，他們騙我，一點也不好吃，我肚子疼……」

見傻妞臉上的土被淚水沖出兩道溝，圍觀的村民覺得可憐又好笑，紛紛開口幫腔了。

「其金嫂，妳欺負個傻子幹麼呀！」

「四嫂，妳家日子也不算差啊，何必把個孩子餓成這樣……」

「可憐這孩子，還真是個傻子，鴨蛋本就腥，還生吃。」

好面子的厲氏三角眼狠瞪讓她丟臉的大兒媳婦楊氏。楊氏顧不上褲腿上的噁心東西，慌忙辯解道：「誰讓妳拿的？再瞎說就把妳扔山溝裡餵狼去！」

雲開哭得更大聲了。「是妳叫我拿的，又要搶去給大郎，我好餓才吃掉的——」

雲開的話音還沒落，厲氏的燒火棍就招呼到了楊氏身上。「好妳個賊婆娘！」

楊氏一邊閃躲一邊嚷。「娘啊，您怎麼能相信個傻子的話呢，這都是二弟妹教她說的！

我的親娘嘞，您甭真打，疼啊！」

聽她還在胡說，梅氏氣得直咳嗽，雲開一眼看到楊氏的寶貝兒子安大郎跑進院裡，哭得更大聲了。「為什麼大郎有鴨蛋我沒有？我好餓，我要吃鴨蛋——」

安家養的一群雞鴨，只有一隻母鴨熬過去年的饑荒和瘟疫活了下來，開春生的鴨蛋厲氏只留給在讀書的三兒安其堂吃，長孫安大郎也是沒份的。

安大郎不明所以，昨天被母親偷餵了一個，正美著無處炫耀，聽見雲開的話立刻頂回去。「妳是撿來的傻妞，就不給妳吃！」

也不知道誰是傻子！雲開心裡暗笑，嘴裡繼續哭鬧。「大郎還有帶黑芝麻的桂花糕可以吃，我也要吃——」

「桂花糕可甜了，饞死妳個傻妞！」大郎衝著雲開吐舌頭。

楊氏嚇得臉都白了，那桂花糕是大姑姊安如玉拿回來孝敬厲氏的，被厲氏藏在櫃子裡，昨天她才趁著婆婆出外串門子偷了一塊，躲屋裡吃的時候被大郎看到才分給他一小角。

厲氏聽得火大，直接問孫子道：「大郎，昨天吃的桂花糕和鴨蛋是誰給你的？說實話奶奶就再給你一大塊桂花糕！」

「大郎——」楊氏怕兒子被桂花糕收買了，急著使眼色。

「我娘——」安大郎立刻被桂花糕收買了，喜孜孜地伸出黑乎乎的胖手。「奶奶，要吃！」

這也太蠢了，雲開哭不出來了。

吃瓜群眾們無語望天，這家到底哪個才是真傻子啊！

厲氏的怒火轉移到楊氏頭上，大吼一聲。「如意！」

「是。」跟娘親心有靈犀的安如意跳出來趕人。「奶奶、伯娘、嬸子，我娘要教兒媳婦，就不招呼大夥兒了。」

安家的黑木門「哐噹」一聲關上後，楊氏立刻跪下，抱緊婆婆的大腿懺悔。「我的親娘嘞，我拿東西都是為了大郎啊，他吃不飽耽誤長個兒啊——」

大郎一看娘這樣，也明白惹禍了，跪在另一邊抱著奶奶大哭。「奶奶，土蛋坐在咱家門口吃他奶奶買的槽子糕，一口也不給我吃，我要拿桂花糕出去饞死他！」

土蛋的奶奶安五奶奶跟厲氏是鬥了三十多年的老妯娌、死對頭，厲氏一聽就跳腳了。「什麼？那個沒教養的王八羔子！如意，帶大郎洗手去，給他一塊大大的桂花糕出去吃！德行！槽子糕也敢拿到老娘家門口得瑟，我呸！」

一口桂花糕都沒吃到的安如意黑著臉拽著大郎走了，厲氏瞪著掛在自己大腿上的楊氏。「別以為大郎擋著，老娘就不收拾妳！吃了多少東西雙倍給老娘補回來！」

楊氏立刻跳開。「我不會繡花又織不好布，孩子他爹幹活的錢也全交到您手裡了，我一文錢也沒有啊！」

厲氏信她才有鬼。「補不上就甭想上桌吃飯，吃妳的嫁妝去！」

兩畝田的嫁妝是楊氏欺負梅氏、好吃懶做的底氣，現在倒被婆婆拿來堵她自己的嘴。收拾了大兒媳婦，厲氏又轉頭瞪著靠在門邊的二兒媳婦和傻妞，惡狠狠罵道：「妳們給我聽著，哪個再敢動老娘的東西，老娘打斷她的腿！」

在厲氏眼裡，安家除了兩個兒媳婦的嫁妝和她們做女紅賺回的錢，剩下的都是她的。

這一關算是過了。安雲開跟梅氏進了西廂房後，身子冷得打顫。

梅氏用被子把閨女包住，取來濕手巾給她擦臉，心疼地道：「外頭冷，妳還傷著，別再下炕了，蓋好被子別動，娘給妳燒水去。」

雲開拉住梅氏的手。「娘，疼不？」

這個夢裡喊了數遍的稱呼，足以讓從未被母親疼愛過的孤兒雲開落淚。梅氏用舊頭帕把散亂的頭髮包好，回頭見閨女淚汪汪的模樣，安撫道：「娘穿得厚，一點也不疼。」

梅氏隨即出了房，雲開蜷縮在被窩裡，打量眼前的這間屋子。刷了白灰的牆面，糊著紙的小窗戶，靠窗的土炕占了半間屋子，地上擺著一張八仙桌並三個長腳圓凳，靠牆依次擺著高矮櫃，家具都是紅漆的，不算精緻但很結實，應是梅氏的嫁妝。

八仙桌上放著被麻布蓋住的繡架，梅氏女紅出色，每日除了洗衣做飯外，就是在屋裡忙活繡花或織布。因牆是白的，屋內收拾得乾淨，所以並不顯得昏暗，倒有幾分清爽，也沒什麼怪味。

安家老實本分的老二安其滿娶了巧手賢慧的梅氏，本是門登對的好親事，可惜梅氏五年無所出讓人笑話，一個月前兩口子又領回傻妞，使得厲氏看梅氏越發不順眼了。

「燒燒燒，燒熱水不費柴啊？又不是寒冬臘月，用什麼熱水！」這不，梅氏去廚房燒熱水，又招來一頓罵。雲開擰起小眉頭，不能再這麼下去了！

厲氏罵夠了，轉到後院去看鴨子時，在廚房燒水的梅氏快速從米缸抓出一小把米塞進茶壺裡，又舀了兩瓢熱開水蓋好，拎回西廂房，把茶壺塞進雲開旁邊的被子裡，又急匆匆抱著雲開換下的衣裳和弄髒的褥子到院裡清洗。

待厲氏黑著臉從後院轉過來時，梅氏站起身恭敬問道：「娘有衣裳要洗嗎？」

厲氏斜了一眼木盆裡的破衣裳，冷哼一聲進了堂屋。楊氏從東廂房抱著剛睡醒的小閨女出來，把被雲開吐髒的褲子扔進木盆裡，理直氣壯地道：「給我洗了！」

梅氏沒有說話，直接把楊氏的髒衣服拎出來扔在地上。

楊氏沒想到向來低眉順眼的梅氏敢扔她的衣裳，張嘴就罵：「妳個不會生蛋的——」

梅氏忽然抬起頭握著水瓢，冷冰冰地盯著楊氏，一雙眼黑幽幽地怪嚇人的，楊氏把話生生嚥回肚子裡，氣哼哼地出門去買桂花糕。

梅氏用冰冷的井水洗完衣裳回到屋裡，見女兒黑白分明的大眼望著她，就溫和地笑了。

梅氏模樣好，笑起來格外好看，雲開也跟著笑彎了眼。梅氏從被子裡小心地掏出醬紅色破口的粗陶茶壺，拉著雲開的小手放在茶壺上，輕聲道：「開兒摸摸，暖的，壺裡是好吃的，吃了就不餓了。」

暖意透出來，雲開咧開嘴想笑，一時扯動嘴角的傷，疼得她泛起淚花。

梅氏貼在雲開耳邊，輕聲教女兒：「娘在茶壺裡放了米，燜熟就是米湯了，開兒告訴娘，要怎樣才能吃？」

雲開把空空的腦袋搜羅一遍也沒找到答案，只好可憐巴巴地望著娘親。

梅氏把茶壺蓋掀起一道小縫，聞到米香的雲開眼都亮了，不由自主地「汪」了一聲，隨即發窘，這是傻妞留在腦子裡最深的記憶：學狗叫才有吃的。這是在前一個家裡，傻妞經常被欺負的烙印……

梅氏立刻心疼了，捨不得再為難閨女，直接講給她聽。「開兒，以後不用再學狗叫了，只要記住，娘在炕上給妳吃東西的事，不能告訴除了妳爹以外的任何人，特別是不能像大郎那樣被奶奶哄著說出來，能不能做到？」

梅氏這一大段話以傻妞的理解力是根本記不住的，不過她現在不是傻妞了，雲開用力點頭。「能！」

閨女今天格外地乖，梅氏立刻倒了一小碗給她吃。

喝了些稠米湯，雲開的額頭見汗，五臟六腑也熨貼了。她把碗推到梅氏面前。「娘也喝。」

若不是為了女兒，梅氏也不敢偷米，現在更是一點也捨不得吃。「娘不餓，待會兒該吃晚飯了，開兒喝。」

雲開做錯事是沒晚飯吃的，梅氏又給她倒了一碗。雲開剛端起來，就聽見外屋的門砰一聲被踹開，拎著燒火棍的厲氏帶著風衝進來，齜牙咧嘴地盯著雲開手裡的碗。

偷米被婆婆發現，梅氏嚇癱了，雲開想藏也來不及了。

厲氏一把將個拳頭大的木塊砸向梅氏。「這是什麼？好妳個梅問柳啊，老娘不知道妳還有當賊的能耐！說，這米湯怎麼來的？」

梅氏哆嗦著。「娘，其滿已經去買……」

「買妳個大頭鬼！這麼一大塊木頭藏在米缸裡，當老娘是傻子嗎？我讓妳偷米，讓妳偷米，讓妳偷米！」厲氏的棍子打下來，打翻了茶壺，也打落了茶碗。

梅氏立刻用被子捂住雲開別被打到，任厲氏的燒火棍一下下落在自己身上。雲開費勁地從被子裡鑽出來喊道：「米是我拿的，別打我娘！」

厲氏見雲開披頭散髮的傻樣，怒火直飆到髮梢，燒火棍朝著她狠抽。「都是因為妳這傻妞！傻妞！傻妞！」

梅氏趕緊把雲開護在身下，這一棍棍的，都被擋下了，雲開掙不開，聽著聲音就急紅了眼，用盡全力發出一聲嘶吼。「啊——」

這聲嘶力竭的怒吼驚呆了厲氏，嚇壞了梅氏。梅氏以為是自己壓痛了女兒，趕緊起身查看，雲開坐起來，惡狠狠地瞪著厲氏。

打架上百、罵戰上千的厲氏居然被雲開這餓狼般的眼神，瞪得打怵。

靠在門口看熱鬧的楊氏見婆婆不打了，假惺惺地勸架。「娘，偷點米又不是什麼大事，打幾下得了，再說打壞了不還得拿錢抓藥？為傻妞花錢不值當的啊。」

楊氏的話如火上澆油，厲氏一棍子抽過去，楊氏喊了一聲跳開。「我的娘嘞，您這是要命啊！」

「我厲三娘就是要她們的命，去死，去死，去死！」厲氏瘋了一樣地衝過來。雲開想奪棍子，一動忽然嗓子發熱，張嘴噴出一大口血。

「開兒！」梅氏尖叫著摟住閨女，用袖子擦著她嘴角觸目驚心的鮮紅。

楊氏也跳腳尖叫。「打死了，真要打死了！」

被安如意請來勸架的安三奶奶進屋見到這一幕，嚇得一把奪過厲氏的燒火棍。「四弟妹快住手，不管為了啥，打死人都要償命的！」

厲氏正在氣頭上。「一個傻妞，死了挖坑埋了就是，償個屁命！」

梅氏哭得肝腸寸斷。「開兒……是娘沒用，娘不該帶妳回來啊——」

只是吐了血的雲開反倒覺得舒坦不少，她心生一計，猛然推開梅氏盤腿坐直，小手在身前掐出一個禪定印，半瞇眼盯著炕下的厲氏，緩慢地問道：「厲三娘，妳可知錯？」

一聽自己的聲音，雲開心裡就沒底了，她現在的破鑼嗓子，哪有一點佛家莊嚴……

然而結果出乎她的意料，這一嗓子不只嚇住厲氏，連安三奶奶也被嚇著了。「這、這是……鬼上身了？」

雲開又噴出一口血，會不會看！這是菩薩！

鬼就鬼吧，雲開表情一變，睜開眼陰森森地盯著厲氏。「厲三娘，規矩都不懂了？」

安三奶奶腿一軟跪在地上。「三嬸……」

她這一嗓子喊出來，厲氏也跪下哆嗦著。「婆婆……」

納尼？婆婆？歪打正著的雲開壓住興奮，陰森森地開罵。「好妳個老四媳婦，長本事了啊！老娘求菩薩送來的福星妳也敢打！不斷了祖上積了八輩子的福氣，妳就不算完是不？」

厲氏嚇得不住磕頭，安如意跪倒了，啃餅子看熱鬧的大郎和大姊兒也被楊氏拉在地上捂嘴跪著，生怕他們衝撞了祖宗。

梅氏也跪在炕上，不敢置信地望著雲開。這是滿哥的奶奶上了開兒的身了？

安三奶奶壯著膽道：「三嬸，弟妹不知道雲開是您請菩薩送來的，您就饒了弟妹這一回吧。」

「我求菩薩送個好閨女給其滿，還用得著知會你們嗎？」雲開冷哼一聲，安三奶奶立刻閉嘴以頭觸地，厲氏還在不住地磕頭。

「不用、不用……」安三奶奶冷汗往下冒，三嬸活著的時候就不陰不陽的，沒想到死後更厲害了，她真招架不住啊。

雲開眼皮一抬。「夠了！」

厲氏的腦袋頂著地面不敢再動，雲開煞白泛青的臉色讓她想起婆婆死時的模樣，魂兒都嚇沒了。

雲開覺得還不夠，又陰森森地插了一刀。「厲三娘，我放在屋裡的東西不是妳能動的，打哪兒拿的，給我放回哪兒去！」

厲氏抬起頭對上雲開掛著血絲的白臉，眼一翻倒了下去，身下立時傳出濃濃的尿騷味。就知道這愛貪便宜的老太婆手腳一定不乾淨，她矇對了！雲開見好就收，也眼睛一閉假裝暈倒在炕上。

見附在傻妞身上的奶奶走了，如意跪爬到她娘身邊大哭。「娘啊，您別丟下如意走啊，如意還沒找到婆家啊——」

安三奶奶哆嗦著伸出手試了試厲氏的鼻息。「別瞎嚎，妳娘沒死。其金媳婦，過來搭把手把妳娘扶到炕上去。其滿媳婦照看好傻……不，福星，她要是真出了事，八代祖宗都得從墳裡跳出來跟你們算帳！」

雲開被梅氏用被子蓋住後，才偷偷咧開嘴笑了，沒想到所有人都信了！

腿腳發軟的楊氏剛扶起厲氏又被她壓在地上，嚇得直叫，大郎、大姊兒也跟著扯嗓子大哭。剛從鎮裡回來的安老頭帶著兒子們衝進來，見到這陣仗也嚇壞了。老大安其金和老三安其堂趕緊把母親架起來移到炕上，掐人中順胸口；安其滿看著一炕的血跡和頭髮散亂的媳婦兒，心都要跳出來了。「梅娘！妳還好吧？」

梅氏攀住丈夫的手。「我沒事，是開兒吐血暈過去了。滿哥，快救救咱們的閨女。」

聽到不是媳婦兒出事，安其滿表情微微一鬆。「我給開兒抓了藥回來，現在這是怎麼回事？怎麼開兒吐血，娘還暈過去了……」

正無處向祖宗們悔過的楊氏，衝過來一把抓住安其滿的胳膊。「藥呢？我去熬，我去熬！」

雖不曉得為何懶散的大嫂怎麼突然勤快了，安其滿還是指著被他慌亂扔在地上的藥包。「藥在那兒，麻煩大嫂了，熬好了先給娘喝。」

安其滿給雲開抓的是去火退燒的常用藥，現在娘暈了，當然要先緊著她。

「不成！」楊氏嚇得打哆嗦。

「不行！」安三奶奶同時也道：「先給福星喝！」

安家三父子滿臉茫然，哪來的福星？

楊氏拿著藥衝出去，緩過勁的安三奶奶伸長脖子看了看昏睡的小雲開，小聲對安老頭道：「先把弟妹揹回堂屋去。」

老大安其金把娘揹回堂屋炕上後，安三奶奶讓如意給厲氏換褲子，而後拉著安老頭到外屋，眼淚嘩嘩地把雲開鬼上身的事講了一遍。「……為了這孩子，你娘都從地底回來了。四弟可得讓其滿兩口子好好養著她，這孩子可是帶著祖宗八輩子的福氣來的。」

安老頭聽得心裡直打突突。「三嫂，這怎麼可能……」

安三奶奶一巴掌打在安老頭胳膊上，又衝著堂屋供的天地全神牌位鞠了一躬才道：「我和四弟妹看得真真的，那動作那腔調就是你娘！傻妞直接叫出四弟妹的名字，還知道四弟妹藏了她的東西，叫人不得不信呀！話說回來，三嬸到底在屋裡藏了啥，咋死了這麼多年還惦記著？」

這寶貝要是能找出來……安三奶奶渾黃的眼睛變得金光閃閃。

送走安三奶奶，安其金掃了一眼藥罐邊抱著大蒜哆嗦的媳婦兒，再回頭見西廂房微透亮光的窗戶，心裡覺得瘆得慌，不由得問安老頭道：「爹？」

安老頭倒還能沈得住氣。「等你娘醒了再說。」

「娘，您覺得怎麼樣，先喝點水吧？」正屋裡傳出老三安其堂的聲音，安老頭和安其金快步進屋。

厲氏醒是醒了，卻直愣愣盯著房梁，跟傻妞一樣，把兒女們都嚇壞了。

安老頭照舊是不慌不忙的。「老大，拿你娘換下來的衣裳喊幾圈，把她的魂兒招回來。」

嚇丟魂兒了？安其金立刻拿起厲氏尿濕的褲子，跑到西廂房裡給厲氏招魂。「娘，回來吧，回來吧……」

正在收拾殘局的安其滿和梅氏被安其金的舉動嚇著了。「娘怎麼了？」

安其金不答，嚴肅地舉著褲子在屋裡轉了幾圈，又到院裡招魂。安其滿擔心娘那邊的情況，急匆匆對梅氏道：「妳先歇著，我去堂屋看看。」

梅氏穿鞋下炕。「我跟你一起去，今天是我的錯，拿了廚房裡的米，娘雖生氣但棍子都打在衣裳上，是開兒起來護著我，才把娘惹急下了重手。」

來到堂屋，安其滿和梅氏見著厲氏傻愣愣的模樣也嚇了一跳，兩人齊刷刷地跪在地上。安老頭叼著煙袋鍋不說話，安如意小聲抽泣著。安其堂跪在母親身邊，示意二哥二嫂不必擔心，他已發現娘親不是嚇丟了魂，而是裝的。

安其金招完魂兒，捧著褲子進來蓋在厲氏身上，問道：「娘，您回來沒有？」

昏黃的燈光，讓人臉臊的尿騷味，厲氏動了動手指頭，這坡不怎麼樣也得順著下了，她的人中被掐得生疼，再不回神，怕他們還要瞎折騰什麼讓她更沒臉的損招。

見婆婆有了活氣，楊氏立刻把藥碗舉過來。「娘，喝藥。」

安其堂接過藥碗，安如意扶厲氏起身，厲氏直直盯著跪在地上的老二兩口子，就不張嘴。

安其滿以頭觸地。「娘，您喝藥吧。您氣壞了身子，我們倆就沒臉活著了。」

梅氏也勸。「娘，千錯萬錯都是我的錯，我不懂事，您別跟我一般見識，別為了我氣壞身子。」

哀求一句磕一個響頭，梅氏的額頭很快見了血。

厲氏覺得找回了些面子，一口氣把藥喝下去，開始訓話。「去年大旱，秋裡沒收一個稻穗不算，還要給衙門和曾家繳租，家裡的銀錢出去大半。天災後又是人禍，米糧眼看著漲，冬天連野菜都吃光了，粥也越來越稀，是我和你爹沒能耐，把你們一個個地餓瘦了。」

楊氏縮著肥胖的肚子，向後退了一小步。

厲氏當沒看見楊氏的蠢樣，繼續語重心長地道：「可你們幾個摸著良心問問，村裡凍死、餓死多少人？有多少家賣兒賣女換糧食？來了多少批搶東西的流民？咱們家出事了沒有？」

掃了眾人一圈，厲氏的目光又回到安其滿和梅氏身上。

「就算日子過得艱難，可我曉得你們兩口子因為沒孩子的事糟心，咬牙擠出銀子給你們看香門，選吉日讓你們領個孩子回來招弟。」厲氏說到傷心處，猛地咳嗽一陣。「可你倆居然給我領個傻妞回來！斷胳膊斷腿還有好的時候，可她是個傻子！你倆要養她一輩子，啊？等以後你們生了兒子，人家一打聽他有個傻姊，腦袋抽風才會跟你們結親家！你們摸著良心說，我是為了誰，為了誰，為了誰啊！」

安其滿和梅氏跪在地上連連磕頭。

「咱家的鴨子今年開春就只下了五個蛋，連你爹都沒得吃，傻妞就敢偷了去！」說到鴨蛋，厲氏真心疼了，眼淚掉了下來。「我不過打了她幾下，你媳婦兒就敢偷米餵她！她要是餓了你們跟我說，我能不給她口吃的嗎？如果我真不講理，當日就不會讓她進門！」

跪在地上的老二兩口子羞愧得抬不起頭。

偷吃了鴨蛋的楊氏拉開大嗓門哭了。「我嫁過來十年第一次知道娘原來這麼好，您的話說得我這心裡一抽一抽地疼啊，娘啊，我是修了幾輩子的福氣才能給您當兒媳婦啊——」

安如意噗哧一聲笑了，安老頭裝煙葉的手一哆嗦，煙絲全灑在炕上。

厲氏狠狠地瞪了楊氏一眼，她費了這麼多唾沫星子弄出來的氣氛，全讓這蠢貨弄沒了！

厲氏乾咳幾聲，接著講：「總之，娘做的事都是為了你倆好。清明上墳的時候老二要原原本本地給八輩祖宗們，特別是跟你奶奶講清楚，他們送來的人，我可一點也沒虧待，打幾下也是因為她做錯事在先。孩子不打不成材，你們小時候，你奶奶也沒少拿燒火棍抽你們，我這是跟她學的！」

安老頭和安其堂。「……」

「咯——咯——」楊氏被噎得打起嗝，這聲音跟後院裡碩果僅存的母鴨一模一樣的。

大郎和大姊兒拍著手地叫。「娘真厲害，再叫一個！」

安其金瞪了媳婦兒一眼，拎起兩熊孩子躲避出去，楊氏也一邊打嗝、一邊往外退。

「咯——我去給雲開熬、熬藥——咯——咯——」

厲氏揮手讓她趕緊滾。

跪在地上的安其滿開口了。「娘的苦心，兒上墳的時候會告訴奶奶的，雲開的事兒上您沒錯，都是我們夫妻倆不懂怎麼教孩子，惹娘生氣，還讓奶奶和祖宗們跟著生氣。」

厲氏立刻更正。「祖宗和你奶奶不生氣才是正事，我生不生氣頂個屁用！」

也被噎得要打嗝的安老頭下炕穿鞋到院子裡抽菸袋，安其堂不好意思地低下頭，安其滿則順從地改口。「是，讓祖宗和奶奶不生氣最要緊。」

厲氏這才滿意了，讓他們起來。

安其滿又道：「娘，我今早進鎮買了些米，待會兒給您拿過來。讓雲開吃米是我的主意，您別怪梅娘。」

兒子越這麼說，厲氏越恨兒媳婦，用三角眼死死瞪著梅氏。「買藥買米的錢打哪來的？這兩天沒賣繡活，你不是前天還說沒錢給你四弟買筆墨嗎！」

安其滿趕緊道：「梅娘讓我當了她的鐲子。我也給三弟買了筆墨，梅娘還讓我扯回一塊結實布頭要給您做鞋，剩下了幾文錢我才買了些糙米。」

厲氏眼睛在兒媳婦的光手腕上轉了轉，沒再吭聲。

安其堂聽到二嫂當了鐲子給自己買筆墨，心裡不安。「二嫂，我……」

梅氏搖頭。「咱們一家人不說這些。」

十七歲的安其堂低頭紅了眼圈，比起大嫂，二嫂待他好太多了。

安如意不高興了。「二哥給娘買布頭、給三哥買筆墨，我的呢？」

安其滿從懷裡掏出幾顆桂花糖，安如意立刻咧嘴笑了。

安其滿又從袖袋裡掏出一大把銅錢，放在炕上。「娘，雲開幹不了活，她不能白吃夥裡的飯食，我倆以後每月給她交三百文飯錢，娘看成嗎？」

一天十文足夠讓一個壯漢吃飽了，雲開哪吃得了多少東西。安其堂看著不抬頭的二哥二嫂，心裡覺得不安。「二哥，咱們又沒分家，吃飯還要交錢的話，說出去會讓人笑話的。」

厲氏雖捨不得銀子，但剛被婆婆嚇唬過，她可不敢答應。「你三弟說得對，雲開是咱們家的孩子，哪有吃飯掏錢的道理！」

梅氏真誠道：「是娘您心善才留下雲開，可她那樣子也不是一時半會兒能好的，兒媳想替她為家裡出分力，您就應了吧，否則兒媳會不安的。」

厲氏兩眼不離炕上的銅錢。「可你奶奶那裡……」

「娘放心，兒子會跟奶奶講清楚的。」安其滿立刻明白了。

厲氏這才「勉為其難」地應下。「剛娘在氣頭上也是委屈你了。老二，扶你媳婦兒回去，晚飯端回你屋裡吃。」

待正屋裡只剩厲氏和安其堂母子倆，安其堂才道：「娘，這錢您不該收。」

「你是覺得不該，可你大哥大嫂呢，他們憑什麼要養傻妞？你奶奶是讓養著傻妞積福，又沒說讓她白吃白喝，傻妞是你二哥二嫂帶回來的，以後就得由他們擔著，天大的福氣降到他們頭上你娘我也絕不眼饞！」

現在厲氏的話說得多理直氣壯，後來就有多抓心撓肺，不過這是後話，暫且不提。

回到西廂房，虛弱的梅氏也因為折騰了一天躺在炕上起不來了，安其滿另外熬了藥，給媳婦兒和閨女各餵了一碗，又餵了她們喝了些麵湯——說是湯，其實就是稀得能照見人影的黑麵糊糊。不過在這災年過後青黃不接的時候，能有口湯喝已是不錯了。

這時，安其滿聽到門被輕輕敲響。「二哥，睡了嗎？」

安其滿打開門，見三弟抱著一床被子站在門口。「二哥拿進去吧，在我那屋也是放著。」

安其滿沒接。「屋裡的被子夠用，這個你留著壓風。」

安其堂把被子塞進二哥懷裡。「這本就是二嫂的嫁妝，我有蓋的。二嫂和雲開好些了沒？」

三弟快考秀才了，安其滿不想讓他跟著操心。「沒什麼事，你快回去溫書。」

抱著被子回了裡屋，安其滿把被子給妻女蓋上，把雲開吐血弄髒的被面拆下來，連同帶血的髒衣裳拿到院裡，藉著月光清洗。

東廂房裡，楊氏扒著窗縫瞅了幾眼，踢了踢挺屍般的丈夫。「你去跟二弟說，沾了血的布得用冷水加鹽巴才能洗乾淨。」

安其金斜了媳婦兒一眼，不明白她怎麼忽然這麼好心。楊氏的肝兒一顫悠，假惺惺地道：「洗不乾淨衣裳被子也就廢了，那也是老些錢呢。」

見安其金還是不動，楊氏咬咬牙說了實話。「要洗不乾淨，以後傻妞得穿帶血的衣裳，那多瘆得慌！」

安其金這才出屋，見二弟在用冷水洗衣裳，便打了一桶水倒進鍋裡燒上。兄弟倆是一個娘教出來的，自小就沒洗過一件衣裳，安其金看著二弟手忙腳亂地搓洗血跡，便抓了一把鹽撒進木盆裡。「用鹽能洗下來。」

安其滿不確定地問：「大哥，多了吧？」

「好像是多了……」安其金小聲道：「反正撒進去也拿不出來了，天黑娘看不見，你快洗。」

正房東屋裡，支棱著耳朵的厲氏剛要罵，安老頭低聲喝道：「行了，睡覺！」

「行什麼行，鹽五十文一斤呢！」厲氏嘟囔著。

安老頭兒悶了一會兒，才問：「娘真回來了？」

厲氏想起那事，僅剩的幾顆牙開始打顫。

看來是真的了，安老頭又問：「妳拿了娘什麼東西？」

厲氏立刻閉緊嘴巴不吭氣。

安老頭哼了一聲。「甭管是什麼，快給娘送回去，別讓她惦記著。」

厲氏更害怕了。「老頭子，我想明兒去廟裡請個平安符……」

安老頭不高興地翻身背對著老妻。「我娘回個家，妳怕什麼！」

就因為是婆婆才可怕啊，婆婆活著時厲氏沒過一天好日子，好不容易把她熬死了，沒想到她還陰魂不散地盯著自己！厲氏躲在被窩裡還覺得冷颼颼的。

洗完衣裳，安其滿摸黑回屋。梅氏掀開被子。「快進來暖暖。」

「我不冷，妳娘兒倆睡。」安其滿替她壓好被子。

梅氏硬把他拉進來，安其滿被寒風颼透的身子漸漸暖和了，才摟住媳婦兒，心疼地捂住她腫起的手背。「都是我不好，我若再走快點，妳們就不會挨打了。」

梅氏靠緊丈夫。「是我的錯，是我沒教好開兒，惹娘生氣了。」

梅氏對丈夫是充滿感激和喜歡的，要是沒有他，她早就被後娘賣進窯子了。所以進鎮子見著要被賣進窯子的雲開，她才實在狠不下心不管，開兒腦子不好使，要真被賣進去讓人調教幾年，天曉得會變成什麼樣子。

安其滿低嘆一聲。「沒事的，奶奶說開兒是咱們的福星，以後的日子會好起來的。」

聽到爹娘綿長的呼吸聲，雲開才靠著梅氏睡了，她不知道，原來挨著人睡，心可以這麼暖和。

第二天被不知道哪家的雞叫醒時，雲開伸伸懶腰，不知道是因為吐出瘀血還是因為藥效，她覺得身上輕快了不少，反倒是娘親身上傳過來的溫度卻是嚇人的。

娘親發燒了！雲開心裡發慌，這裡缺醫少藥的，該如何是好？

好在這時，安其滿端著兩碗藥進來，放在炕桌上，回身扶起媳婦兒。「梅娘，喝藥了。」

昏昏沈沈的梅氏一口氣把藥喝完，安其滿給她塞了一小塊桂花糖後，才端起第二碗藥讓雲開喝下去，喝完也塞給她一小塊糖，甜味散開，壓過了令人作嘔的藥味。

梅氏嘶啞著聲音道：「我好多了，你去給娘問早，看她怎麼樣了。」

她的話音剛落，厲氏中氣十足的罵聲就傳了進來——

「老大家的，雞叫三遍還不起來做飯啊？起來，起來，起來！」

梅氏心稍寬。「你出門幹活去吧，家裡有開兒在，我不礙事。」

雲開腦袋不靈光，但端茶倒水還是會的，安其滿點頭。「昨日沒領到糧種，今兒還得去排隊，我再給妳抓幾服藥回來。」

去年遭了災，今春家家沒有餘糧做種，縣衙下令讓鎮裡的衙門開倉放糧，讓百姓驚蟄後能破土耕種。為了保證今年田裡不荒，衙門還定下嚴令：若春天哪家田裡不長青苗，就沒收田地。安家有良田五畝、山地六畝，還租了曾地主五畝良田，曾家田裡的糧種會由曾家發下來，不需他們操心，但安家十一畝田的種子他們就得自己到鎮上去領。

去鎮上領糧是正事，不光安其滿要去，安老頭、安其金都要去，人越多越有可能早點搶到糧種。三人一早起來喝過稀粥準備啟程時，院門響了。

雲開透過窗紙的裂縫，見到一個瘦小婦人抱著兩疋白布走進院裡。這婦人年近三十，打著補丁的素青色褂子洗得發白，頭髮梳得一絲不苟，眼間的愁苦也壓不住她出色的五官。

雲開輕輕吁了口氣，除了她娘親，她總算又見到個長得順眼的人。

厲氏凶巴巴問道：「妳來幹什麼？」

這婦人把布往前遞了遞。

村裡有人進鎮，大多會幫村人做些採買的雜事賺個路錢，安老頭父子三人昨天放話說要幫大夥兒帶布去賣。因安老頭做事實誠，這小婦人才連夜織完布，一早送過來。

這可是有錢賺的，楊氏立刻上前接過。「二成嫂的布織得真好，肯定能賣個好價錢。」

漂亮婦人沒搭理楊氏，只對著安老頭福了福身，又指了指廚房，手指頭又往嘴邊劃拉幾下。

雲開嘆息一聲，沒想到這麼漂亮的女人竟是個啞巴。她摸摸自己不再瘸的腿，心有所感，身有殘疾的人，無論在哪個時空，生存都比正常人要艱辛。

「要糙米？」安老頭看明白了。

婦人輕輕點頭，幽黑的眼裡滿是話。

厲氏最看不得她風騷的樣子，怒沖沖地道：「布十文，帶米一文一斤！」

啞巴女人點頭，向安老頭行禮後走了，看她走出院子，厲氏和楊氏一同哼了一聲，滿是不屑。

待東西都收齊了，安老頭和大兒子、二兒子出發進鎮領糧，小兒子進鎮讀書，由安其金和安其滿挑著擔子帶頭出門了。

父子四人走了快一個時辰，厲氏才吩咐安如意和楊氏擺飯。這裡一天只吃兩頓飯，吃得早了撐不到傍晚的第二頓。

還在發燒的梅氏由雲開扶進廚房，楊氏見她這病歪歪的模樣，不屑地哼了幾聲，家裡又沒男人，做樣子給誰看！還有傻妞居然也敢進屋吃飯，找罵！

不想婆婆居然沒把傻妞罵出去，楊氏吃驚不小，琢磨著去世的婆婆的婆婆對婆婆的影響力果然非同小可。

雲開扶著梅氏坐下，再拿個木墩放在梅氏身邊剛要坐下，一邊的大郎飛快伸腳把木墩踹飛了。

孤兒院長大的雲開什麼鬼馬陣仗沒經歷過？裝作沒發現繼續往下坐，沒坐到木墩時驚慌地用手一抓，大郎就被她拽倒了，碗裡的稀粥扣在大郎身上，灌了一脖子。

粥還是燙的，大郎連疼帶嚇，扯著嗓子大哭，雲開也轉悠著腦袋大哭。「我的木墩呢，咋長腿跑了？」

梅氏趕緊把女兒拉起來哄著。

「妳個傻妞敢拉倒大郎！」楊氏真想把她踹出去。

厲氏也心疼孫子，瞪起三角眼罵雲開：「出去站著！」

梅氏微微皺起眉頭，試著解釋道：「娘，明明是大郎他先——」

「再說一句妳也別吃了！」厲氏三角眼裡壓抑著怒火。如果不是有祖宗看著，她的燒火棍早就抓起來了。

雲開沒動地方，只是兩眼望天，假裝在跟人說話。「嗯，餓——」

楊氏拉著大郎的手一哆嗦。「妳神神叨叨的，跟誰說話？」

雲開用手指頭往虛空一指。「那個老奶奶問我餓不餓。」

厲氏嚇壞了。「妳胡說什麼！」

雲開天真地指著空中。「奶奶自己抬頭看，那個奶奶就在那兒飄著……」

楊氏嚇得手一鬆，大郎又摔回地上繼續乾嚎。楊氏顧不上他，轉頭拉住閨女問：「大姊兒，妳能看到屋頂上飄著的奶奶不？」

啃黑餅子的大姊兒安雲好對上傻妞挑釁的眼神，立刻點頭。「能，還穿著藍色的褂子。」

為了表示自己比傻妞厲害，五歲的安雲好自作聰明了一把，還給飄著的老奶奶加了件衣裳。

楊氏一哆嗦，縮著脖子不敢吭氣。

婆婆入葬時穿的壽衣就是藍色的，厲氏僵直著不敢抬頭，低聲訓斥楊氏。「愣著幹什麼，還不快去給大郎換衣裳！大姊兒起來吃飯。」

五歲的安大姊兒慌得站起來，以為自己說謊惹奶奶生氣了。

厲氏斜了她一眼。「沒說妳，以後妳是二姊兒。」

安大姊兒一臉茫然，不明白為何自己忽然由大姊兒變二姊兒了。雲開卻聽明白了，站起來洗手重新坐在梅氏身邊，端起碗吃飯。

婆婆終於承認雲開的身分了，梅氏兩眼含淚。「多謝娘。」

厲氏心裡罵、嘴上不敢吭聲，胡亂塞了口餅子逃了出去，安如意也嚇跑了，雲開和梅氏難得吃了頓飽飯。楊氏帶著大郎回來後，新任的安二姊兒立刻告狀。「娘，奶奶說我是二姊兒，可我明明是大姊兒啊。」

楊氏一巴掌抽在閨女背上，吼道：「妳就是二姊兒。吃飯！」說完她還心虛地把碗往天上舉了舉。「奶，您老人家餓不？也來一碗？」

「噗——」雲開差點噴粥。

飯後回屋，梅氏眼淚汪汪地拉著閨女的手。「開兒以後是大姊兒了，真好，妳奶奶終於認妳了，等妳爹回來就去族裡給妳上戶籍，以後大姊兒就是娘的親閨女了。」

雲開聽得卻是嘴角一抽，以前被人叫傻妞，現在又成傻大姊兒了……

梅氏的身體還虛著，一會兒又躺下睡了。雲開見她沒再發燒便稍稍放了心，到外屋蹲著觀察了一會兒織布機，發現操作這東西對她來說很有難度，閒來無事，決定到外邊曬太陽去。

第二章

西廂房的南牆是以前傻妞曬太陽的好去處，太陽出來了，這裡比屋裡還暖和。暖呼呼的雲開靠牆坐在木墩上，望著西邊土牆上那個碗口大的破牆洞沈思著。

在原主的記憶裡，這是個讓她歡喜的神洞，會有好吃的東西冒出來。

雲開認真看著，沒想到等了一會兒，從洞口裡真的伸過來一個黑乎乎的小拳頭，這小拳頭在雲開眼前慢慢張開，掌心裡居然有顆鳥蛋！

見到蛋，雲開就覺得一嘴腥味，差點把早上喝的粥都吐出來！這輩子她怕是不能正視蛋類了。

等了半天不見傻妞取蛋，小手的主人隔著牆催促。「吃。」

在這缺糧少米的荒年，分享食物是最大的善意。這個從未見過面的孩子，應該算是傻妞唯一的朋友了。雲開拿起鳥蛋，等小手縮回去後，彎腰順著洞口看到西鄰家的一片院子，沒有小孩子，只見早上來送布的啞巴婦人一臉淡漠地走過。

原來她跟安家是鄰居。她是這送蛋孩子的什麼人，娘嗎？

手裡的鳥蛋熱呼呼的，但雲開知道蛋是生的，傻妞都是直接塞進嘴裡連殼吃下去。

雲開下意識地感覺嗓子又一陣難受，她覺得原主會生吃鴨蛋，隔鄰的那個孩子功不可沒。不過，有鳥會在冰還沒解凍的早春生蛋嗎？雲開腦袋裡閃過企鵝蠢萌的模樣……

隔鄰的小孩不再說話了，雲開也看不到他，曬夠了太陽，想想不放心，她又轉回屋照看生病的梅氏。回到房裡，見娘還睡著，雲開被曬得暖呼呼的，乾脆也鑽到娘親懷裡睡了。

到未時她被餓醒，梅氏還睡著。

雲開拎起茶壺想喝口水，涼的！她嘆口氣，拎起茶壺到廚房燒水。

陽光照進堂屋裡，厲氏正在織布，安如意坐在旁邊拿著小繃子繡花，這氣氛還滿和諧的。安如意抬頭看見雲開傻呵呵地盯著她看，厭惡地低下頭繼續繡花。雲開也不理她，直接進廚房往鍋裡添了兩瓢水，找了一圈卻不見能點火的東西，傻眼了。

「哼！」過來查看雲開有沒有偷東西的厲氏見她這蠢樣，恨不得上去一腳把她踢死。「妳怎麼不蠢死！」

老娘會用打火機、瓦斯爐、電磁爐，妳會嗎，會嗎，會嗎！雲開在心裡頂回去，不過現實就是，她是個連火都不會點的廢物，雲開抱著茶壺發呆。

厲氏罵舒坦了才叫安如意進來燒水。雲開抱著茶壺蹲在邊上，看著一臉不情願的安如意從灶臺邊的木桶裡拿出一小截竹管拔開，露出裡邊灰不溜丟的芯，然後一吹就見了煙，再一吹就竄出了火苗！

太神奇了，雲開睜大眼睛。「這是什麼？」

安如意不過是個十二歲的孩子，見她的傻樣，便得意洋洋地炫耀起來。「火摺子都不知道，傻！」

「原來這就是火摺子啊！」果然聞名不如見面，真神奇。

安如意見火著起來了，把燒火棍一扔就站起來。「妳在這兒看火，我去尿尿！」

雲開傻傻地問：「萬一我把廚房燒了怎麼辦？」

「那更好，連妳一塊兒燒死！」

水很快開了，雲開灌了一壺和半盆端回西廂房，厲氏見這傻妞都不知道給自己端幾碗，氣得直罵街。

雲開沒搭理她，把細如雞爪的手指泡進溫水裡，手指麻酥酥的癢。這感覺雲開很熟悉，她長大的孤兒院冬天沒有暖氣，每年她的手凍得比現在還嚴重。凍瘡不用治，天暖了就會好，天冷了會再凍，日復一日，年復一年，直到她上高中住校有暖氣了才結束。

洗淨小手後，雲開仔細端詳這雙嫩嫩的小手。原主被拐賣前住在一個有吃有喝的小院子裡，院裡有個叫容嬤嬤的僕婦，院外有以她為恥的父親和大哥、以欺負她為樂的同父異母妹、讓她怕得不敢抬頭看的繼母。

那不是個讓人覺得舒服的地方，也不知在何處。不管傻妞為什麼被拐賣，那都過去了，雲開現在只想填飽肚子。

出去串門子的楊氏抱著睡著的安二姊兒回來了，吊著鼻涕蟲的大郎進門就喊：「奶，大郎餓了，要吃好吃的！」

厲氏笑呵呵地摸著大孫子帶汗的胖臉。「好，吃！讓你娘給你熱個餅子。」

雲開摸摸咕嚕叫的肚子，那黑餅子雖然又粗又硬，但挺擋餓，不過出去也沒她的分，雲開不想吵醒養病的梅氏。賺錢買吃的，變得迫在眉睫。

被吵醒的梅氏看著閨女餓得兩眼發直的可憐樣，強撐著坐起來。雲開立刻上炕，端了一小碗水讓娘親喝了。

梅氏小聲道：「開兒別吭聲，炕梢櫃裡靠窗那邊的白袋子幫娘拿過來。」

雲開爬過去拉開半新不舊的炕櫃，拿出一個小袋子，一捏就知道裡邊是米，忍不住皺起小眉頭。昨天為了一把米，她倆差點沒被打死，這麼多米若被厲氏發現，還能有她們的活路？

梅氏虛弱地笑著。「別怕，這米是妳爹買回來給妳吃的，不是家裡的。」

窗外，楊氏扯著大嗓門炫耀。「二弟妹好點不，我要給大郎熱餅子，給妳燒點熱水不？」

雲開飛速把米塞進被子，梅氏沙啞著答道：「好多了，我讓雲開去取水。」

「有熱水。」雲開從被子裡拿出茶壺。

梅氏摸了摸，還熱著。「妳小姑燒的？」

雲開鬱悶地點頭。要叫一個十二歲的丫頭「姑」，實在不自在。

「外屋竹架下的木盆是洗腳用的，開兒去拿進來，把壺裡的水倒進盆裡，再去廚房讓妳伯娘幫妳裝一壺拎回來，仔細別燙著，能做到嗎？」梅氏耐心地說，只有這樣，她腦袋不靈光的閨女才能明白該怎麼做。

「能。」

雲開俐落地把水倒進洗腳盆裡，拎茶壺去了廚房。

正偷吃黑餅子的楊氏沒想到雲開這麼快進來取水，差點被餅子噎死。雲開等她伸長脖子嚥下去，才把水壺遞過去。

楊氏現在可不敢欺負被八輩祖宗護著的雲開，二話不說給她灌了一壺水，又塞給她一塊棗大的餅子。「伯娘剛才是嚐嚐熱透沒有，大姊兒妳也嚐嚐，別瞎嚷嚷啊。」

雲開痛快地收下封口費走了，拎著熱水回屋倒進洗腳盆裡，又淡定拎著空壺回了廚房。還在偷吃的楊氏一回頭又對上雲開的大眼睛，噎得直翻白眼。「那些水，幹、幹麼用了？」

雲開只面無表情地看著她，楊氏奪過去裝滿水交給雲開。沒想到雲開不走，又盯著楊氏手裡的黑餅子。

廚房到堂屋隔著不到十步，厲氏還在堂屋門口坐著織布呢，如果自己一嗓子嚷出去，後果會怎麼樣？雲開表示有點期待。

楊氏恨恨地掰下一塊餅扔給她，低聲道：「看在八輩祖宗的分上，老娘不跟妳一般見識！」

雲開心安理得拿著餅回到了西廂房，梅氏淘好米放進茶壺裡又用軟木塞好壺蓋，放到被子裡保溫燜米湯，然後勸說雲開。「開兒泡腳好不好？很舒服的。」

傻妞怕水，不喜歡洗澡泡腳，而雲開當然不怕。不過她沒先洗，而是把梅氏的腳放到木盆裡。梅氏感動得要哭。「祖宗保佑，我的大姊兒懂事了。」

這稱呼差點讓雲開一頭栽進洗腳盆裡。「雲開、開兒。」

梅氏驚訝極了。「不喜歡大姊兒這稱呼？」

「嗯。」雲開點頭，默默地抱起炕上潮了的被子到院子裡曬。

她個兒小，抱著被卷很費勁，安大郎見了噴出一地的餅渣子，笑倒在奶奶腿上。「小貓叼大耗子，哈哈哈——」

厲氏、楊氏和安如意都看著雲開忙活，沒有一個有幫忙的意思。雲開也沒指望她們，她把被卷放在長凳上，先把安其滿走前拿出來的已經曬了半天的兩床被子抱回屋裡，才把這床潮了的曬上。

梅氏看她折騰幾趟，眼淚真落下來了，抱著她嘴裡連聲念叨著：「誰說娘的開兒傻……」

雲開閉上眼睛，任由娘親摟著她搖晃，舒服極了。沒一會兒，院裡飄起藥味，安如意隔著窗戶喊：「大姊兒，出來端藥。」

厲氏在堂屋抱著藥碗罵道：「大懶支小懶，讓妳去妳就去！」

「剛她還抱被子呢，為啥要我給她們端藥！」安如意不服氣地頂嘴，不過還是把兩碗藥端進西廂房，放在炕桌上時圓臉上的小眼睛突然像發現新大陸一樣地一亮，隨即跑出去。

雲開心裡沒底。「娘……」

「沒事，別怕。」

兩人吃完藥，剛把藥碗放下，楊氏就闖進來。「弟妹放著，我來收。」

楊氏拿起碗，眼睛也轉了一圈後喜孜孜地走了，梅氏才悠悠地嘆了口氣，就見楊氏又回來了，主動端起地上的洗腳水倒到院子裡，又把盆放下跑出去，然後跑馬燈一樣又竄進來，從衣服裡掏出一個大大碗公，湊到梅氏面前，壓低聲音擠眉弄眼地說：「弟妹，給咱來點兒。」

梅氏一動不動地看著她。

楊氏撞撞梅氏的肩膀嚇唬道：「裝什麼蒜，茶壺拿出來，給我倒一碗湯！」

這一大碗公，能倒出大半茶壺去，閨女還吃什麼！梅氏咬唇有心不給她，可她要鬧起來也實在不好看。

雲開眼睛一翻，抬頭傻呵呵地笑著。「嗯，開兒知道，好，叫太奶奶。」

楊氏一哆嗦，手裡的碗掉在炕上。「大、大姊兒，妳、妳跟誰說話呢？」

雲開一指房梁。「太奶奶。」

楊氏腿一軟，扶著炕沿不敢抬頭。「說、說啥？」

雲開用力搖頭。「不能說！」

這他娘的還有完沒完啊！楊氏哆嗦著把大碗揣回衣裳裡，陪著小心笑道：「奶奶，清明的時候我給您做一盤滷雞爪送過去吧？」

一陣疾風忽吹得窗紙啪啪作響，楊氏嚇得轉頭跑了，雲開笑出聲來。

梅氏也心驚膽顫地問：「開兒，妳太奶奶說了啥？」

雲開看得出這裡的人對鬼神很敬畏，所以沒有把自己裝神弄鬼的真相告訴梅氏，只笑咪咪地在梅氏耳邊道：「太奶奶什麼也沒說，就是看著開兒笑，開兒是在嚇唬伯娘呢。」

梅氏趕緊跪下磕頭謝過老人家，絮絮叨叨地說：「您喜歡吃雞爪？清明上墳的時候孫媳婦也讓其滿給您帶一份過去。您吃了要是合胃口就告訴開兒，孫媳婦再給您做……」

想到從墳裡飄出來拿著雞爪子啃的老太太的模樣，雲開又忍不住揚起嘴角，身為在墳地邊孤兒院長大的孩子，雲開最不信的就是鬼。

跪趴著的梅氏小聲問雲開：「妳太奶奶怎麼說？」

「太奶奶笑著飄走了。」雲開怕把梅氏嚇壞，直接讓阿飄「走了」。

梅氏果然身子一軟歪坐在炕上，雖說老人家是好意，可天天這麼在屋裡飄著，真讓人撐不住。

因怕大嫂待會兒又來討吃食，梅氏把粗茶壺拿出來，讓雲開趕緊把米湯喝掉。餓壞的雲開喝了一小碗後，把碗遞給梅氏。「娘喝。」

梅氏搖頭。「娘不餓，開兒喝。」

雲開硬遞過去。「娘生病，吃湯。」

梅氏把碗推開。「開兒，娘不能吃，這是給妳的。」

看梅氏堅決的神情，雲開也不敢堅持，只得又吃了兩碗，邊看著梅氏小心地把茶壺藏起來。有了楊氏剛才那一齣，梅氏乾脆把茶壺藏在炕櫃裡，取出嶄新的銅鎖鎖上。

從不上鎖的炕櫃此時正散發著濃郁的「此地無銀三百兩」的氣息，雲開無語望天，這個娘真是太實誠了。

楊氏舉著驅邪的大蒜走進來，嚷嚷道：「弟妹，娘讓妳去堂屋！」

此時風越發吹得急了，梅氏還燒著，雲開抬手攔住。「娘待著，我去！」

梅氏要攔著，雲開直接下炕。「娘如果吹風，病再加重怎麼辦，爹讓開兒看著娘，娘等著！」

梅氏還要攔著，門口的厲氏已經沈著臉進來了，三角眼直接落在銅鎖上，恨不得把鎖燒斷！「鑰匙呢，給我打開！」

梅氏低著頭沒有動。

厲氏三角眼一瞪。「好啊，好啊，好啊！梅問柳，昨天老娘講了那老半天，妳當放屁了是不！私開小灶，妳這是想拆夥分家啊！」

梅氏的臉霎時蒼白。「娘，兒媳從沒想過。」

厲氏的燒火棍用力敲著炕沿。「妳做都做了還說什麼不敢？等妳爹回來，我就說讓你們分出去單過，我管不了，也管不起了！」

分出去單過等於被掃地出門，是謂不孝，會被戳脊梁骨的，梅氏連連磕頭認錯。

雲開巴不得分家，但看梅氏的態度就知道這家現在還分不得，雲開扶住梅氏虛弱的身子，抬頭傻乎乎地問：「奶奶，啥叫開小灶？」

厲氏抬頭看著房梁，義正詞嚴地解釋。「開小灶就是沒分家呢，有人就背著大夥兒偷開伙做飯！」

雲開哦了一聲。「可是我娘又沒開伙，也沒做飯，奶奶為啥說我娘開小灶？」

厲氏被傻妞噎得翻白眼，想罵回去，偏又怕她腦袋上飄著的婆婆！

奶奶的，這日子真是沒法過了！

楊氏立刻道：「妳們是沒開伙，但是妳們用茶壺煮粥了！」

雲開冷笑一聲。「伯娘昨天買了幾個窩窩，我看到伯娘用熱水泡著吃了。」

「那是窩窩！」楊氏理直氣壯地伸著脖子。「做飯跟泡窩窩一樣嗎？妳個傻妞！」

雲開眼一橫。「窩窩也是小米做的，妳泡窩窩就行，我泡小米就不行？」

梅氏詫異地望著她的閨女，啥時候她這麼會說了？

楊氏張著大嘴，轉頭看婆婆。「行……不行啊？」

厲氏死死剜了一眼這個蠢貨，又瞪著雲開。「妳嘴巴倒挺索利！」

安如意也吃驚地問：「妳不傻了？」

雲開拍拍胸口。「昨天吐了幾口血，我的腦袋就清楚了。」

當她是傻子嗎！安如意鼓起腮幫子。

厲氏看著眼神清亮的雲開問：「那妳打哪兒來的，以前叫啥，妳爹娘是幹啥的？」

雲開理所當然地搖頭。「我是看到太奶奶才清醒過來的，以前的事不大記得。」

又是那個死了還不忘給她添麻煩的死老婆子！厲氏深受刺激，連逞威風都顧不上，帶著她的哼哈二將飄走了。

梅氏抱著雲開連連念叨著祖宗保佑。「開兒，以前的事真想不起來了？」

雲開搖頭，傻妞的記憶很少，也從沒出過那座方方正正的院子，是偶然跑出去後被人用黑袋子一套帶走的，她真不知傻妞的家在什麼地方。

不過這些都不重要，雲開拿鑰匙開鎖，倒了一大碗米湯遞到梅氏面前。「娘吃！伯娘能用窩窩泡水，您就能喝這個湯。」

梅氏暈乎乎的。「這怎麼一樣呢……」

雲開肯定地點頭。「就一樣。娘，吃！」

梅氏暈乎乎地把半壺粥喝完，又暈乎乎地睡了。

後半晌天還沒黑，安其滿就急匆匆回來了，他先摸媳婦兒的小臉。「不熱了！」

梅氏拉著安其滿把泡米和窩窩頭的事說了一遍，然後眼巴巴地看著丈夫。

安其滿認真點頭。「就是小事罷了，不動火就不算開小灶。」

雲開笑彎了眼睛。

閨女不傻了，安其滿當然也開心，從褡褳裡拿出一個小窩頭掰成兩半，遞給媳婦兒和閨女。

梅氏沒有接。「你吃，我喝了米湯，不餓。」

安其滿推過去。「鎮裡曾家施粥，我們每人吃了兩碗，飽著呢，這窩頭也是從曾家攤子上拿的。」

梅氏詫異。「鐵公雞施粥？若曾地主再大度點，把租糧降一成多好。」

安家租種了曾地主家五畝田，田裡的一半收成要交給曾家。

安其滿冷哼一聲。「等他降租還不如等天上掉銅錢。曾家施粥是因為縣學正大人到咱們南山鎮巡視，曾地主這是為他大兒子曾九思的仕途鋪路呢。」

雲開啃著窩頭好奇地問：「爹，仕途和施粥有什麼關係？」

安其滿解釋道：「考秀才，不光要文章寫得好，還得家風正，施粥能讓曾家博個好名聲。」

「哦。」雲開繼續啃窩頭。

梅氏聽了也很開心。「學正大人來的事，爹知道不？」

安其滿應了一聲。「知道。說明天去找私塾先生幫三弟鋪鋪路，我估摸著私塾先生攀不上學正大人的門檻。」

梅氏看了看雲開，欲言又止。雲開見父母要說私房話，拿著窩頭到南牆根的木墩子上繼續啃窩頭。剛啃了沒幾口，牆洞裡又伸過小黑拳頭，攤開，手心又是一個鳥蛋。

雲開眨巴眨巴眼睛。「你自己留著吃吧，我今天吃飽了。」

小手又往雲開面前舉了舉，固執地不肯收回去，雲開只得把鳥蛋拿起來，把手裡的窩頭掰下大半放到他小小的手心裡。「我爹帶回來的，你吃吧。」

小手握緊縮了回去，依舊是不吭一聲。雲開握著暖暖的鳥蛋，心想許是有個啞巴娘的緣故，這孩子也不愛說話。

申時的光線已經繞到牆那邊，雲開坐了一會兒便覺得冷了，拿著鳥蛋進屋，見安其滿已把院子裡曬的衣裳和被子收回來，梅氏跪坐在炕上邊疊衣裳邊與丈夫說話，氣氛非常好。

安其滿見到雲開手中的鳥蛋，驚訝地問：「哪來的？」

雲開遞過去。「牆洞裡小手遞過來的，頭晌還給我一個。」

安其滿聞了聞。「這是酒醃過的，丁異嘴不索利，腦袋倒不笨。」

梅氏嘆息一聲。「挺好的一個孩子，攤上那樣的爹娘。」

原來隔壁的孩子叫丁異，「那樣的爹娘」是哪樣？雲開想知道，父母卻不說了……安其滿把鳥蛋放在桌上。「晚上爹給妳沖熟了喝。」

雲開用力搖頭。「爹吃。」

安其滿樂了。「開兒真是不傻了，懂得謙讓了。」

窗外，大嗓門的楊氏叫吃飯，一家三口進入堂屋。

雲開見安老頭帶著兒子和孫子坐大桌，厲氏領著楊氏和如意、二姊兒圍坐在小桌邊上，雲開也跟著梅氏坐到自己的位子上。

大小桌上都是一小碟黑乎乎的醬、三個黑餅子和幾碗米湯，大桌大碗，小桌小碗，明顯的重男輕女。小桌的黑餅子，厲氏獨占一個，楊氏和梅氏分一個，剩下的一個厲氏分給安如意大半個，雲開和二姊兒安雲好每人只得了棗大的一塊。透過這口餅子，雲開在此清楚地認識到了她在這個家裡的地位。

安雲好把餅子一口吞下去，端起湯喝得乾乾淨淨，然後眼巴巴地看著娘親楊氏，見娘也吃乾淨了，安雲好失望地撇起小嘴，要哭不哭的。

梅氏把黑餅子偷偷塞給雲開大半，低頭喝米湯。

安家的規矩，長輩不動筷子不能吃，長輩不起身不能起。粥碗都舔乾淨了，還是沒人起身，雲開只得用腳撥拉地上的柴火棍玩。就在這時，厲氏開腔了。「有個事跟你們兄弟倆商量商量，縣學正大人到了咱們南山鎮，要相看讀書人。」

「噗！」雲開一口氣沒忍住，笑出聲來。科舉考試之前，學署官員需審核讀書人及其祖上三代的品行，目的是查看此人及其家族是否做了什麼有傷風化的事，不配為學為官。這麼嚴肅的事，怎麼到了厲氏口裡就成了「相看」呢，這又不是娶媳婦……

厲氏狠狠瞪了她一眼，梅氏趕忙拉住雲開。好在誰也不會跟個傻妞一般見識，厲氏接著道：「你們三弟今年也要考秀才，得想個好法子讓學正大人相中他！」

這話說的，學正「相中」三叔，然後好娶回家去嗎……雲開嘴角抽了抽。

厲氏又瞪了雲開一眼。「老大，你先說說有什麼好點子沒？」

安其金搖頭。「沒有。」

說得好！楊氏低下頭，這時候出頭就是找事！

厲氏三角眼一轉。「老二，你呢？」

安其滿放下筷子。「兒聽爹娘的。」

梅氏跟著點頭。

厲氏嘴角的皺紋鬆了鬆。「我和你爹想著買點文房四寶或茶葉給先生送過去，請他見著學正大人時替其堂說幾句好話。」

楊氏不顧規矩地跳起來嚷道：「咱們見不著學正大人，私塾先生就能見著？送了也是白送！拎去的東西差了讓人笑話，好的咱們又買不起，依我看還不如不送呢！」

雲開第一次對楊氏的話表示贊同，厲氏的臉卻呱嗒一沈，安其金立刻喝斥媳婦兒。「閉嘴，這事還輪不到妳說話！」

安老頭磕磕煙袋鍋開腔了。「其堂讀書是咱們家頭等大事，等其堂中了秀才，咱們家才能改換門面，將來孩子們才能說門好親事。這事就這麼定了！」

大夏朝與中國唐宋封建王朝一樣，除了僕從、妓子等賤籍外，民眾分為士農工商四種，士居首位。

「士」就是讀書人，官員由世襲和科舉產生，所以官員也可以說是讀書出身的，是以「萬般皆下品，唯有讀書高」，只有書讀得好的人才能通過科舉選拔為官，改換門楣。所以但凡家裡有點條件的，在孩子七歲時都會送入官學和私塾讀書。

安家哥仨小時候都在隔壁村的私塾讀過兩年書，只有老三安其堂還有點天分，是以安家這一輩的希望都押在安其堂身上，期盼他能出人頭地。

見兩個兒子不吭聲，厲氏又咳嗽一聲。「家裡的日子你們也都知道，我們老兩口手裡也沒餘錢，你們哥兒倆能湊多少？」

重點來了！

雲開黑白分明的大眼睛滴溜溜地轉著，她爹娘正在對眼神用意念交流，安其金和楊氏兩口子低著頭假裝啥都沒聽見。

安老頭臉色掛不住了，厲氏開始點名。「前些日子家裡攢的錢用來給老二兩口子看香門了，老二，你有啥說的？你能有錢買米餵個傻子，這事關你三弟前程的大事，你不會一文不出吧？」

得，又扯到她身上來了，雲開無語望房頂。

厲氏以為傻妞又要找死老太婆撐腰，三角眼瞪大。「望也沒用！妳不信問問妳太奶奶，親孫子和撿回來的曾孫女，哪個重要！」

雲開抽抽嘴角。「奶奶，看香門花了多少銀子？」

厲氏臉色心疼得堪比割肉。「一兩！」

一兩是多少雲開沒有概念，不過有個數就好，她「哦」了一聲。

「哦個屁！」厲氏罵了一句，又看著二兒子。「老二！」

安其滿與梅氏意念交流完畢，畢恭畢敬地回答。「娘，兒買藥買米用的都是雲開她娘當鐲子的錢，現在也只剩一兩，待會兒給您送過去。」

老大兩口子終於鬆了口氣，安老頭卻皺皺眉。

厲氏也相當不滿意。「只這點？現在是緊要關頭，一兩銀子夠個屁用！這樣吧，我和你爹跟你借五兩銀子，等明年收了糧再補給你們。」

雲開暗嗤一聲，就她這語氣，一聽就知道這五兩銀子怕是有去無回了！

安其滿不好意思地站起來。「爹娘，我們倆真的只剩下一兩。」

楊氏眼一斜。「二弟妹隨便繡個東西就不止這個數。她在屋裡繡了一冬天，我就不信你們沒錢！」

安如意也不相信。「就是，二哥你跟三哥關係最好，怎麼到這時候反倒摳起來了，你不是這樣的人啊。」

梅氏不願看丈夫為難，站起來道：「本是有些銀錢的，不過已被兒媳用了。」

這一句話就捅了馬蜂窩。

自去年秋天地裡沒活兒至今，楊氏天天出門找人嘮嗑，梅氏則窩在西廂房裡刺繡織布。厲氏算過，梅氏少說也該賺了六、七兩銀子，這麼大一筆錢，居然全被她花了！

雖說是兒媳婦的私房錢，但厲氏覺得這就是在割她的肉，她怒不可遏地抄起桌上的碗就要扔過去，臨出手又不捨，放下又抄起竹筷子扔過去。「妳個敗家娘兒們！老娘一文錢都要掰開兩半花，十幾兩銀子妳說用就用了，用了，用了！」

厲氏罵一句扔一把，桌上的筷子扔完了，又從地上抓起稻草扔過去。「妳說，是不是貼補妳娘家了？就那個填不滿的黑窟窿，妳填了有個屁用！去給老娘要回來，要回來，要回來！」

雲開左突右擋，攔截住厲氏的進攻，厲氏看她那傻樣更生氣了，指著雲開就罵。「你們瞧瞧，這麼個玩意兒有個屁用！」

雲開傻呵呵地問：「奶，我娘花她的私房錢又不是花您的，您為啥這麼生氣嘞？」

厲氏抓起燒火棍理直氣壯地抽過來。「妳個傻妞懂個屁！過日子靠的是開源節流，弄點錢就敗光了以後日子還咋過？」

「哦——」雲開躲開，恍然大悟道：「原來奶奶是要娘省著以後過日子啊，我還以為奶奶想要嘞。」

厲氏的老臉上鬆垮垮的皮抖了抖，不再跟傻妞較勁，轉頭擰八字眉瞪三角眼，繼續逼問二兒媳婦。「說！」

安其滿怕媳婦兒再被打，張口道：「娘，那錢……」

「你閉嘴。梅問柳，妳給老娘說！」厲氏的棍子直指梅氏。

楊氏立刻敲邊鼓。「弟妹快說吧，是貼補娘家還是偷置私產了？」

見安老頭和老大安其金也盯著梅氏，雲開算是明白了，雖然這家人口頭上說梅氏織布繡花賺來的是她的私房，可全家沒一個人是這麼以為的。

梅氏又用身子擋住雲開，才小聲回道：「那些錢，被媳婦用來贖雲開了。娘，雲開不是從廟邊撿的，是從人牙子手裡買來的，花了……十兩。」

「什麼？」厲氏、安其金和楊氏異口同聲地吼起來，安老頭剛掏出的煙袋鍋也掉在桌上，安大郎嚇得掉下凳子，疼得哇哇大哭。

雲開也愣了，她模模糊糊地記得自己是被爹娘從人販子手裡救下的沒錯，但不記得他們花了多少銀子，更不知道他們是瞞著家人的。

厲氏指著傻呆呆的雲開，手指頭直哆嗦。「就這麼個傻玩意兒，妳花了十兩銀子？」

梅氏一臉蒼白地解釋道：「那人販子打罵開兒，又要把她賣進窯子，兒媳實在不忍她小小年紀被人糟蹋才將她買下。娘，一定是奶奶她老人家冥冥之中的指引，才讓兒媳遇到雲開的。」

想到房頂上飄著的婆婆，厲氏的棍子顫抖得更厲害了。「莫說在荒年，就是尋常年頭賣兒賣女的人也一群群的，咋就妳菩薩心腸，啊？妳是家財萬貫還是菩薩轉世啊，人家賣傻閨女妳也管？妳吃飽了撐著！」

楊氏眼珠子一轉。「弟妹，妳是不是想起當年妳自個兒差點被賣到窯子被二弟救回來的事？要說還真是緣分哪，當年二弟救妳也是花了十兩銀子呢。二弟為救妳丟了城裡的差事，妳拿銀子救大姊兒斷了三弟的前程，嘖嘖——」

雲開且不管往事，只瞪著故意搧風的楊氏。「伯娘這話什麼意思？難道三叔的前程要靠我娘用私房錢去換嗎？」

「哎喲，大姊兒妳快閉嘴吧！妳這花銀子買回來的，咱不把妳當丫頭使喚就不錯了，哪還有妳說話的分兒！」楊氏撇嘴冷笑。

被大嫂揭開當年的傷疤，梅氏臉色蒼白，安其滿的臉也極為難看。安其金趕緊拉和道：「現在說這些也沒用，三弟的事要咋辦？」

「就是，我那可憐的三弟啊，讀了這老些年的書算是白費了。」楊氏搖頭加吧唧嘴。

厲氏見二兒媳婦那兒挖不出東西，三角眼一轉，落在大兒媳婦身上，楊氏立刻蹦起來。「娘，我可一文私房錢都沒有！」

厲氏冷哼。「明早妳回娘家借十兩銀子應急，跟他們說下個月還上。」

楊氏蹦起來。「咱哪有錢還啊！」

厲氏的眼睛又落在梅氏身上，梅氏立刻道：「兒媳抓緊功夫繡花，月底應該能還上。」

梅氏正在繡的那幅屏風，是城裡大戶人家找繡坊訂的，她入冬前從繡坊接了活兒，忙活一冬天已繡好八成，若是繡好了就能換回五兩銀子的工錢，這事家裡人都知道。

安其滿急了。「妳還病著怎麼繡花，這錢我去賺！」

厲氏眼刀子殺過來。「這時節你到哪兒去賺十兩銀子？」

「兒媳能行。」梅氏制止丈夫，婆婆在氣頭上，再說下去會更糟。

雲開不解地左右看看。「借錢是給三叔謀前程，又不是給我娘用，為啥要我娘還錢？」

厲氏理直氣壯地罵道：「要不是她把錢花了，家裡用得著低三下四地求人借錢嗎？」

「就是，誰沒個臉面啊，我去娘家借錢也得看人冷臉啊。」楊氏不高興地嚷嚷道。

這是神馬鬼的邏輯？雲開就要跳起來，卻被梅氏緊緊拉住，雲開覺得無力。都是她的存在，讓梅氏本就艱難的日子更加難過了。

待回到西廂房後，梅氏看著想為自己出頭的女兒，心裡暖呼呼的，伸手把雲開摟在懷裡小聲哄著。「開兒剛醒過來，好些事不懂。女人嫁進婆家後，除了嫁妝外，什麼都是婆家的。好些家兒媳做針線賺的錢也要交給婆婆，妳奶奶讓娘自己收著，已算是不錯的。」

「收兒媳錢的人家有多少？」雲開皺著小眉頭問。

梅氏頓了頓，不好意思道：「總有四、五戶吧。」

那也就是沒幾家了！雲開真不知該說什麼才好。

「妳伯娘有兩畝田的陪嫁，所以她不用做活也有私房錢，逢年過節買東西孝敬長輩也不發愁。娘沒陪嫁田，所以就要做活。」梅氏抱著雲開輕輕搖著。「等過幾年吧，等妳三叔成親、小姑也嫁了人，咱們就該分家了，到時候娘多織布繡花，給妳攢個五畝田的陪嫁，讓我家開兒過上好日子。」

雲開摟住娘親瘦弱的身體。「開兒不嫁人，開兒要一直陪著娘。」

梅氏笑了。「淨說些孩子氣的話。」

雲開沒穿越來之前因為是個瘸子，沒想過嫁人。到了這裡更不想隨隨便便就嫁個迂腐不能溝通的直男，不過這些現在沒法兒和娘親說。

兩人靜靜體會著難得的安寧，忽聽窗外傳來男子嘶啞的罵聲和摔東西的聲音。「妳個賤貨！趁早把賣布的錢給老子拿出來！」

緊接著一陣更大的摔打聲，卻聽不到婦人的哭鬧。梅氏不禁嘆口氣。

這聲音太近了，雲開想到隔壁的啞巴婦人和那隻黑黑的小手，忍不住問道：「娘，這是誰在鬧？」

「妳二成伯，這是喝多了又在打妳朵伯母呢，他怕是惦記上她賣布換回的買米錢了。妳這個伯娘也是個可憐人，有苦說不出。」梅氏輕聲說。「更可憐的是丁異那孩子。」

雲開睜大眼睛問道：「丁異？」

「妳這孩子，人家老是給妳好東西吃，妳還不曉得他的名字。」梅氏聽著越來越不堪入耳的罵聲，堵著女兒的耳朵低聲道：「造孽啊。」

「原來他叫丁異啊。」就算爹渣，可丁異還有親娘呢，比她上一世好多了。

雲開伏在梅氏懷裡，等罵聲小了，又繼續問：「娘，就算妳沒有陪嫁田，可奶奶把妳幹活的錢全拿去也是太過分了！」

梅氏抿抿唇。「這次是因為贖妳花了大筆銀子，娘怕妳奶奶把氣出在妳身上，以前妳奶奶只收去大半的。再說妳奶奶也是為了妳三叔讀書，筆墨紙硯加束脩，一年下來要不少銀子，娘出分力也是應該的。」

一聽是為了自己，雲開只能怨自己不爭氣了。「謝謝娘。」

梅氏虛弱地微笑。「咱們是母女，說這些幹啥。」

此時安其滿把熬好的藥端進來，讓梅氏吃藥睡下後，去鎮裡排了一天還是沒領到糧種的安其滿也累得沾枕就睡了。

雲開托著小腦袋認真考慮目前的境況。以父母的愚孝，提前分家不現實，那要怎麼樣才能讓日子過得更舒坦呢？

雲開琢磨了大半夜才睡下，第二天一早被爹吵醒，摸了摸娘親見她燒退了，才安下心來問早起的爹：「爹，娘說她賺的錢要孝敬爺爺奶奶。那小姑呢，小姑織布賺的錢也要孝敬爺爺奶奶嗎？」

安其滿愧疚地看了看憔悴的妻子，低聲道：「妳小姑要攢嫁妝。」

果然如此！雲開繼續問：「那我賺來的錢是不是也不用給爺爺奶奶，可以留著攢嫁妝？」

安其滿笑了。「開兒果然腦袋清楚了，妳跟妳娘學繡花織布賣錢，幾年定能攢出好幾車嫁妝來，爹再給妳買兩畝田，讓妳過上好日子。」

娘陪嫁五畝，爹陪嫁兩畝，這就有七畝了呢。沒打算嫁人的雲開笑彎了眼睛。「好。」

爹爹又進城去衙門口排隊領糧種，安雲開伺候著娘親吃飯喝藥後，扶她到南牆根曬太陽，眼瞧著楊氏帶著兩孩子趾高氣揚地走過來。

厲氏追在後邊叮囑著。「不急著回來，好不容易回去，多陪妳娘待會兒。」

楊氏咧嘴笑。「娘放心，我們娘仨吃飽飽地再回來，給家裡省一頓飯！」

「給老娘閉嘴，趕緊滾！」厲氏將她踹出去關上門，這個蠢貨！

雲開笑出了聲。

許是看在剛從二兒媳婦手裡挖出大筆銀子的分上，厲氏破天荒地沒罵雲開，也沒搭理忐忑不安曬太陽的梅氏，轉身去吼女兒安如意。「死哪兒去了，給老娘過來織布！老娘上輩子缺德掛冒煙，這輩子才攤上妳這麼個懶閨女，幫妳攢嫁妝還得求著妳！」

雲開伸開腿笑咪咪地聽著厲氏這每天不重樣的罵聲，待娘親曬夠了，才扶著她回到屋裡躺下，小聲跟娘親商量道：「娘，開兒想出去玩，不走遠，就在家門口，成不？」

女兒來家裡一個多月了，還沒出過大門。現在她不傻了，梅氏也不想拘著她。「去吧，有孩子欺負妳就趕緊跑回來，別傻站著。」

雲開應了，走出大門好奇地四處張望。她雖接手了前身的記憶，但記憶中除了一個四方的院子和被牙人打罵的可怕經歷外，啥都沒有。所以這裡的一切對雲開來說都是新鮮的。她要儘快瞭解這是什麼地方，她怎樣才能自力更生，而不是把日子寄託在一架織布機、一個繡架或者一個男人身上。

雲開沿著安家大門前的土路向西走，經過丁異家緊閉的大門，又穿過幾戶到了村邊，眼前豁然開朗。她遙見蒼茫群山，山下綿延的大片田地。因是早春，山田都還沒有返綠，看著光禿禿的，不過只這清冽純淨的空氣和蔚藍的天空就讓雲開心情非常好。

她邁開不再瘸的腿，用盡全力向前奔跑，聽著耳邊呼呼而過的風，感受著兩條一樣長的腿，站在山坡上，把兩輩子的喜悅都喊了出來。「啊——啊——」

瞧見這一幕的村民搖頭嘆息。「真不是普通地傻啊。」

「意外驚喜啊，挖陷阱捉小啞巴，卻跑來個傻妞，待會兒將她也扔下去！」一個靠在樹後的小胖子一臉邪笑。

穿越之前活了二十年，雲開從沒有像現在這樣開心過！她跑到一塊被雜草蓋住，就差插牌子寫上「此處有貓膩」的路段時，直接跳過去，看了一眼旁邊樹後冒出來的傻白胖子，繼續向前跑，一口氣跑到附近另一個山坡上，喘氣扶樹，卻差點摔倒，這才發現這裡的不對勁。

這山坡上的樹，不論大小都被剝了皮，慘白慘白的，再加上這光禿禿兩根草也沒有的地面，雲開真真切切地體會到去年秋天延續至今的災荒有多恐怖，難怪厲氏說能喝一碗稀粥已經相當不錯了。這樣的年景裡，爹娘還肯花鉅資把她從人牙子手裡救下來，這樣的好人她從來沒遇過，傻妞卻遇到了，或許真是有佛祖保佑。

雲開低頭，把蹲守在小土路邊的三個人看得清清楚楚。中間錦緞厚袍小瓜帽的小胖子，一看就是富裕人家的少爺，身邊兩個應該是伺候他的小廝，三人巴巴地守著那明顯得不能再明顯的陷阱。

雲開嘀咕道：「只要不是傻子，就不可能跳下去吧，這挖陷阱的才是真的傻子。」

她剛說完，就見山坡的另一邊走下一個矮小瘦弱的男孩子，這孩子揹著與他身高不搭調的大背簍，低著頭慢慢地走。

蹲守的三隻見到這孩子立刻激動了，雲開明白這就是他們要戲弄的目標。她蹲在樹邊，看著小男孩慢慢地走到陷阱邊，然後，筆直地掉了下去！

路上騰起一團土霧，得逞的三隻跳過去圍著陷阱一邊拍手，一邊用腳往陷阱裡踢土。

「二少爺，阿來挖的坑深，小磕巴爬不上來的，您這次放心吧。」藍衣圓臉的小廝邀功。

「小磕巴、小傻瓜，看你這回怎麼上來！開口求小爺啊，求小爺就把你拉上來！」小胖子手扠著腰，大聲笑著。

陷阱裡的孩子蹲在坑底抱著頭一動也不動，這三隻玩夠了，才說說笑笑地跑了。

塵土散開，雲開手托小腦袋，望著坑底小小的一團站起來伸手也扒不到坑口，小手又縮了回去。有人路過，只往坑裡看了一眼就走了，沒有幫忙的意思。

雲開拍拍身上的土從坡上走下來，站到坑邊往下望。坑底的小孩子半天才抬起滿是塵土的小腦袋，待他看清上邊是誰後，呆滯的臉上忽然蕩開笑容，抬起小胳膊。

這是要她拉他上來？雲開低頭看了看他的手，眼睛也睜大了，這是送她鳥蛋的那隻小手！

這孩子就是丁異，是傻妞的朋友。吃人的嘴軟拿人的手短，雲開拿了丁異兩個鳥蛋，這點忙還是要幫的。她伸出跟他一樣大的小手握住他的，用力把他拉上來。

上來後，這從頭到腳都是土的孩子望著她笑得極開心。雲開也笑了。「丁異？」

丁異點頭。「雲、雲開？」

果然有些磕巴，雲開替他拍拍身上的土。「叫姊！」

丁異毫不猶豫。「姊。」

比他大了許多的雲開忍不住念叨起來。「真有你的，這麼明顯的坑你怎麼就能掉下去呢？」

「看、看到了，不掉、掉下去，他、他們會推、推。」丁異說得異常艱難。

雲開明白這就是他受欺負的原因——跟別的孩子不一樣。就像她原本是瘸子，從小就有不少小孩會踢她一腳跑開，看她摔倒或者等她去追，然後笑話她。雲開每次都是狠狠地打回去，讓那些人不敢再欺負她，但丁異是選擇了承受。

他打又打不過、跑也跑不掉，與其被抓住扔下去，還不如自己跳下去，這小傢伙也不算笨。

兩個人並排往家走，一身泥土的丁異從背簍裡刨了一會兒，把手遞到雲開面前，張開，又是一顆鳥蛋！

雲開看到蛋就難受。「我以後再也不吃鳥蛋了，你不用給我留著。」

雲開不要鳥蛋了，丁異低下頭，異常失落。鳥蛋是他藏著的好東西，她不要了，是以後不跟他做朋友了嗎？如果雲開不理他，這個村裡就再也沒人跟他說話跟他玩了。

見這小傢伙還挺敏感的，雲開解釋道：「我上次吃鴨蛋被蛋殼劃傷了嗓子，再也不想吃蛋了。」

原來是這樣，丁異眼裡又有了神采！小手馬上伸進背簍裡掏啊掏，又把小拳頭伸到雲開面前，小心翼翼地望著雲開，慢慢張開。

居然是松子！在連樹皮都被扒下吃光的地方，他還能找到松子？雲開接過來。「這是哪來的？」

丁異見她肯要，就笑彎了眼睛。「松、松、松……」

雲開聽得著急，但還是沒有打斷他，認真聽著。

「松鼠，窩、窩裡，掏的。」丁異終於把整句話說出來，一臉雀躍地看著雲開。

雲開立刻稱讚。「你很厲害，松鼠洞都能掏。」

從沒被稱讚過的丁異不好意思地低頭，然後又慢慢抬起，咧嘴笑了，露出跟灰撲撲的小臉不一樣的白牙。

待回到家後，心想娘親可能也會覺得他很厲害，丁異掏出一把松子遞給他娘，卻對上他娘厭惡冷漠的眼，他的小手慢慢落下，臉也恢復成往日的木然。果然，雲開是不一樣的，只有她會對自己笑。

雲開拿著松子跑進自家院子，見到堂屋的門開著，厲氏正熟練地織布，安如意坐在門邊擰著眉毛，手裡拿著小綳子痛苦地繡花。

厲氏看雲開回來了就開罵。「妳這個傻妞跑哪兒去了？沒良心的東西！快進屋幫忙去！」

是娘親出了什麼事嗎？雲開的心立刻懸了起來，飛快地跑進西廂房。

西廂房內，梅氏跪坐在炕上，手裡捏著細細的繡花針忙碌著，她面前的繡架上，一隻成形的孔雀栩栩如生。

見娘親安好，雲開就歪著小腦袋笑。「娘，我回來了。」

這句對別的孩子來說平平常常的話，她也終於有機會說出口了。

梅氏溫和地笑。「看妳這一臉土，去井邊洗洗。妳奶奶若罵人不要頂嘴，洗好趕緊回來。」

雲開歡快地跑出去，頂著厲氏不停嘴的罵洗了臉，順帶連手裡的松子也偷偷洗乾淨，回來遞到娘親面前。「娘吃！」

梅氏驚訝地看著松子，撿了一顆放進嘴裡，雲開也拿了一顆放進嘴裡用力嗑開，松仁油的甜味在舌尖漫開，人間美味不過如此。

梅氏吃了一顆便不吃了。「這是哪裡來的？」

「丁異給的，他從松鼠窩裡掏的。」雲開笑咪咪地又遞了一顆松子到梅氏嘴邊。

梅氏含住嘆道：「妳跟丁異一塊兒玩行，但不能去他家，在外邊見到他爹也不要靠近，記住沒有？」

雲開歪起小腦袋。「他喝醉酒會打人嗎？」

「不只是這樣……」梅氏難以啟齒。「總之，離他遠遠的，他給妳吃的也不能要，更不能跟他去沒人的地方，他會欺負妳，知不知道？」

丁異的爹居然是這樣的變態！雲開立刻點頭。「知道了。」

後晌，安其滿父子仨疲憊地回來了，又沒領到糧種。楊氏和他們前後腳回來，在正屋指天畫地地吹噓她怎麼跟她親爹鬥智鬥勇、不花半分利息地借回十兩銀子。

安其滿回到西廂房裡，喝了雲開遞過的溫水，低聲勸阻媳婦兒。「身子還沒好怎麼就開始繡了，傷到眼睛怎麼辦？」

「好多了。」梅氏幫丈夫按捏跑了一天的腿。「今兒怎麼又沒領到糧種？」

安其滿嘆口氣。「每天只發那一點糧，輪不到咱就沒了。再這麼下去等輪到咱們的，也是倉底發霉的糧食，種不出苗可怎麼辦！」

雲開遞給爹爹一粒松子，好奇問：「既然這樣，幹麼不在城裡住一晚上，第二天一大早去排隊？」

安其滿小聲道：「妳爺爺怕花錢。」

真是不會算帳，花錢住一晚上領了好種子，也比天天去排隊領不到或者領發霉的種子划算啊！雲開又問：「那不能在城裡親戚家借住一晚上嗎？」

「妳大姑那裡住不下。」

想必是有什麼其他不方便吧，雲開不再考慮住在鎮裡的大姑安如玉家，又問：「那乾脆抱著被子在衙門口湊合一晚，第二天準能排第一個！」

安其滿和梅氏都笑了。「傻丫頭，睡在街上讓巡夜衙差瞅見，會被鎖到牢裡或當成流民發往邊關充役的。」

不瞭解現實情況的雲開搔搔頭。「花錢請城裡人幫咱們排個隊領糧不行嗎？」

安其滿又搖頭。「衙門的人盯著，必須得親自帶著田契按數領。」

雲開還不信沒辦法了。「那就抱著被子在城門口睡一夜，總不至於城門口都不讓睡吧，城門一開爹就跑進去，怎麼也能排在前面！」

安其滿嘆口氣。「城門口都是逃難來的難民，被子會被他們搶了去，身上的東西也會被搶乾淨。領糧要帶著田契戶籍，這兩樣丟了就太麻煩了。開兒不知道難民的厲害，他們餓極了，眼見吃的就搶，咱們村口的樹皮都讓他們扒光了。」

原來樹皮是難民扒的！雲開隱隱約約地記起被拐賣時關在木屋裡，窗外一雙雙飢餓恐怖的眼睛，是滿嚇人的。「爹如果叫上村裡沒領到糧的人家一起去，幾十上百人湊在一起，難民應該就不敢怎麼樣了吧？」

這話倒有理，安其滿琢磨了一會兒。「誰說我閨女傻了！我這就去跟妳爺爺說說！」

安其滿跑到堂屋，一會兒又跑回來，興沖沖地穿衣裳。「爹說成，我跟大哥這就找人一起走。」

梅氏立刻幫他又找了件厚衣裳套上。「路上多帶點火把，防餓狼。」

安其滿點頭。「我們點著火把慢慢走，開城門前趕到就成。如果遇到查夜的官兵，就說是村裡老人不行了，進鎮請郎中。妳們放心睡，開兒記得早晚給妳娘熬藥。」

雲開應下，看著爹爹走進夜色裡。

第三章

第二天一早，楊氏跑過來敲窗大喊。「大姊兒，起來做飯！」

安家是楊氏和梅氏妯娌倆輪流做飯，今天本來輪到梅氏，但厲氏怕她沒好索利被冷氣激了又不能繡花，昨晚說了先讓楊氏連著做幾天飯。剛借到錢的懶骨頭楊氏大清早被婆婆罵起來，看著沒有一點動靜的西廂房不高興了，這才過來發作一通。

雲開生氣了。「娘接著睡，開兒去收拾她！」

梅氏卻把閨女摟進懷裡，揚聲道：「大嫂，開兒還小不會做飯，麻煩妳了。」

「都九歲了還小個屁！十兩銀子買來的還不幹活，什麼時候才能撈回本錢！」楊氏企圖激起婆婆的共鳴。

梅氏卻道：「這是娘說的。」

「屁！張嘴就胡說，娘腦子又沒毛病，怎麼可能說這種胡話！」楊氏罵道。

她的話音還沒落，堂屋裡就傳出厲氏的罵聲。「一個傻子能指望什麼，讓她去把廚房一把火燒乾淨嗎！妳個懶婆娘，給老娘做飯去，做飯去，做飯去！」

挨了罵的楊氏狠狠敲了一下西廂房的窗戶才走，雲開看著破裂的窗紙，皺起眉頭。

「娘？」厲氏怎麼可能會向著她呢，雲開想不通。

梅氏解釋道：「因為妳之前幫不了家裡幹活，妳爹答應每月給妳奶奶三百文當妳的飯錢。這件事只有妳奶奶和三叔知道，妳奶奶捨不得那份錢，所以不會讓妳幹活的，開兒不要跟人說現在妳腦袋清楚了，每天只管玩就成。」

如果讓她幹活三百文錢就沒了，反正活兒還是可以由兩個兒媳婦幹，厲氏真不傻！雲開噘起小嘴。「娘，開兒會想辦法賺錢的。」

梅氏笑了。「好，等娘繡完這個屏風就教妳繡花，咱們先學平針，然後是滾針、緞紋繡、包芯繡……」

雲開聽得頭大。她前世為了賺錢花三個月繡了一幅十字繡，趴在繡布上數格數到懷疑人生卻只賣了一千塊，她當時就發誓這輩子再也不碰針了。

娘親繡的那孔雀屏風要讓她繡一個，非把她逼瘋了不可，她還是另謀出路的好。

於是乎早上喝完稀粥，雲開又出門了，想到處去看看有沒有什麼賺錢的方法。

早就等在大門口的丁異見到雲開出門立刻跑過來，衝著她彎眼睛笑。雲開實在無法把那個變態丁二成和面前可愛的孩子聯繫在一起，也衝著他笑笑。

不過，丁異還是昨日那一身滾上泥土的髒衣裳是怎麼回事？就算天冷不能洗頭，他娘幫他換件衣裳總成吧？不過雲開沒有多嘴，繼續往前走。

丁異也不問去哪裡就跟著走，有了朋友的小傢伙，心情格外地雀躍。

「我就隨便走走，你要幹什麼就去吧。」雲開道。

丁異低聲道：「跟、跟，妳玩。」

帶這個能找鳥蛋、掏松鼠窩的小機靈鬼也不錯，雲開也不反對，繼續往前走。不想他倆剛轉過街角，一幫熊孩子就拍手大喊：「傻妞帶磕巴，傻妞帶磕巴！」

靠在牆根曬太陽的老人也笑著問：「你們這是幹啥去？」

雲開自己都不知道自己要去哪兒，丁異怕人笑所以很少說話。於是，兩人帶著一串嘲笑聲慢慢往前走，忽然一個雞蛋大的石塊飛過來，丁異拉著雲開躲開，動作熟練無比。

這麼大的石頭是會出人命的，雲開憤怒地回頭，就見昨天的小胖子帶著他的小狗腿們，手裡握著兩塊石頭得意地笑。「小磕巴和傻妞，你們幹啥去？」

丁異似乎有些怕他，小聲回答。「去、去撿、撿柴。」

小胖子哈哈大笑。「去、去哪兒撿柴、柴啊？」

雲開評估了一下這惡霸三人組的戰鬥力和旁邊村人懼怕的眼神，放棄戰隊，拉著丁異就走。

小胖子在後邊大喊。「小爺我數到十，跑不掉被石頭打死了算你們倒楣！一、二……」

「我……」雲開氣得剛要罵，就被丁異拉著狂跑。這麼個小傢伙居然力氣很大，雲開硬是被他拉著一溜煙跑出了村子。

「十！」身後小胖子的石頭咻咻扔過來。「哈哈！傻妞磕巴跑得比兔子還快，阿來、阿去，給小爺我追！」

丁異拉著雲開爬上山坡，奔進樹林，躲到一棵大樹後。雲開呼哧呼哧地喘氣，丁異卻連氣都沒變粗，雲開嫉妒得想揍人。

「姊，看、看。」丁異低聲說，偷偷指了指樹的左邊。

雲開屏息，小心探出腦袋，見著了惡霸三人組。白圓臉阿來在前，胖子在中，黑長臉小廝阿去在後，三人跑進樹林，丁異往另一個方向扔了塊石子，阿來立刻喊道：「那邊！」

三人組追過去沒多大一會兒，就傳來「哎喲、哎喲」的痛呼聲，原來是阿來掉進小陷阱裡栽倒，三人疊了羅漢。

「給小爺起來！」

小胖子快被壓成餡餅了，上邊的小廝往旁邊一滾，結結實實地撞在樹上。「哎喲！」同時，丁異的石子又扔出去，準確地把樹上的蜂窩打下來，砸在小胖子的西瓜帽上。雲開張大嘴巴，這也太準了！

小胖子捧住蜂窩一看，又嗷的一聲扔掉。「蜂窩！快跑！」

黑臉小廝顧不得叫，一溜煙就沒影兒了。被壓在底下的阿來大喊：「現在沒有蜂，二少爺別怕。」

抱頭跑了幾步的小胖子回身，將蜂窩嗖地踢飛，正巧砸在丁異、雲開藏身的大樹上。

「該死的磕巴、傻妞！」

已經跑了有些遠的黑長臉小廝阿去也跑了回來，一腳把蜂窩踩扁。「叫你嚇唬少爺，叫你嚇唬少爺！」

阿來立刻打小報告。「咱們跟出來是保護少爺的，阿去怎麼跑得比少爺還快！」

黑瘦的阿去一哆嗦，小胖子追過來就開揍。「我讓你跑，我讓你跑！」

看夠了熱鬧，阿來才喊道：「二少爺，咱們快追吧，否則小磕巴他們就跑遠了。」

「還不給小爺追，回來把他按在坑裡出氣！」阿去立刻帶頭去追，小胖子罵完也跑著跟上前。

樹後，雲開對丁異豎起大拇指。「真準！」

又被稱讚了，丁異不好意思地低頭，悄悄拉起嘴角。

「樹下的陷阱是你挖的？」

丁異趕緊搖頭。「不、不是，是，他、他們。」

雲開點頭，知道他說話費勁，也不多問了，向小胖子三人相反的方向走，丁異在後邊跟著。看得出他很開心，走路都是跳著的。

越走雲開越失望，這裡樹木稀少，地上大大小小的石頭縫中只有幾根枯黃的雜草，除了砍樹或賣石頭根本沒有其他方法換錢！

往深又走了一段，丁異把雲開拉住。「有、有狼。」

「再往前走有狼？」雲開確認。

丁異的小腦袋瓜用力點了點，拉緊雲開的袖子，怕她再犯傻跑進去。

雲開靠在樹上嘆氣，她這小身板進去也是餵狼的分兒。再說進去有什麼用？藥材不認識、野味捉不著……

丁異以為雲開餓了，拉著她的衣角往回走。雲開被他繞得頭暈腦脹後，才在一片石頭邊停住。丁異彎腰搬起一塊西瓜大的石頭，趴在地上往裡掏了掏，神奇的小手又伸到雲開面前慢慢張開，居然是三個毛栗子！

他一定是小倉鼠轉世的，雲開拿著毛栗子不知道怎麼下嘴。

丁異又走了丈餘，搬開幾塊石頭露出一個罈子，打開後裡邊散出淡淡的酒味。丁異變魔術般抽出一把自製的小木勺從罈子撈出一個鳥蛋，小心地放在旁邊又把罈子封口蓋住，用石頭壓好，接著跑到雲開身邊，示意雲開吃栗子，他則把鳥蛋直接放進嘴裡，連殼吃下去。

雲開看得一陣難受。「生的還是熟的？」

「生、生的。」

酒醃鳥蛋可以生吃？雲開又問：「為什麼不生火烤熟了吃？」

丁異低下頭。「會、會，被看、看到。」

生火就有煙，這孩子很謹慎。雲開又問：「你家裡的飯也不夠吃嗎？」

雲見丁異低頭不說話，雲開也不想探查他的私事。今天太陽很好，石頭也被曬得發暖，雲開找了塊石頭砸開毛栗子，遞給丁異一個，自己也摳著吃。栗子失了水分乾硬乾硬的，雲開躺在石頭上曬著太陽費勁地嚼著。

丁異把她帶到這裡，和她分享他的食物是在示好，代表他很重視自己這個朋友。這種小心翼翼地想跟人交朋友的念頭，她也有過，不過後來都失敗了，索性就一個人孤獨堅強地活著。雲開看著湛藍的天空，聲音柔和了些。「你給我講講那個小胖子的事吧，不用急，慢慢說。」

丁異也躺在石頭上，磕磕巴巴地講起來。

說了半天，雲開聽明白了。「他叫曾八斗，是這裡的大地主曾春富的二兒子，咱們村裡有一半的地都是他家的？」

丁異轉頭望著雲開笑，她真聽明白了，自己也能把話說明白了。

雲開也笑。「就他那樣兒，一點也不像才高八斗的樣子。那他哥呢，不會叫七斗或者六斗吧？」

丁異咧嘴笑，第一次笑出聲來。「九、九、思。」

「曾九思？」雲開眼睛轉了轉。「子曰君子有九思……這名字比曾八斗的要強點兒。」

丁異無比崇拜地看著雲開，雲開慢悠悠道：「別這麼看我，我是為了吃上飯才背的，快忘光了。」

她所成長的孤兒院標榜會教孩子們國學，這是個能省錢又出色的辦法，就是讓孤兒們背誦古文詩詞，會背了才有飯吃。雲開小時候背了很多她不理解的東西，長大了也沒用上，現在忘得差不多了。不過說起九思……

「曾九思……九思……」不知是哪來的模糊的印象，她好像有個沒見過面的未婚夫，叫……叫九歌的？

九歌、九思？那未婚夫不會是曾家人吧？雲開轉頭問：「曾家有個叫曾九歌的嗎？」

丁異搖頭，他從未離開盧安村，曾家人他只見過曾八斗和他的小狗腿，還有曾家來催糧的管家。

算了，應該不可能這麼巧，船到橋頭自然直，雲開不想了，站起來。「我要回去了，再晚我娘該著急了。」

丁異沒想到她這麼快就要回去，失落地跟在雲開身後。還沒走到村口，雲開就聽到村裡傳來娘親焦急的呼喚聲。她趕忙揮舞著小胳膊跑起來。「娘，我在這兒！」

梅氏跌跌撞撞地奔過來拉住她，聲音都是抖的。「雲開，嬸子說看到曾二少爺追著妳跑要打妳，妳沒事就好，快跟娘回家收拾兩件厚衣裳，讓丁異帶妳找地方躲起來，等妳爹回來再想想怎麼辦……」

雲開留在家裡本就惹了婆婆不高興，若是再讓婆婆知道雲開跟曾家二少爺起了衝突，非得把她打死不可，梅氏心裡慌得不行。

雲開不曉得發生什麼事，病著的娘親出來找她，一定是奶奶發怒了，她跟丁異擺擺手就跟著娘親往家趕。丁異依舊跟在後頭，無論他出來多久，他的娘親從來不為他著急，更不可能出來找他，丁異的小腦袋垂得更低了。

雲開被梅氏拉著穿過指指點點的村裡人，一路小跑著回到家，厲氏已握著燒火棍瞪著三角眼堵在門口。「跪下！」

梅氏跪在地上。「娘饒了開兒這次吧，她剛醒來，還不認人、不明事啊。」

雲開見娘親的身子在打晃了，很擔憂她病情再次加重，用力想拉她起來。「娘回屋吧，妳出汗了，再受風就麻煩了。」

厲氏也看出梅氏不對勁，燒火棍在門上狠狠一抽。「妳給我滾屋裡去，大姊兒跪下！」

梅氏也怕病了還得花錢請郎中買藥，只得小聲叮囑雲開。「聽妳奶奶的話，別強嘴。」

「女兒知道。」雲開把娘推進西廂房關上門，轉頭看著厲氏。「說吧，我又幹錯了什麼。」

厲氏被她的眼神激得發狂，一邊罵一邊用力抽打著。「妳自己說妳到底幹了什麼，幹了什麼，幹了什麼！」

外頭有許多人看著，雲開壓著火氣左閃右躲。「有話快說，我還要回屋照顧我娘呢！」

厲氏更氣了。「妳娘就是被妳氣的！妳個敗家的傻妞，曾家的二少爺妳也敢打，妳這是要全家的命啊！」

雲開皺起小眉頭。「我沒打他，是他拿石頭砸我！」

「二少爺砸妳兩下咋啦，會死嗎？妳這吃了熊心豹子膽的畜生，還敢用石頭砸人！妳去死，去死，去死！」厲氏發了瘋，燒火棍如雨點般追著雲開落下來。

雲開個兒小身子弱，只好滿院子跑著躲閃。「我沒拿石頭打他！」

厲氏氣喘吁吁的。「如意，給我按住她，今天不打死她，我就跟她姓！」

安如意猶豫地望望天。「娘，奶奶在天上看著呢……」

「八輩祖宗看著也沒用！妳奶奶也不會護著這刨祖墳斷香火的傻妞！」厲氏喘著。

牆那邊的丁異聽到了東鄰的響動，替雲開捏把冷汗。都怪他，如果不是他，雲開也不會被曾八斗砸石頭，也就不會挨打了。丁異轉身向門口跑，卻見自己的娘親在門邊看著他，眼裡竟然有一絲罕見的、他只在夢裡見過的溫柔。

丁異呆呆地望著母親，朵氏卻又一臉厭惡地快步走開，抱柴進堂屋燒火做飯。

丁異晃晃頭，覺得是自己看錯了，他跑到安家大門口，用力敲門。

那邊雲開奶奶的罵聲更大了，丁異跑到安家大門口就想往裡擠。

「幹麼呢？幹麼呢？」剛回來的楊氏把丁異踢到一邊。「滾開，你這小喪門星離我家遠點。」

丁異見楊氏把門開了一條小縫，爬起來泥鰍一樣滑溜地鑽進去，一口氣衝到雲開面前，直瞪著厲氏。慣常，丁異在人前都是低頭的，厲氏還是第一次見到他抬起頭，眼睛跟野狼一樣嚇人，她瞧著更生氣了。「你個熊崽子過來幹什麼，滾出去，滾出去，滾出去！」

雲開也推丁異讓他快跑。「你快走，我好著呢！」

「妳是好，全家都快讓妳玩死了！」楊氏沒好氣地指著面前的兩個小崽子罵道：「娘，有人看到曾二少爺頭破血流地從樹林出來了，這可咋辦啊——」

眾人嚇得一陣抽氣，丁巽也嚇得瞪大眼睛，雲開皺著小眉頭。「他破了腦袋跟我有什麼關係，又不是我打的。」

「妳還敢說跟妳無關！」楊氏怒沖沖地罵。「如果不是你們往樹林裡跑，曾二少爺會追著你們進樹林嗎？如果他不進樹林，會弄破腦袋嗎？曾二少爺是曾夫人的心頭肉啊，上次他被熱湯燙了胳膊，曾夫人就活活打死了伺候他吃飯的丫鬟！這次一臉血啊，娘，咱快把大姊兒……呸！把傻妞捆了送到曾家去請罪吧！」

窩裡橫的厲氏嚇得腿抖，說不出話了。

楊氏急得跳腳。「我的娘嘞，您快拿個主意啊，等曾家找來，咱們全家就完了！咱們把傻妞捆過去，她是個傻子不懂事才會得罪曾少爺，讓曾夫人把她打殺了消火，才不會怪到咱們家頭上啊！」

楊氏撲上來抓雲開，丁巽一頭把她頂倒，焦急地指著大門口，對雲開喊：「跑，跑！」

她跑了，娘怎麼辦？雲開要丁巽先走。「你回去躲起來，這兒沒你的事！」

這麼半天沒聽到娘親的聲音，她覺得不對勁，連忙繞過哆嗦的厲氏，跑進西廂房，見娘親已暈倒在地上。

雲開扶不起她，只得對丁巽喊：「丁巽，進來幫我！」

兩個小傢伙費勁地把梅氏搬到炕上，蓋好被子，雲開摸著娘親冰冷的手和若有若無的心跳，慌了。丁巽侷促地站在一邊不知如何是好。

厲氏現在已顧不上兒媳婦的死活，在門口依舊扯開嗓門大罵雲開：「都是妳個喪門星，還福星，我呸！妳給我去曾家請罪！」

「我可以去，妳先請郎中回來看看我娘。」雲開沒心情跟厲氏吵，如果她在這個家，只會讓娘親的日子更難過，她願意離開，大不了一個人過。

「請個屁，死了還能省口飯！」厲氏繼續罵著，楊氏也衝進來，想動手拉雲開出去。

雲開抬起頭，眼裡全是壓抑不住的瘋狂。「滾！」

丁巽立刻把她們推出去關門落下門閂，又跑到雲開身邊。

門外，楊氏正與厲氏商量著。「傻妞是二弟妹領回來的，如果曾夫人打了傻妞還不出氣，咱就把二弟妹也交出去，總歸不能牽連家人。娘可得拿定主意，二弟妹嫁過來五年連個蛋都沒生過，現在病歪歪的怕是好不了了，還不如把她也弄走，再給二弟娶個能生養的回來……」

厲氏立刻道：「兩個都捆出去，都死了才好！」

「啰嚓」一聲，雲開硬生生地握斷了手裡的木勺。爹不在家，她必須冷靜，現在娘最重要，能幫她的人只有丁巽了，雲開認真問他。「你知道哪裡有郎中嗎？」

「嗯！」丁巽用力點頭。

「多長時間能請郎中回來？」

「一、一個、個……」丁異越急，磕巴得越厲害。

「一個時辰？」雲開問。

丁異又用力點頭。

雲開從櫃子裡拿出梅氏藏東西的小袋子，掏出一對銀手鐲遞給丁異。「這個先抵押給郎中當藥費和出診費，你就說我娘發燒、吹著風又受了驚嚇，要他趕快來，來了後我出雙倍的醫藥費，三日之後給他送過去！」雲開怕丁異著急了說不明白。「盧安村，二十歲婦人，發燒風寒受驚嚇，兩倍醫藥費，你在路上把這些話背下來。」

丁異握緊鐲子跑出門，卻被楊氏撈住了。「小崽子，把東西交出來！」

丁異張嘴就咬，楊氏啊的一聲鬆開，丁異借機跑了。

跑了丁異還有傻妞呢，厲氏和楊氏想進屋抓雲開，雲開卻又關門落了門閂。

厲氏氣急。「去請族長，我要把這個畜生趕出安家，丟到臭水溝裡淹死！」

楊氏大步跑出去。

安如意害怕地小聲道：「娘，二嫂這樣，讓二哥知道了……」

厲氏大吼：「這災星就是她領回來的，死了活該！妳二哥娶了她就沒順過！」

雲開給娘親餵了點水，梅氏努力張開了眼，費勁地抬起手，雲開立刻握住她的。「娘，您醒了，丁異已經去請郎中了，您沒事，別擔心。」

「……妳快、快進山……躲起來。」梅氏斷斷續續地說著。「別讓……抓到，娘沒事……」

剛才被抓被打都沒哭，可聽了娘親這句話，雲開的眼淚忍不住了。「娘，沒事的。爹回來之前我哪兒也不去。」

見梅氏不安又慌張，雲開立馬給她打上一針強心劑。「娘，剛才太奶奶來了，她說我能轉危為安，還說娘今年就能懷上，明年會給我添小弟弟小妹妹。娘，弟弟妹妹快要來投胎了，妳要快點好起來啊。」

梅氏的眼睛快速眨動，兩行清淚從眼角滑落，呼吸真的漸漸平順了。

門外，請了族長來的楊氏正咋咋呼呼地告狀，怕事的安家族長安太爺拉著臉怒道：「太不像話了，將人給我拎出來，問明白怎麼回事！」

屋門被拍得山響，雲開跳下炕。「娘一定要安心躺著，您出了事，我和爹都沒法活，有太奶奶在天上看著，女兒不會出事的。」

雲開打開門，見到門口站著花白山羊鬍、兩眼冒鼠光的族長和幾個看熱鬧的婦人，異常平靜。

厲氏恨恨地道：「二叔，不光這傻妞，梅問柳我家也不要了，都一塊兒趕出去！傻妞是她領回來的，還裝神弄鬼說是祖宗八代送來的福氣，我呸！」

這件事安太爺也知道，他審視著雲開青黃的小臉。「妳說，那事是真的還是假的？」

雲開冷靜無比。「你們說是假的就是假的。今天的事跟我娘無關，你們別牽連到她。」

「就是，二嫂在屋裡病著呢。」一個年輕婦人為梅氏求情。

楊氏狠狠剜了她一眼。「屁！沒她花十兩銀子把傻妞買回來，她能害曾二少爺受傷嗎？」曾家還沒說什麼，這屎盆子楊氏就結結實實地給雲開和梅氏扣上了。

厲氏也是鐵了心。「對，曾家來了人就讓他們一起捆回去，這兩個不是安家的人。」

雲開替娘親心冷。「我娘嫁過來五年，為安家做牛做馬，刺繡女紅賺的錢也都是孝敬奶奶或給三叔買了筆墨，她一點錯都沒有，你們憑什麼趕走她？」

「就憑我是她婆婆，就憑她惹我生氣！」厲氏瞪著三角眼理直氣壯地道。

「原來安家就是這麼講規矩的？真是大開眼界！」雲開直視安太爺。「安家祖宗們都要氣得從墳裡跳出來了。」

厲氏是不像話了，安太爺皺眉。「其滿媳婦的事，等麥熟回來再說，先把傻妞捆了！」

安麥熟是安老頭的大名，家裡的大事自然要由男人說了算，這個傻妞不是大事。

「不用你們捆，曾家人來了我自己跟他們走，郎中和我爹回來之前，我哪兒也不去！若是你們誰敢現在捆我，我到了曾家就說是你們要我揍曾二少爺的。」雲開擋在門前，這麼個瘦小的孩子，硬是撐出鐵錚錚的骨氣。

安太爺覺得傻妞一點也不傻，難道真是祖宗保佑的？這事……

「這事由不得妳！老大家的、如意，把她給抓起來，再進屋去把梅問柳給老娘拖出來！妳以為妳一個傻妞的話，曾家也信？」厲氏尖聲叫道。

雲開亮出左手的剪刀和右手的錐子，架她沒少打，打架不看誰厲害，是看誰不要命。那就讓她試試，這幫人誰敢不要命。

「娘，我媳婦兒犯了什麼錯，為什麼要拖出來？」興沖沖扛著糧種回來的安其滿擠開人群走進院子，看到這陣仗也怒了。

「爹您總算回來了！事情是這樣……」雲開就像倒豆子一樣地把事情講了一遍。「娘醒著呢，丁異請的郎中也快到了。這件事跟娘無關，曾家如果找來，我一個人去！」

安其滿也知道這事的嚴重性，毫無頭緒，只瞪圓眼睛吼道：「妳個丫頭裝什麼好漢，滾回屋去！」

雲開轉身回屋去看娘親，安其滿跟族裡人解釋著。「這件事也不能怪雲開，她沒幹什麼，誰知道曾家少爺是怎麼弄傷的？曾家也不一定會打殺人的。」

厲氏三角眼瞪圓。「就算曾家不殺人，他們把地收回去怎麼辦？連累到安家老少幾十口怎麼辦？為了傻妞和一個不會生蛋的雞，不值當的！」

「娘，她是我媳婦兒！」安其滿心疼。

「狗屁！今天我就要休了她！」厲氏當著眾人的面大聲叫罵。「她不過是你十兩銀子從……」

「娘！」安其滿大吼，媳婦兒是他借了十兩銀子從賭坊贖出來的事，村裡知道的不多，如果被嚷出來，媳婦兒以後在村人面前就抬不起頭了。

「到了這分兒上還有什麼好瞞的！」厲氏見兒子敢對她不敬，火氣更高了，當年二兒子從城裡借銀子贖回這個小賤人後，這幾年她就沒從二兒子手裡掏出什麼錢來，損失大了！

「娘要趕我媳婦兒走，乾脆連兒也一塊兒趕走吧！」安其滿也發了狠。

厲氏哆嗦著手指。「你說什麼？你為了個小賤婦，就不要娘了？」

安其滿跪在地上不說話。

厲氏尖叫。「我問你，是要那個小賤人還是要娘？你說，你說，你說！」

安其滿固執地道：「兩個都要！」

屋內，梅氏又落下眼淚。雲開握緊她的手。「娘，不如咱們三個一起走吧，到哪兒也比在這裡受氣強。」

梅氏驚恐地望著雲開。「被趕出去是沒法活的。」

「娘覺得這樣過日子，算活著嗎？」雲開反問。

梅氏說不出話了。

屋外，安太爺不耐煩地開口。「行了，多大點事，也不怕讓人看笑話。」

「不好了不好了，曾家來了好幾個人，到里正家去了！」安家小輩慌慌張張地跑進來。

「太爺，怎麼辦啊？」

厲氏和楊氏也腿一軟跪在地上，安老頭和安其金剛進來的路上，大略聽村人說了事情經過，進門時臉也是黑沈的。安太爺見到安老頭，立刻問：「麥熟，這是你門裡的事，你說怎麼辦？」

安老頭非常乾脆。「先把傻妞捆了交出去，他們要是還不解氣就捆梅氏！其滿立刻去寫休書，待會兒用得上就用，用不上就撕了，這件事不管怎麼樣，都不能牽連族裡其他人！」

「爹，您不能啊！」安其滿哀求道。

厲氏和楊氏都露出得意的笑容，安其金低著頭不吭聲。

「不好了，里正帶著人過來了！曾家人的臉色可難看了。」傳訊的又喊道。

厲氏聽了就是一個激靈。「快捆人啊！老二趕緊去寫休書！」

屋內，梅氏緊緊握著雲開的手不讓她動。屋外，幾個安家晚輩就要衝進來捆人，安其滿擋在門口。「不用費事寫休書了，爹把我們仨都趕出去吧！省得他們抓了我媳婦兒和孩子不解氣，你們再來捆我。」

安老頭罵道：「你腦袋讓驢踢了？你是安家人，她們是外人！」

「她們是我媳婦兒和閨女，爹這樣，讓兒以後怎麼抬起頭來做人？讓她們被捆走，我還算個男人嗎？」安其滿額上的青筋都蹦出老高。

「這法子好！」楊氏立刻拍手贊成，卻見一院子的人都盯著她，只好訕訕地放下。

安太爺猶豫著不知該怎麼辦，安老頭和厲氏沒想到兒子會這麼不要命地護著兩個外人。

安其金不想二弟被趕出去卻又怕被牽連，只得折衷道：「二爺爺，待會兒他們來了就說我們已經分家了，這件事是二房的人幹的，跟大房和其他人無關。如果到時這樣還不行，咱們再說趕二弟出族，成不？」

安老頭和厲氏也捨不得把兒子趕出去，立刻表示贊成。「對，我們分家了，分家了。」看熱鬧的人們見了這場面，心裡各有各的滋味，男人們看著剛帶著他們領了糧食的安其滿，有那麼一股子由心而生的尊敬，敬他是條漢子。

這個好。雲開眼睛亮了，梅氏又流下兩行眼淚。

「堵著大門口幹啥，都讓開！」盧安村的里正曾前山引著曾家的管事來了。人群讓開路，里正領著兩位衣著光鮮的管事大步走進來，年紀大的管事村人不認識，但賊眉鼠眼的這個他們可都見過，有幾個小孩都嚇哭了，厲氏和楊氏也嚇癱在地上。

這是曾大地主家收租糧時才會到村裡來的，心狠手黑的二管家曾福啊，這次安其滿三口真的完了。

曾福對自己帶來的震撼效果十分得意，他擠著老鼠眼左右瞧瞧，厲聲尖叫。「傻妞和小磕巴呢，給老子帶過來！」

里正曾前山陪著笑。「小人剛問過了，傻妞她娘暈倒了，小磕巴丁異去請郎中還沒回來。這兩個孩子平時也不是愛惹事的，許是這中間有什麼誤會也說不定……」

聽到丁異的名字，年紀大的管事抬了抬眼皮。

「是請郎中還是逃了？先把傻妞帶過來，敢傷了我家二少爺，老子看她是活膩歪了！」曾福的老鼠眼落在楊氏身邊啃拳頭的二姊兒安雲好頭上，安雲好「哇」一聲哭了。

楊氏立刻捂住閨女的嘴，哆嗦地指著西廂房。「傻妞在西屋裡！」

西廂房內，趁亂把爹爹拉進屋說話的雲開最後問道：「爹記住了嗎？」

聽明白也記住了，不過安其滿心裡還是沒底。「他們真怕這個嗎？咱們這兒離鎮上遠著呢。」

「只要爹配合得好，就能成！」雲開信心十足。「娘不放心就在窗戶上挖個眼洞看，千萬別出去受了風。」

看著雲開轉身抬頭挺胸地走了出去，梅氏的心提到了嗓子眼。

雲開推開西廂房的門，立刻變得委屈巴巴、戰戰兢兢地望著盛氣凌人的曾福，十足的小受氣包模樣，安其滿也是一臉害怕。

曾前山趕緊給他們使眼色。「大姊兒，把今天的事仔細說一遍，要是說一句謊，妳就死定了！」

雲開撇著小嘴，要哭不哭地道：「我和丁異沒有弄傷二少爺，是他讓我倆跑，他在後邊用石塊砸我們玩。我倆害怕，跑到樹林裡就再沒見到他了，真的不曉得他是怎麼受傷的。」

「胡說八道！」曾福黑沈著臉。「阿來和阿去都說是被你倆扔石頭砸傷的！」

這是阿來阿去怕被責罰，把鍋甩給了她和丁異，看曾福急不可待的模樣，應是跟阿來阿去沾親帶故的，所以想把弄傷曾八斗的罪名扣在她和丁異頭上。雲開見旁邊不說話的老管事靜靜待著，就知道這是她唯一的機會，便衝著他哭了起來。「我們沒有，我沒說謊，說謊會下地獄拔舌頭的。」

老管家曾安微微點頭，二管家曾福又追問：「那你們在樹林裡幹什麼了？」

雲開哭著道：「跑到一個樹少的地方，撿到幾個乾栗子吃了好一會兒，你們不信去看，那裡還有栗子殼呢……」

曾福的眼神閃了閃。「栗子殼到處都有，這不算！」

「小磕巴回來了！」這時門口有人叫，雲開驚喜異常，丁異終於回來了。

滿頭大汗的丁異拉著一個鬍子花白的郎中衝過來，見到這個郎中，大管家曾安的眼神和村裡不少人的眼神都不一樣了。這不是從不出藥谷的劉神醫嗎？丁異是怎麼把他老人家請出來的？

曾福一把抓住丁異。「小兔崽子，你給我站住！」

劉神醫掃了這一院子的人，只問了一句。「病人在哪兒？」

「在屋裡。」

安其滿立刻引著郎中進屋，被按住的丁異看到臉掛淚珠的雲開，瘋了似地掙扎著。

曾福不得不放開他，待他跑到雲開身邊後，曾福問：「小磕巴，你說我家二少爺的傷是你還是傻妞用石頭打的？」

卑鄙！雲開抽泣著撚了撚手指。「丁異，說實話。」

丁異看著雲開的手指上被毛栗子扎破的小點，磕磕巴巴地道：「不、不是，我倆，進、進樹林，跑。」

「去林子裡幹什麼？」曾福急切地追問。「是不是撿石頭去了？」

所有人屏息聽著，丁異慌亂得比雲開還像小受氣包。「石、石頭，谷、谷裡，吃、吃毛、毛栗子。」

他真明白了！雲開鬆了口氣。里正趕忙道：「您看，這兩孩子說的是一樣的，這事……」

曾福偷看了一眼大管家曾安，厲聲罵道：「好啊！原來你倆早就串通好了，不說實話是不？給我打，打到這兩個小畜生說實話為止！」

這是要屈打成招還是直接打死頂罪呢？雲開在小廝衝上來時機警避開，跑到曾安旁邊哇哇大哭。「我們沒有打傷曾少爺，不信你們去問他自己，我們沒有！」

小廝才不管她說什麼，只管用胳膊粗的棍子招呼過來。曾安剛要說話，就見傻妞的爹衝出來擋住木棍質問：「你們幹什麼？我閨女是傻但她不說謊，你們憑什麼打人！」

「憑棍子硬！」猖狂的曾家小廝一腳踹開安其滿，雲開哇哇大哭。「爺爺奶奶，我沒拿石頭砸人，你們救救我和爹爹啊！」

安老頭和厲氏嚇得打哆嗦。「瞎喊什麼，咱們已經分家單過了，妳幹了啥我們哪知道！」

眼看著雲開要吃虧了，只見丁異一頭撞在小廝的肚子上，又抱住他的大腿向後一拽，小廝仰面摔倒，棍子也撒了手。

丁異搶過棍子，將雲開護在身後，壓住她顫抖的小肩膀，低聲道：「莫怕，沒事的！」

「你們憑什麼打人，我娘都快讓你們嚇死了！爹，咱請三叔寫狀紙告他們去！」雲開大叫。

曾福氣笑了。「果然是個傻妞，妳去打聽打聽，這南山鎮哪個敢接告我家老爺的狀子！還有這小磕巴，伸手就能拽倒一個大人，說我家少爺不是你打的誰信！給我打！」

雲開繼續哭叫。「南山鎮沒人敢接？縣學正大人不是來了嗎，爹，咱找他告去！」

曾福哈哈大笑。「學正大人管哪一塊都不知道，還想告狀？果然是個傻妞！」

安其滿也梗著脖子道：「這咱不管，反正學正大人是縣裡來的大官，鎮裡的官管不了，咱就找他！」

「給我揍，揍死這個刁民！」曾福只是想找人給姪子阿去頂罪，怎麼可能讓他們去告狀，總之先打殘了打怕了再說！

安其滿大吼。「有種你們曾家就打死我們仨！父老鄉親們，你們但凡還念點舊情就幫我們傳話出去，就說曾家縱奴濫殺無辜，我就不信傳不到學正大人耳朵裡！」

村人有幾個跟安其滿有交情的都大聲應了，里正曾前山求身邊的大管家曾安道：「您老說句話吧，讓二管家手下留情啊。」

曾安這才開口了。「住手。」

兩個張牙舞爪的小廝立刻退到一旁，雲開含著淚花的眼睛望著曾安，心中也是緊張的。

曾安平靜地道：「這件事還得再查，今天先這樣吧。」

「安叔！」曾福急了。「咱把這兩兔崽子抓回去吧，否則他們跑了怎麼辦？」

「有里正守著呢，他們能跑哪兒去？」曾安的沈穩勁，十個囂張的曾福也比不上。

里正曾前山立刻點頭哈腰。「小老兒會看住這兩孩子，在把事情查清楚之前，不讓他們出盧安村一步。」

曾安滿意地點頭。「你記住，除了我和老爺身邊的曾祥，哪個來了也不能讓他們把這兩孩子帶走，否則我唯你是問！」

「是，是！」曾前山連連行禮。

曾安道：「走吧。」

曾福不甘地追上去。「安叔，這要是讓夫人知曉了……」

「大少爺的前途為重，老爺施粥是為了什麼，你想壞了老爺的大事嗎？」曾安道。

老爺施粥就是為了博個好名聲，給大少爺弄個「品行俱佳、為鄉里稱道」的家門，現在的確不是鬧事的時候。曾福不敢說話了，又回頭狠狠瞪了雲開一眼！

兩人出門帶著人路過隔壁小磕巴家門口時，曾安的目光落在開了一條縫的大門上。門內偷看的啞女朵氏立刻哐噹一聲關上大門，將曾前山嚇得一哆嗦。

安家老院內，眾人回不了神，這就沒事了？別說死人，連血都沒見呢……

安其滿和雲開跑進屋裡去看梅氏，劉神醫正給梅氏扎針，見了安其滿，不悅地道：「看你家這樣也不像吃不上飯的，怎把人餓成這樣？」

看著媳婦兒蒼白泛青的小臉，安其滿慚愧地低頭。

「她久餓體弱，又受了外傷和風寒，若不能好生調養，定留下病根。」劉神醫說著，又在梅氏的穴位上扎入一根長長的銀針，雲開看著都疼。

「老夫先給她施針祛寒，再開藥慢慢調養，飯食不說多仔細，起碼得讓她吃飽。」

「是，多謝您老。」安其滿連連拱手。「能得您出谷給我媳婦兒看病，是我們的福氣。」

劉神醫拔出銀針，擦拭乾淨收起來。「若老夫不出谷，這孩子就要把谷裡的藥材全禍害了！」

丁異低頭不吭聲，雲開拍拍他的小肩膀，感激道：「今天多虧了你。」

只這一句話，丁異就抬起滿是泥土汗水的小臉，笑了。

劉神醫寫下藥方遞給安其滿，又冷哼一聲。「小子，這事不算完，跟老夫回去把你毀掉的藥材種好！」

丁異一聲不吭地待在雲開身邊，不想跟劉神醫走，雲開想到丁異回家可能也會被他爹打，趕忙道：「你跟去種藥材躲一躲吧，還能逃過一頓打。」

安其滿拿著藥方小心翼翼地問：「這診費……能請您老寬限幾天嗎？」

劉神醫的目光落在安雲開身上，安雲開立刻道：「是雙倍的費用，雲開記得。」

劉神醫這才點頭。

雲開弱弱地開口。「……我能幫您種藥草抵藥費不？」

「妳以為藥草是誰都能種得活的？」劉神醫揹起藥箱。

雲開看得出這個老郎中醫術、醫品都不錯，便厚著臉皮求道：「那這藥方上的藥，我們能一併從您那裡配嗎？您放心，十日之內，我們會把藥錢一文不少地給您送過去。」

雲開握緊小拳頭，她怎麼說也是帶著幾千年文明穿越過來的現代人，十天的功夫怎樣也夠她賺到銀子還看病的錢了。

「開兒……」安其滿拉住閨女，卻也暗含期待地望著劉神醫。這位神醫名氣大、脾氣也大，很少出谷給人看病，就是你上山去求他看病，也得看他心情好不好。今日他能來，安其滿已是萬分驚喜了，哪敢奢望他賒藥。不過，若是萬一他心情好賒下藥，媳婦兒的病可能可以好得快點。

劉神醫看了雲開一眼，又重重地哼了一聲。「妳也就配打掃谷裡的狗窩。」

「是，雲開這就去幫您打掃狗窩！」雲開機靈地立刻抱起劉神醫的藥箱，跟爹爹道：「爹，開兒把郎中爺爺送回去再把藥帶回來，您在家守著娘。郎中爺爺，咱走吧？」

劉神醫沒想到這丫頭的臉皮如此厚，笑著出了門，丁巽和雲開立刻跟上。等在門口想跟神醫套個近乎的村人，都直接被劉神醫無視了。

屋內，安其滿看著媳婦兒手背上清晰可見的淡青色血管，慢慢低下頭，哭了。

梅氏努力讓自己的聲音聽起來像沒生病一樣，用慣常閒聊的語氣道：「我出了一身汗，舒坦多了，過幾天就好了。」

安其滿悶聲道：「我以為是因為雲開，爹娘才對妳不滿的。我還想實在不行，就把雲開送走，好讓妳過得舒坦點。可我現在才知道，娘因為當年的事和咱們沒孩子……」

梅氏怔怔地流下眼淚，丈夫不在家時，婆婆和大嫂的為難她都忍下了，想著是要一起過日子的家人，她多做些活兒她們總該念個情。沒想到出了事，她們一點情也不念。「有滿哥真心實意待問柳好，就夠了。」

安其滿的額頭在媳婦兒的掌心用力蹭了蹭。「咱們真分出去單過吧。」

梅氏驚喜又不安地轉頭看著丈夫。「能……行嗎？」

「剛才曾家的人說了，讓里正守住雲開和丁巽，這就是說還會回來查這件事的。爹娘和大哥、大嫂一定同意把咱們分出去。梅娘，剛出去住或許會辛苦一些，但我會想法子不讓妳餓肚子的。」對於以後會怎麼樣，剛二十出頭的安其滿也慌，不過他得咬牙撐著，媳婦兒再這麼熬下去，就真的沒命了。

梅氏臉上有了笑。「滿哥去哪裡我都跟著，還有……開兒。」

安其滿明白媳婦兒的意思。「會帶著她的，開兒傻的時候也是不討人厭，現在不傻了更讓人看著喜歡。妳放心，我不會扔下她。妳先睡會兒，我先去堂屋看看。」

梅氏這才安心地閉上眼睛，很快昏睡過去。

安其滿把臉擦乾淨才到堂屋，見爹娘和大哥、大嫂正商量什麼，見他進來都不說話了，安其滿緊抿著嘴，心裡不是滋味。

厲氏咳嗽一聲，才開口道：「老二啊，這事是傻妞惹出來的，你別怪爹娘狠心，爹娘要是只你一個孩子，怎麼樣都成，可你們兄妹五個，爹娘不能偏心啊，你說是不是這個理？」

安其滿輕輕點頭。

安老頭也不自在地開口了。「我和你娘商量著，對外就跟人說把你們一家三口分出去單過。等這風頭過了你們再回來，咱啥也不耽誤。這樣成不？」

老大安其金也道：「二弟也見到曾家人的臉色了，這件事一定不算完，你還是把傻妞交出去吧，她又不是你親生的，為了她這麼拚命，不值當的。」

「就是啊！」楊氏也幫腔。

安其滿沒接這話茬，直接道：「爹、娘、大哥，不用這麼麻煩，直接就把我們仨分出去吧。」

安老頭吼道：「你說什麼？你要分家？你個不孝子！」

安其滿苦笑。「不是爹和大哥要把我分出去嗎？」

安其金辯解道：「那不是當時話趕話嘛，大哥真沒這個意思。咱們兄弟穿一條褲子長大的，我是怎麼樣的人你還不清楚嗎？」

厲氏沈下臉。「是不是那個賤貨讓你這麼幹的？」

安其滿搖頭。「這是我的意思。娘放心，我們就算分出去了，三弟和小妹成親時，大哥出多少錢我們就出多少。」

「那怎麼成！你大哥沒你能幹，嫂子我也沒二弟妹的手藝，你們跟我們出一樣多算怎麼回事！」楊氏一聽就不幹了。

安其滿沒搭理她，直接對老父道：「我們分出去後，吃穿用度都不再用夥裡的，省下來的錢給三弟買筆墨。若是三弟考上秀才還要往上考，我也不會不管，還是那句話，大哥出多少我就出多少。」

安其金皺緊眉頭不說話，安老頭曉得今天的事傷了兒子的心，這兒子脾氣倔，九頭牛也拉不回來，只得道：「就這麼定吧。」

「老頭子！」

「爹！」

安老頭用煙袋鍋敲桌子鎮住一家人。「就算分了家，以後也是一家人，不能自此生分了讓人笑話。」

安其滿恭敬地道：「是。」

楊氏忽然琢磨過味兒來了！真把老二兩口子分出去，家裡的活兒豈不是要她一個人幹，地裡的活兒豈不是要她男人幹？這怎麼行！

楊氏跳起來。「我……」

「大嫂，如果不分家，出了事算誰頭上？我把雲開趕出去，休了媳婦兒留在家裡，我再娶媳婦的錢要從哪裡出？」安其滿在鎮裡當過跑堂的，他不是不會說，只是平日念著情分，本著多一事不如少一事的想法不說罷了。現在拋開這個情分，他的嘴皮子又索利了。

楊氏嚷嚷道：「曾家來的人就是想要傻妞，又沒想把二弟妹怎樣，咱只交出傻妞，這樣二弟妹不用休，你也不用再娶媳婦了！」

安其滿笑了。「剛才曾福還想連我一起打死呢，萬一他們再追究起來，怎麼辦？」

是啊！楊氏腰桿一挺。「分家！」

本來不同意的厲氏也不吭聲了，安老頭嘆口氣。「去把你太爺再請過來吧。」

老大安其金悶聲道：「族長走的時候說了，等咱們列好分家單，拿過去給他按個印就成。」

安老頭看著兩個兒子。「你倆都是怎麼想的？」

安其金立刻道：「我聽爹的，爹怎麼分都成。」

安其滿開口道：「咱們村南曬麥場的草屋空著，爹把那塊地方分給我們一家三口住吧，田地怎麼分都聽爹的。」

楊氏的眼珠子不住轉悠，生怕老二一家占了便宜。

安老頭點頭。「你們屋裡的東西都帶走，鍋碗瓢盆也按份兒拿。咱家有五畝良田、六畝山地，良田我和你娘留下兩畝養老，剩下的你們兄弟仨平分，所以給你一畝良田、兩畝山地。咱們租的曾家的田就不分給你了，你想租，自己去弄。」

這麼分的確算是公平，安其滿點頭。「良田我要東邊那幾畦，山地就把曬麥場邊那塊分給我吧。」良田東西邊都一樣，曬麥場邊的山地是新開出來還沒種熟的，家裡人都沒意見。

「夥裡現在也沒幾文錢，就不分了。」厲氏補充道，楊氏立刻喜笑顏開。

安其滿又點頭。「梅娘病了，屏風這幾日繡不出，家裡欠下的那十兩銀子爹娘再想辦法吧。」

這不是開玩笑嗎！楊氏立刻跳起來。「那個一點也不急，啥時候二弟妹繡好換回銀子再還錢就行，我去跟我爹說！」

安其滿點頭，算是應了。

「你別嫌娘嘮叨，你三弟還得讀書，家裡用錢的地方多，要是家裡實在拿不出，你該出的就得出。就算分出去了，你還是爹娘生的親兒子，該辦的事該守的規矩一樣都不能差！」厲氏放下狠話。「你們生不出兒子，還得指望你大哥和三弟過繼一個給你延續香火呢。」

楊氏得意地挺起肚子。

安其滿也不解釋。「是。」

分家文書很快寫好，按上手印又拿到族長家請他當了證人畫押，這個家算分了。安其滿拿著輕飄飄的幾張紙回到西廂房裡，心裡說不出什麼滋味。

雲開抱著兩包草藥回來，安其滿撐著笑道：「藥真拿回來了？看妳這一臉的汗，快過來換件衣裳，莫受了涼。」

雲開接過爹爹遞來的茶碗喝了幾大口茶，又洗手換了衣裳，才把今天發生的事跟爹爹仔細講了一遍。

安其滿聽完嘆了口氣。「碰上曾家，咱們去哪兒講理去？以後妳見了曾八斗躲遠點兒，實在躲不開就蹲在地上抱著腦袋哭，他覺得沒意思也就會走了。今天多虧妳機靈，否則這一關咱們還不知道要咋過呢。妳在炕上躺著歇會兒，爹去煎藥。」

雲開看著爹強打精神的樣子，搖了頭。「女兒不累，爹領糧回來還沒歇著呢，先躺會兒吧。」

安其滿這才想起終於領回來的糧種，心裡總算痛快了些。「妳的法子真能用，我們在鎮口等了不到一個時辰就開門了，跑到衙門口站在隊伍前頭，領出來的糧還不差，只要老天肯下雨，種下去就能發芽！」

「一定會下雨的。」雲開聞言，笑得眼睛彎彎。

看著炕上睡著的媳婦兒，再看看笑得開心的閨女，安其滿忽然來了幹勁。「我把爐子搬到窗臺下，妳煎藥時聽著點妳娘的動靜，我去收拾曬麥場的房子。」

「收拾房子？」雲開疑惑道。

安其滿佯裝輕快地道：「咱們分家了，過幾天妳娘身子好點，咱仨就搬出去住。」

雲開的眼睛大亮，安其滿摸了摸她的小腦袋下炕出去。

東廂房裡，跟安其金盤算今天的事到底是吃虧了還是占便宜的楊氏，聽到院子裡的動靜，扒著窗縫往外一瞅就急了，趿著鞋就跑出去大嚷。「家裡就這一個藥罐子，分家單上可沒分給你們，這是要搶東西啊！娘快出來瞧瞧，真是沒皮沒臉了！」

還不等爹爹開口，雲開就頂上了。「伯娘嚷什麼，我爹只不過把爐子搬到窗下讓我一邊熬藥一邊守著我娘！你們要是覺得我們不能『借』你們的爐子煎藥就直說，我去找別人家借！」

那不是丟老安家的面嗎？分家已經夠丟人了！堂屋的厲氏開口就罵。「都給老娘閉嘴，閉嘴，閉嘴！」

見安其滿推上推車要出門，楊氏又急紅眼了，安其金拽了她一把，低罵道：「妳給老子消停點！」

罵完，安其金也扛起鐵鍬揹著竹筐出了門，安老頭也黑著臉出來，扛起鐵鍬跟著去了，村南那房子不收拾收拾，可沒法兒住人。

雲開諷刺地勾起嘴角，再自私無情，這些人總算還知道要個臉面。

藥還沒熬好，雲開就聽隔壁傳來變態丁二成的罵聲。「好你個臭崽子，老子出去這麼一會兒，你就把天捅破了，看老子不抽死！」

種完草藥跟著自己回來的丁異要挨打了，雲開立刻站起來。

雲開拎著破扇子，跑到堂屋門口大聲喊。「小姑！」

安如意居然是紅著眼圈出來的。

「妳幫我熬藥成不？我一會兒就回來。」雲開直接問。這個家裡現在還能幫她幹點啥的，也就年紀小沒完全被熏黑的安如意了，厲氏和楊氏她根本不指望。

「真是麻煩！」安如意嘴裡嘟囔，但還是伸手搶過雲開手裡的破扇子，蹲在藥罐子旁邊。

厲氏瞪著三角眼開口問：「妳幹麼去？」

「出去玩！」雲開正要往外跑，屋內的梅氏開口了。「開兒？」

雲開立刻進屋。「娘醒了，渴不渴？」

一直沒睡踏實的梅氏搖頭。「妳要去丁異家嗎？娘怎麼跟妳說的？」

「丁異在挨打，剛才我挨打時他幫了我，還幫娘去請郎中，我得過去幫他。」雲開不喜歡與人打交道，但並不冷血。

梅氏低聲道：「妳去了也沒用，有人勸他爹只會打得更狠，連丁異他奶奶都管不了。丁異受不了會跑的，他躲幾天再回來就沒事了。」

現在天還這麼冷，他能躲到哪兒去，雲開又問：「丁異的娘也不管嗎？」

梅氏又嘆口氣，虛弱地道：「他娘也不待見丁異，妳別去，娘怕丁二成連妳也打了。」

雲開明白丁異為什麼在石頭縫裡藏吃的、還整天髒兮兮的了，或許丁異過得還不如沒爹娘的孤兒呢。「娘，開兒不進他家，就在門口望望。」

與雲開挨揍時安家大門口的人山人海不同，丁家大門口冷冷清清的，連不遠處街角曬太陽的閒人都沒興致過來看熱鬧，足見丁異挨打對他們已是司空見慣的場面了。

雲開透過門縫往裡瞧，這大冷的天，院內光著膀子的丁二成手裡舉著雞子粗的棍子追打丁異，丁異瘸著腿四處躲避，危象百出，而丁異的娘親朵氏竟淡然地坐在堂屋門口繡花，對院子裡的父子倆不聞不問。

雲開看得生氣，回安家廚房裡拿了把菜刀就往外跑，嚇得楊氏都不敢吭聲。

見傻妞拎著菜刀跑出來，街角曬太陽的人們才聚攏過來。「傻妞要幹啥？」

雲開也不說話，把菜刀插入門縫中，一點點地撥拉橫在門後的門閂，很快開了。雲開隔著門縫見丁異又被丁二成用棍子抽得打滾，往這邊跑過來了，她用力推開木門，然後拎著菜刀跑了。

丁異竄出家門，丁二成穿了件舊襖追著，依次從雲開家路過。最後只剩下一群看著雲開發呆的老婦。

看見這一幕的厲氏和楊氏更堅定了要儘快把傻妞趕出去的念頭，連鬼見愁的丁二成她都招惹上了，真是活膩歪了，八輩祖宗在上保佑也抵不上被一個丁二成纏住！

見丁異跑了，雲開把菜刀放回廚房，接回扇子繼續熬藥。安如意不解地看了雲開一會兒，才轉身回屋。

見雲開熬好藥，厲氏立刻開口了。「把藥分一碗給我。」

楊氏也趕緊道：「也給我一碗，我這兩天不太舒坦。」

劉神醫名氣大，他開的藥一定是好東西，這祛寒的藥她們喝上一碗肯定有好處。

雲開被她們這有便宜不占就是王八蛋的癖性氣笑了。「劉神醫說我娘是久餓成疾，這是對症開的藥，妳們真要喝？」

沒挨過餓的兩人都不吭聲了，雲開把藥端回屋，看著娘親喝下去，低聲道：「女兒沒有進丁家的門，只是幫丁異開門讓他逃走。爹收拾房子該渴了，女兒送壺熱水過去吧？」

梅氏也記掛著那邊。「出門往西第一個路口往南走到村邊，再向西走就到了。躲著點人，別亂跑。」

雲開應了，把碗扣在壺上，拎起來往外走，她前腳剛踏出門，就見丁二成拎著棍子回來了。雲開立刻縮回腳，等丁二成關上家門才往外走，沒有發現丁家門內，兩眼直勾勾看著她的丁二成。

第四章

當雲開看到自家曬麥場的小草屋時，無語了。土胚薄牆草頂兩間房，夏秋曬糧躲日頭沒問題，可能避寒嗎，娘親受得住嗎？

翻蓋房屋非提上日程不可！雲開走過去見爹爹正揮汗如雨地往牆上刷草泥。安其滿見到閨女拎著水來了，從木架上跳下來問：「妳娘喝完藥了？」

「喝了。」雲開看爹爹喝了兩碗水，才笑嘻嘻道：「爹，咱們家這地方真敞亮。」

能不敞亮嗎？連個院牆也沒有，邊上就幾間茅屋或窩棚，一看就是臨時搭起來看糧的，現在都沒人。看著這些茅屋，雲開眼睛一亮，突然想到丁異可能就躲在某個茅屋或窩棚裡，她想去找找他，看他傷得怎麼樣。

見閨女拎著壺要走，安其滿道：「把壺放這兒吧，待會兒妳爺和大伯拉磚回來也得喝。」

雲開傻乎乎地回頭。「水沒了，我再回去燒。」

明明還有半壺呢，不過安其滿也沒阻止小心眼的閨女。「在家看著妳娘吧，別過來了。」

這話雲開愛聽。她逕自走向茅草屋，拎著水壺找了一圈也不見丁異，正疑惑著，她身後高高堆起的草垛裡傳出窸窸窣窣的聲音。雲開回頭，見丁異的小腦袋鑽出來，歡快地望著雲開。雲開怕被人發現丁異的秘密基地，見左右沒人，低聲道：「你躲開，我也進去。」

「進、進不來倆。」丁異爬出來，拉著雲開快速跑進一間茅屋裡關上門。然後，一碗接一碗的，丁異愣是把半壺溫水都灌進了肚子。

雲開問：「讓我看看你的腿傷到骨頭沒有。」

丁異乖乖地把腿伸到雲開面前，雲開一摸才知道這孩子的衣裳穿得多單薄，她忍著什麼也沒說，小心摸了一遍。「沒傷到骨頭。」

見丁異還在衝著她笑，雲開心裡難受了。「想哭就哭，你才幾歲啊，用不著憋著。」

丁異愣了。他在家時只要一哭，娘就煩得不行，爹就揍他；在外邊，欺負他的人看到他哭就大聲笑，欺負得更狠。所以他早就不哭了。他不怕雲開笑話他，只怕她嫌他煩，跑開不理他。好不容易有個人，肯跟他一塊兒玩。

從小就孤單一個人的雲開明白丁異在想什麼，她坐在丁異身邊。「傻瓜，想這麼多，不嫌累啊。」

丁異小心翼翼地抱住雲開的胳膊，還是笑。雲開問：「晚上你睡在哪兒？」

「冷不冷？」

丁異指了指外邊的草垛。

「有、有狗、狗……」

「有狗跟你一起睡？」雲開的嘴巴都合不攏了。

丁異笑出聲。「狗、狗褥子。」

雲開也忍不住笑了。「還有狗皮褥子啊，你的條件不錯啊。吃飯怎麼辦？」

「喝、喝飽了，不、不餓。」丁異拍拍小肚子。

他的腿腫著呢，再不吃飯乾熬著怎麼行，雲開給他出主意。「你去劉神醫那邊吧，你不是要幫劉神醫種草藥嗎？我看劉神醫挺喜歡你，他看你腿不舒服一定會幫你治的。你在那邊幹活，起碼能有間屋子睡覺，還有飯吃。」

丁異本不想去，雲開勸了他一會兒，又再三保證會去看他，這小傢伙才瘸著腿走了。

雲開往回家的路上走，在家門口碰到了里正曾前山。曾前山招招手讓雲開過去，問道：「曉不曉得丁異去哪兒了？」

曾前山答應了曾管家要看好他倆的，這人還不錯，雲開也不瞞著他。「他爹老打他，他躲起來了。」

曾前山也不多問，掏出了一個小布袋。「曾家的事不算完，你們倆這幾天別到處亂跑，小心遇上了曾家的人。這些東西妳給丁異帶過去吃，別讓人看見。爺爺知道妳也是個好孩子，別老整事兒惹妳爹娘操心，知道不？」

沒想到曾前山會特地給丁異帶吃食來，雲開想了想，若是劉神醫不收留丁異，他回來了也得吃東西，便接了。

雲開接過他手裡的小袋子藏在袖子裡，看著他慢慢遠去的背影，快步走進自家大門。

聽到丈夫在刷牆，梅氏臉上有了笑容。雲開小聲道：「剛進門時里正爺爺給了我一個小袋子，裡邊是三個黑麵窩窩，讓我給丁異帶過去。」

梅氏嘆道：「如果不是有里正顧著，丁異也活不到今天。」

村裡對丁異不聞不問的還算好的，很多人把對丁二成的厭惡和畏懼撒在丁異身上，甚至縱容自家的孩子欺負丁異。如果沒有曾前山喝斥護著，丁異的情況只會更糟。

梅氏又睡著了後，雲開坐在一邊盤算著接下來要做的事。劉神醫的診金藥費、搬家要置辦新的家當、娘親養身子，他們一家子還要吃飯，處處都需要用錢……災年民不聊生物價飛漲，想從一般人身上賺錢根本不可能，所以只能從有錢人身上打主意了。雲開第一個想到的是從沒見過面的曾大地主。她托著小腦袋還沒想好怎麼賺，就聽見在鎮裡讀書的安家老三安其堂回來了。

安其堂回答了老娘一些關於吃吃喝喝的問題，才問：「兒子剛聽曾奶奶說咱們分家了？」

厲氏和楊氏都靜了，安大郎囔囔道：「因為傻妞打破了曾二少爺的腦袋，二叔要傻妞不要咱們了！」

聽厲氏和楊氏添油加醋地把事情講了一遍，安其堂沒出一聲，直到晚上吃飯見到二哥，他也沒說一句話。不只他，安家的男人們都不說話，飯吃得極為壓抑，雲開卻很開心。安其滿吃完，端著媳婦兒的飯回屋裡時，見娘和大嫂盯著他手上粥碗的眼神，又是一陣難受。

安其堂跟著二哥到了西廂房內，見到躺在炕上的二嫂，心裡說不上什麼滋味。「二哥，你……」

安其滿道：「沒事，還在一個村裡住著，多走兩步罷了。」

安其堂低聲道：「曾春富不是個完全不講道理的人，很多張狂霸道的事兒都是曾家下人們做的。曾家現在忙著呢，應該沒空再來找二哥的麻煩。」

雲開才不信呢，曾春富怎麼會不知道他的走狗們在村裡橫行霸道？他是拉著拴在惡狗脖子上的繩子的人！雲開又問：「三叔，曾家最近缺啥東西不？」

安其堂笑了。「就因為曾家大少爺律詩絕句寫得不好，曾春富就肯花幾百兩給他請先生，這樣的人家，能缺啥？」

雲開眼睛一亮。「那他們找到了沒？」

安其堂搖頭，酸溜溜地道：「曾春富就是胡鬧，他兒子在青陽書院讀書，什麼樣的先生沒有！」

沒有就好辦。雲開又問：「三叔的書在家不，可以借一本給開兒看看嗎？」

安其滿立刻道：「書是金貴東西，不是妳能拿著玩的，莫鬧。」

安其堂正因分家的事覺得愧對二哥一家，便縱容著雲開。「不過是看幾眼，弄不壞什麼的，我這就去拿。」

把《論語》從頭至尾翻看了遍，雲開就把書還給三叔，失望地嘀咕著。「看不懂，可是我明明夢到自己認字的呀。」

這童真的話語惹得一屋子人笑了，待他們哥兒倆說了幾句閒話後，安其堂回了正屋。

雲開直接問爹爹：「爹，咱們還有錢嗎？」

安其滿汗顏。「錢的事，爹有辦法，妳在家照顧妳娘就成。」

「爹，其實開兒有個主意，順利的話咱們就能賺上一筆。」雲開湊到爹爹耳邊。「咱們寫點東西賣給曾地主，爹說怎麼樣？」

「妳快拉倒吧！」安其滿的聲音都忍不住拔高了。「他是個一毛不拔的鐵公雞，想從他身上賺錢，門兒都沒有！」

雲開繼續遊說。「就算他是鐵公雞，只要咱有鐵鉗子就能薅下一把毛！我現在就有鐵鉗子啊。」

聽雲開把鐵鉗子拔毛計劃講了一遍，安其滿的頭還是搖得像博浪鼓，奈何最後雲開以娘親需要錢養病為由，將爹爹拖上賊船。

安其滿一咬牙，決定幹了！就像閨女說的，不成功也不會損失什麼。可萬一成功了，他們就能熬過這段日子了。父女倆商量了大半夜，第二天一早，安其滿在三弟進鎮讀書前借回紙筆交給雲開，他依舊去村南的稻草房裡收拾。

當梅氏睡醒，見閨女正趴在炕桌上提著筆寫字時，險些驚呆了。「娘這是在作夢吧……」

雲開聽到娘親的聲音抬起頭笑，見到閨女臉上斑斑點點的墨汁，梅氏也忍不住笑了。

「開兒識字？」

雲開歡愉地點頭。「會寫。」

「怎麼會呢？」梅氏喃喃問道。閨女幾天前還是個傻姑娘，忽然不傻已夠驚人了，現在還會寫字了……

雲開笑得開心。「女兒前天晚上夢見自己會寫字，看了三叔的書，才發現自己真的會。」她原本就會寫一手工整的書法，上大學時還在才藝班打工，教小朋友寫毛筆字呢。

梅氏雙手合十。「開兒不傻了，現在還會寫字，這真的是菩薩和祖宗保佑啊！」

安其滿晚上回來，見到雲開寫了滿滿當當的三十頁詩稿時，也驚呆了。「這些都是？」

雲開點頭。「我只能記得這麼多，爹說能成嗎？」

安其滿雖識幾個字，卻看不出這詩寫得好不好，待第二日安其堂回來了，安其滿把其中一首給他看。安其堂道：「雖格律不足，但比興工整立意極好……」

「三弟見過這詩沒？」聽著三弟文謅謅地評價完，安其滿心裡算是有了點底。

「沒有，這是誰寫的？」安其堂好奇著，村人可沒這水準。

安其滿只說是撿的。

待安其堂走後，梅氏見丈夫和閨女又湊一塊兒嘀嘀咕咕的，便好奇問道：「你們倆在算計什麼？」

安其滿也不瞞著媳婦兒。「我倆打算去把這些詩賣了。」

梅氏睜大丹鳳眼。「賣？不是雲開胡亂寫的嗎？」

「娘，這是我夢到的，三叔也說好呢。」雲開喜孜孜的，這些古詩大多是孤兒院的老師們詩詞比賽時寫的，其中還夾雜了清代名家的幾篇詩作，是這個時空絕對沒有的東西。從剛才安其堂的評價來看，糊弄曾春富應該足夠了。

「能成嗎？」梅氏心裡沒底。

安其滿咬牙。「一定成！」

成與不成，就在今日了。

雲開穿上丁異藏在草垛裡的破衣裳，扮成個淒慘落魄的小廝，跟著邋遢憔悴、頭髮半擋臉又沾了鬍子的爹爹跪在新堆起的土堆前燒紙。這一片地埋的是逃難過來餓死、病死的災民，安其滿打聽過了，這是曾春富每天出城必經之處。

父女倆在這兒守株待兔。

「來了……」安其滿燒紙的手不禁打起哆嗦。

雲開見過來了兩匹馬，前邊馬上是個長得挺中看的中年男子，這和她想像中肥頭大耳的地主模樣相差太大。雲開把一枝三叔用禿了的毛筆扔進火堆裡，哭得聲嘶力竭。「少爺，將筆帶著，到了那邊也好寫字——」

安其滿也咬牙豁出去了，他拿起旁邊的詩稿剛燒了一張，雲開立刻搶了摟在懷裡。「陳叔，您這是幹什麼！」

閨女唱作俱佳的表演帶動了安其滿的情緒，他悲痛地道：「咱們在這兒人生地不熟的，去哪兒找銀子刊書啊！還不如一併燒了，讓少爺帶去給閻王爺看，或許閻王爺能看中，留少爺在地府裡做個小官……」

曾地主的馬蹄聲停在了一旁，雲開抽抽嘴角，爹爹這後半句加得實在是妙。

雲開繼續哭。「閻王爺想看少爺再寫，青兒一定要讓少爺的詩稿流芳百世！先生們都說少爺是百年難得一見的奇才，這是少爺的心血啊！咱們再想想辦法……」

「我就是把你賣了，也湊不夠銀子尋人刊書啊！少爺啊，您怎麼就這麼會給我倆找事呢，我倆哪有能耐給您刊書啊——」安其滿嘶啞地哭著，搶回詩稿又開始燒。

見這兩個人拉扯在一處，曾祥接了曾春富的眼神，大聲道：「把你們手裡的東西拿過來給我家老爺瞧瞧。」

雲開緊緊抱著詩稿。「這是我家少爺的。」

曾祥上來就要搶，曾春富一橫馬鞭擋住，對雲開露出狼外婆的笑容。「孩子，認不認得本老爺？」

雲開兩眼茫然。「咱是路過這裡，不認得本地人。」

曾春富更放心了，問安其滿。「聽口音，你們是青州人？」

操著一口青州方言的安其滿，故作驚喜問道：「是呀，老爺一看就是大好人，您去青州不？能帶我倆一路回不？小的會趕馬車。」

曾春富聽了格外高興。「老爺我不去青州，不過老爺是開書肆的，你們可否把書稿給老爺我看看？」

有門兒！裝作小書僮的雲開眼冒星光。「您真的是開書肆的？」

曾家不做書本生意，曾祥雖然不知道老爺要幹啥，不過他也立刻掛上和善的笑。「這還有假？這位是我們曾……」

「咳！」曾春富打斷這沒眼力的狗奴才。「老爺我是增輝書肆的東家，鄧雙溪，增輝書肆你們可聽過？乃是海州赫赫有名的大書肆。」

滿嘴胡謅！安其滿面上「喜出望外」，連忙遞上詩稿。「原來是鄧老爺，久仰久仰！」

曾春富越看越滿意，這些詩讀起來真挺溜當，他兒子作文章一流，唯獨在作詩上稍遜一籌，他正為這事發愁，若是把這些詩稿拿回去……他心思一轉，拿起其中一篇遞到這兩個狼狽的下人面前。「這詩是你家少爺何時所寫？」

安其滿和雲開立刻不好意思地低下頭。

「我是馬夫，不識字。」

「我是書僮，也不識字。」

曾春富怒道：「馬夫不識字倒還合情合理，你一個書僮怎會不識字！」

雲開慌得眼淚在眼眶打轉。「小人是少爺兩個月前剛買的，還沒來得及學識字，少爺就病死了。」

曾春富這下更放心了。「你家少爺的詩驚才絕豔，值得刊印成書，老爺我接了！」

安其滿和雲開立刻跪地磕頭。「多謝鄧老爺，多謝鄧老爺！」

曾春富裝腔作勢地捋著鬍鬚。「凡是刊書，須得注明寫詩之人的姓氏名號。你家少爺姓甚名誰？家在何處？」

安其滿立刻回道：「我家少爺乃青州何縣人，姓青名賀之字隨遠，今年十八歲，我們老爺在世時也是當地名士，鄧老爺不信可去青州打聽一番。」

青州距此千里之遙，安其滿幾年前在酒樓當跑堂時遇過青州來的商人，聽他們說過當地名士好入深山隱居，不喜才名外洩，所以這回他才學著青州口音編出來這麼個人物，也不怕曾春富去查。

「能作出如此佳作之人，豈會有假，老爺我記下了。」曾春富把詩稿交與身後的小廝，囑其妥善保管就要騎馬離去。

雲開急了，立刻轉到馬前伸胳膊擋住。「鄧老爺，您還沒給銀子呢！」

曾春富拉住轡繩，鐵公雞的本性暴露無遺。「書還未刊出來，不曉得有沒有人買呢，怎麼給銀子！」

安其滿趕緊解釋道：「是這麼回事，我家少爺泣血留詩，一是為了留名，二是希望讓我們二人把詩稿交與書肆，好換些盤纏回鄉伺候老爺。青州距此千里，我家少爺趕考途中突生重病，花光了我們所有的盤纏，才會出此下策。少爺說讓書肆主人把詩稿所值交給我倆，刊印所賣銀錢便都歸您了。」

「往日有人千金求詩，我家少爺都不搭理的，現在這樣做也實在是沒辦法了。」雲開轉頭望著土堆問了一句。「少爺，是吧？」

一陣風捲起一陣塵土，曾春富忽然覺得脖子發涼。「也罷！便給你們些盤纏，權當老爺我做善事積福了！旺財，取五兩！」後一句話，他是咬著牙說出來的。

雲開瞪大眼睛。「我家少爺的三十多首詩怎麼可能才值五兩！我家少爺說至少要五百兩！」

曾春富差點把詩稿砸在雲開臉上，找死！

安其滿趕緊解釋。「鄧老爺，青州遠在千里，五兩實在不夠我二人的盤纏啊。」

「五百兩絕不可能！」曾春富臉色鐵青，考慮要不要把這兩人直接弄死。

雲開固執地梗著脖子不要命地衝上來。「那你把詩稿還給我們，我們再去找書肆，少爺說值就值！詩稿給我們，還給我們！」

百尺之外聚集的災民們見這邊發生爭執，漸漸聚集而來。曾春富不想這事鬧大，眼睛一轉心生一計。「最多五十兩，這些足夠你倆返回青州的。我這也是看在上天有好生之德的分上才幫你們，若是嫌少，你們就把詩稿拿回去！」

「五百兩！」雲開伸手就去奪，曾春富和安其滿同時開口了——

曾春富：「八十兩！」

安其滿：「成交！」

這到底是五十兩成交還是八十兩成交？雲開立刻喊道：「八十兩怎麼能成，少爺明明說……」

「就八十兩吧，鄧東家是大名鼎鼎的書商，交給他才不會埋沒了少爺的才華。不信你問少爺！」安其滿也學著閨女的樣子，回頭問土堆。「少爺，您說呢？」

雲開壓住笑，傷心地道：「少爺他居然同意了……」

看著聚集過來的災民，安其滿和曾春富都著急。曾春富立刻掏出一個錢袋子扔過來，安其滿馬上塞進懷裡。

雲開心裡正美得冒泡，就聽錯身而過的曾春富問身邊的小廝。「盧安村向東還是向西？」

「老爺，向西！」

盧安村！安其滿腿一軟摔倒在地，雲開無語望天，這也太巧了吧！

這個時候曾春富去盧安村，可想而知當然是為了他兒子曾八斗的腦袋撞破的事！完了完了，家裡只有娘在，她還病著呢……

兩匹馬往前走了一段，曾春富低聲道：「你回去帶人過來，找個沒人的地方，將那兩人給老爺我弄死，錢袋一定要帶回來。」

「是！」曾祥早就料到老爺會這麼幹，立刻騎馬回鎮裡叫人。

安其滿見曾春富主僕分開走，心知不對，二話不說拉著雲開就鑽進林子，身後的難民一哄而上，爭搶他們留下的兩個破包袱。

雲開還小，跑沒多遠就腿軟了，安其滿索性把她扛在肩上，鑽樹林抄近路，沒命地狂奔，愣是一口氣跑回盧安村邊，才把閨女放下，雙手拄膝直喘粗氣。

氣喘勻了，安其滿就想往家裡走。快被顛散架的雲開拉住爹爹的衣裳，提醒道：「爹，先換衣裳洗把臉，揹上柴再走！」

「對，對！」安其滿真是忙慌了，兩人避開人，急匆匆回到茅草屋換上原本的衣裳。

安其滿洗淨臉上雲開給他抹糊的東西，又仔細在臉上抹了幾道泥巴，雲開身上也被他拍了一個泥手印。父女倆搗騰好，剛揹起柴要走回家，安其金就慌慌張張地找過來了。「二弟快回家，曾地主來了，就在咱家呢。」

安其滿慌得柴都掉了。「他咋跑來了？」

安其金抹著臉上的冷汗。「哪曉得呢？曾老爺指名要見雲開和丁異，丁二成現在到處找丁異呢。二弟，咱們醜話說在前頭，曾地主要怪罪起來……」

安其滿就不愛提這個話茬。「凡事都是我們仨的，跟其他人無關。」

安其金的臉色有點訕訕的，此時里正也急匆匆來了，拉住雲開問：「丁異人呢？」

雲開小聲道：「他去藥谷幫劉神醫種藥草了。」

藥谷？聽說丁異去了藥谷，里正和安其金像被施了定身法，都呆了。安其滿好心地推了推里正的胳膊。「前山叔？」

里正曾前山這才緩過勁來。「咱先回去，丁異這孩子有福氣啊，去藥谷就好辦了……」

一行人回到安家，見曾春富正坐在堂屋的八仙桌旁喝茶，安老頭和族長安太爺站在邊上陪笑，厲氏和楊氏在門外面無血色，見到雲開進來，恨不得立刻把她捆了扔到曾地主的馬蹄下。

「曾老爺，這就是我的二兒子和他撿來的閨女。」快被不言不語的曾地主嚇破膽的安老頭，表情和門邊那對婆媳差不多。

西廂房裡的梅氏見到他們父女平安回來，懸著的心稍稍放下。

曾春富盯著門口的一大一小看了一會兒。「老爺我怎覺得你倆有點眼熟呢？」

「小人在您家施粥的攤子前喝了兩天粥，多謝老爺大恩大德……」安其滿拱手彎腰，雲開則「嚇得」抱住爹爹的腿，不敢抬頭，丁二成更是縮在安家大門口不敢進來。

曾春富很滿意自己的威風，直接問雲開。「妳就是傻妞？」

雲開點頭。

曾春富又問：「另一個呢？」

里正趕緊答道：「丁異去劉神醫的藥谷種藥草了。」

曾春富皺起眉頭，里正趕緊推推雲開，雲開小聲解釋道：「曾二少爺受傷那天，我娘出去找我受了風寒，丁異去藥谷請劉神醫過來幫我娘看病，不小心踩壞了藥谷裡的藥草，所以劉神醫讓他去給種好。」

曾安說得沒錯，劉神醫果然是被小磕巴請出來的。曾春富終於有了點笑模樣，更堅定了此行的目的。「好吧！人不在也沒什麼關係，老爺我今天是登門道歉來的，八斗受傷的事我已經查問清楚了，是他自己不小心摔倒磕在石頭上弄破了頭，與妳和丁異無關。為了這事還害得妳娘受了驚嚇，老爺我真是心有不安。」

他這話一出口，所有人都呆了。厲氏和楊氏見曾春富不是來找碴算帳的，也趕緊挪進屋內陪笑。曾春富當然不耐煩待在悶熱的屋子裡對著這樣一幫人，拿出幾塊碎銀子對安其滿道：「這錢給你媳婦兒看病用。」

在一眾人的羨慕中，安其滿千恩萬謝地接了，曾春富又掏出兩粒碎銀子和顏悅色地遞給雲開。「好孩子，我家八斗挺喜歡妳和丁異，以後你們繼續在一塊兒玩，可別因為這事就不搭理他了。」

所有人都瞪大眼睛不可思議地看著。雲開接了，抬起小腦袋真誠地道：「曾老爺真是大好人。」

曾春富笑成了花。「這孩子哪傻，我看就挺好。」

躲在大門口的丁二成這時也擠進屋，點頭哈腰地道：「老爺，小人丁二成，是丁異那兔崽子的爹。嘿嘿、嘿嘿……」

丁二成把手伸到曾地主面前，兩隻泛著血絲的眼裡盡是貪婪。

丁二成身上的味道熏得雲開往旁邊挪了兩步，曾地主也捂著鼻子。「聽里正說你把丁異打跑了？」

「那王八羔子該打。」丁二成的手沒有收回，眼巴巴地望著曾地主。

「把人打走了還想要賞錢？滾！」曾地主想討好的是劉神醫，怎麼可能隨便給個無賴銀子？

丁二成麻溜地滾了，曾春富轉頭跟里正說：「修祖墳的事，我有幾句話想跟你說。」

「是，您儘管吩咐。」里正曾前山陪著笑，恭敬地把曾春富往外請。

盧安村的里正和曾地主竟是同族？雲開腦袋都不夠使了，跟著爹爹把曾地主送到門口，見丁二成還站在門外。

見到曾春富出來，丁二成又湊過來討好地笑。「老爺真不記得小人了？小人丁二成啊，十一年前在您府上當過三個月的車夫，還駕過馬車送您和夫人去廟裡燒香求子呢。」

那麼多年前的一點破事，曾春富哪裡記得！

丁二成又提醒。「那次您在廟門口下馬車時被石頭絆了一跤，磕破了腦袋。」

雲開無語，曾家人跟破腦袋還真是有緣。

丁二成又往前湊了一步。「老爺，那石頭真不是小人放的。大管家還因為這事趕小人出府，小人冤枉啊。您當年還誇過小人能幹呢，曾夫人對小的也很中意，還把府裡的大丫鬟朵蘭配給了小的。朵蘭就是我那兔崽子的娘，現就在家裡，小的這就把她叫出來給您磕頭。」

曾春富的臉色猛地一變。「把這瘋子給我趕走！」

他的話從牙縫裡擠出來，顯然強行壓著怒火。

還在嚷嚷的丁二成立刻被里正派人弄走，村裡也竊竊私語地跟著曾春富一行人離去，安家門口恢復了冷清。雲開望向丁二成家緊閉的大門，見門底下露著一雙帶補丁的舊鞋，不用問也知道是誰的。丁異的娘親居然是曾家的大丫鬟，還被曾夫人配給了丁二成！雲開覺得她一定是惹了曾夫人生氣，才這麼埋汰她。

旁邊的楊氏見曾春富走沒影了，過來就掰雲開的手指頭搶錢，雲開掙扎著。「妳要幹麼！」

「這錢是給安家孩子買糖吃的，安家的孩子可不止妳一個！」楊氏恨不得掰斷雲開的手指。

雲開狠狠踹在她的膝蓋上，楊氏「哎喲」一聲疼得鬆手，雲開跑回西廂房，把錢塞進爹爹手裡。

楊氏瘸著腿追進來。「妳個傻妞敢踢人，二弟，你管不管！」

安其滿和梅氏都皺起眉。「大嫂，妳這是幹啥？」

雲開立刻告狀。「伯娘說曾老爺給我買糖吃的錢，是給她家大郎和二姊兒的。」

楊氏理直氣壯的。「難道不是嗎？因為這事受到驚嚇的可不只大姊兒，二弟你說是不？」

安其金罵道：「妳這賊婆娘，滾出去！」

「大哥也這麼覺得？」安其滿直接問跟進來的安其金。

「可那……」楊氏不服氣。

「滾！」安其金臉都黑了。

楊氏只得一瘸一拐地去堂屋搬救兵。安其金咳嗽一聲才問：「弟妹好點了吧？」

梅氏點頭。她病了這麼多天，還是第一次聽到除了安其堂外的安家其他人關心她的病。

安其金又道：「那邊的破房子不擋風，你們不如在家裡養病吧。」

雲開皺了皺眉，這是見沒事了，又不想分家了？

安其滿點頭。「我們等雲開她娘好點了再搬過去。」

安其金有些急了。「不是，二弟，我的意思是一家子就該一塊兒住著……」

「咱們已經分家了。剛才哥去茅屋找我時，還當面提醒我，怎麼轉眼你自己倒忘了。」

安其滿見大哥這前後兩張臉，心裡更不是滋味了。

此一時彼一時啊！安其金正不知怎麼說才好，安如意就在院子裡喊道：「大哥、二哥，爹娘叫你們到堂屋。」

「欸！」安其金立刻退出去。

安其滿把手裡的銀子塞給梅氏，對上她和雲開擔憂的臉，笑了笑。「沒事，妳們先歇著。」

安其滿出去後，梅氏立刻小聲問：「那事？」

雲開笑咪咪地點頭，湊到娘親耳邊開心地道：「成了，八十兩！」這是她穿越過來後賺的第一筆錢，雲開非常有成就感。

「多少？」梅氏瞪大美眸不敢置信，然後，暈了……

雲開扶娘親躺下，試了試娘親的呼吸和脈搏才放下心，眼珠子一轉，她勾起嘴角，噔噔噔地跑進堂屋，也不管正在抹淚哭訴的厲氏，拉住爹爹的胳膊焦急道：「爹，娘又暈過去了！」

安其滿立刻慌了。「爹娘，兒先回去看看。」

被一肚子話憋得臉黑的厲氏看著兒子跑了，哭罵道：「娶了媳婦就忘了娘啊！」

「就二弟妹那風一吹就倒的模樣，暈了有什麼了不起的。」楊氏心裡著急，那五兩銀子可不能讓二弟拿去給病秧子買藥！

安老頭站起來往外走。「老大，跟我去搬磚！老二是個倔脾氣，分就分了吧，就算分了家我也是他爹，你也是他哥，再鬧下去讓人笑話。」

見他們父子倆就這麼走了，楊氏火燒火燎地湊到厲氏身邊。「娘啊，可不能讓二弟把那五兩銀子給浪費了啊！」

厲氏瞪了她一眼。「就妳事多，這麼半天沒見大郎還不找找去，妳這娘怎麼當的！去去去！」罵完了楊氏，厲氏又叫：「如意呢，死哪兒去了？」

在裡屋和二姊兒安雲好玩彩繩的安如意磨蹭著穿鞋出來，貼牆站著。厲氏低聲道：「去妳二哥屋外聽聽他們在說啥。」

安如意蹭著牆不挪窩，厲氏三角眼一瞪。「去！」

安如意只得硬著頭皮跑去蹲在院裡二哥窗戶底下，只不過半天也聽不到一句話，又磨蹭了一會兒，實在不知道要做什麼，噔噔噔地跑回堂屋。

房裡，安其滿方鬆下來，才覺得胳膊、腿抖得都不像自己的，雲開被爹爹硌到的胸口也還疼著，梅氏也睜開了眼，三人你看我我看你，心裡想著的都是那八十兩。

八十兩啊！三人無聲地笑了。

梅氏小聲問：「都藏好了？」

安其滿點頭。「今天曾老爺給的五兩，該怎麼辦？」

銀子論兩，銅錢論文，一兩銀子合一千文銅錢，若是穿起來的一千文銅錢，大夥兒叫它一貫錢，若是銀子，眾人多以兩論之。

「娘那裡……」梅氏知道婆婆定是惦記這個錢的。

雲開搶先道：「咱還欠著藥錢呢，而且神醫說娘要養身子，咱們得靠這五兩銀子過活。」那八十兩現在是不能光明正大拿出來用的，曾地主很可能派人正在四處找陳叔和青兒呢。他們一家三口現在手裡能用的錢，就只有這五兩了。

安其滿也想明白了。「開兒說得對，我這就去還藥錢，再請神醫幫妳開藥調養身子。」

梅氏想得多。「請神醫給爹娘開服去火防瘟的藥，天熱起來後怕是要起疫症的。你也帶著開兒去，請神醫幫她把把脈，看要不要吃點什麼藥防著她再糊塗回去。」

雲開抽抽嘴角，安其滿忍不住笑了。

雲開跟著爹爹出屋，見厲氏堵在門口，冷冰冰地問：「幹什麼去？」

安其滿恭敬地道：「去還劉神醫的藥錢，梅娘說讓兒給爹娘抓兩服去火防瘟的藥回來備著。」

厲氏的臉色這才好看些。「也給你三弟抓一服。」

「是。」安其滿乾脆地應了。

「錢省著花，家裡快沒米了。」厲氏又叮囑一句。

安其滿應了一聲，帶著雲開出村一路向西，沿著蜿蜒的山路翻過一個山頭，才望見劉神醫居住的藥谷。雲開居然在藥谷裡隱隱約約地望見了些綠意，她驚喜地叫。「爹，草發芽了！」

安其滿也很驚訝。「都說神醫的藥谷是個風水寶地，原來是真的。」

待靠近藥谷的入口，有人高聲問道：「你們來此何事？」

安其滿找了半天也沒見到人，只得對著藥谷的柵欄門行禮。「我們來還藥錢。」

「放在地上就可以走了。先生忙著，沒空見你們。」

來過一次的雲開抬頭對著一塊大石頭喊。「我們不曉得藥錢是多少。」

石頭後又傳出聲音。「想給多少給多少，且去！」

雲開目光狡黠。「爹，那包藥估摸值十文，咱們放地上走吧。」

怎麼可能，安其滿不安地拉雲開，不讓她胡說。石頭後忽然冒出一個小腦袋，衝著他倆大吼。「胡說，我家先生一味藥都不止一百文！」

雲開忍不住笑了。

「笑什麼笑，瘦得只剩骨頭，醜死了！」小藥童火氣更大了。

這時，一個小身影一瘸一拐地從谷裡跑出來，跑到雲開面前笑得異常燦爛。

「還用跑的，你的腿不要了？再疼別找我給你上藥！」小藥童的腦袋又鑽出來嚷嚷。

丁異不理他，只是看著雲開笑。雲開也笑了。走了這麼遠才到這裡，又面對脾氣刁鑽的藥童，雲開對丁異那天能把劉神醫請到村裡幫娘看病，抱以更深的感激。

「剛才曾老爺到咱們村裡來了，說曾八斗的傷跟咱倆沒關係，咱們沒事了。」

丁異開心地瞪大眼睛。「太、太、太好了！」

「嗯。」雲開用力點頭，安其滿問道：「丁異，神醫在不在？」

「在、在，藥田裡。」丁異打開柵欄門。「來、來。」

裝神弄鬼的小藥童從樹上跳下來。「不許去，先生忙著呢！」

丁異不理他，拉著雲開往裡走到藥田邊，看到劉神醫正挽起褲腿在種藥籽。

安其滿立刻拱手彎腰行禮。「神醫，我們來還藥錢。」

劉神醫擺擺手。「沒幾文，罷了。」他不收錢，安其滿想再請他開藥的話就說不出口了。

有些話大人不好開口，雲開仗著自己是小孩子，笑嘻嘻地道：「請神醫爺爺收下吧，我們還想請您再幫我娘抓幾服滋補的藥呢。」

見劉神醫要吹鬍子瞪眼，安其滿趕緊解釋道：「神醫，我這閨女是兩月前領回來的，腦袋不大靈光，前幾天病了一場才明白過來，還不太懂規矩，您別見怪。」

這立刻引起了劉神醫的好奇。「以前的事不記得了？」

「模模糊糊記得一些，但連不起來。」雲開如實道。

劉神醫捋捋鬍鬚，這很高人的舉動，卻因他滿手的泥怎麼看怎麼滑稽。

「丫頭，把手伸過來。」

安其滿立刻把雲開推到劉神醫面前。劉神醫把他泥乎乎的爪子落在雲開的小胳膊上。

「這丫頭並無不妥，之前或許是被人用藥所迷也說不定。」

「您看她需要吃些藥嗎？」安其滿追問。

「她和你媳婦兒一樣久餓體弱，應調理一段時日。」劉神醫見丁異在旁邊眼巴巴地看著他，才勉強道：「老夫這裡藥不全，你們去鎮裡的醫館怕也付不起藥錢，老夫給你開幾個食療的方子，藥補不如食補穩妥。」

安其滿連連鞠躬奉上五兩銀子。「多謝神醫，讓您費心了。」

見到就這點錢，小藥童的臉色越發難看，劉神醫卻不在乎這些。「銀子老夫用不到，你且收回去，先過來幫著把藥籽種上。」

「是！」安其滿立刻挽袖子幹活。

雲開歪著小腦袋問：「神醫爺爺，現在又沒下雨，藥籽種上能發芽嗎？」

「開兒！」安其滿拉了拉雲開。「不要多話。」

劉神醫倒沒生氣，他觀觀無雲的藍天，口氣頗為篤定。「十日後，大雨將至。」

「要下雨了，還是大雨？」安其滿驚喜地跳起來，踩了剛種上的藥籽，看得劉神醫直皺眉，他趕緊站好，緊張地盯著劉神醫，這裡自去年初夏後未再降雨，是真的要下雨了嗎？

「老夫不通天象，此乃來訪的老友講的，你莫要講出去，省得不下雨讓人白白歡喜一場。」

劉神醫的朋友能是一般人嗎！安其滿眼裡轉著淚花。「太好了，真是太好了！」

雲開蹲在丁異身邊看他挖坑、放藥籽、填土。看著丁異的側臉，雲開發現他長得比他爹強了萬倍，都不像親生的。如果丁異長得像丁二成，會是什麼模樣？雲開想不出來，忍不住笑了，丁異也跟著傻笑。

一直關注著丁異的劉神醫無語半晌，才低聲問安其滿。「丁異家裡情況如何？為何他身上青一塊紫一塊的，還有不少舊傷？」

安其滿小聲道：「他爹每日喝酒賭錢，他娘是個啞巴，兩人都不待見這孩子，這孩子家裡家外受欺負，打罵更是常事。」

「我看你家閨女和他關係不錯。」劉神醫的話酸溜溜的，丁異到了他這兒幾乎就沒開口說過話，這丫頭來了他就嘴不停。

安其滿張張嘴，那是因為他家閨女也沒玩伴，兩孩子隔牆傻坐了一個多月，才有如今這副模樣。種好藥籽，安其滿接了劉神醫開的食補單子，千恩萬謝。

劉神醫又把雲開叫過去叮囑。「丁異磕巴是因為從小就沒人教過他講話，以後妳儘量讓他多說話，想好了再說，能慢慢治好。」

雲開應了，抬著小腦袋問道：「神醫爺爺很喜歡丁異？」

劉神醫毫不猶豫地點頭。

雲開替丁異高興，又問：「那您會收他做徒弟嗎？」

劉神醫哼了一聲。「那得看他的造化。」

雲開趕緊替丁異刷好感。「丁異的心性真的很好，從小到大他沒被人善待過卻也沒有長歪，是個心思純淨的好孩子。他這麼小就能自己養活自己了，您說能差得了嗎？」

「說得好像妳是他娘一樣，妳還沒人家大呢！」劉神醫又忍不住吹鬍子。

「我比他高，也比他大，」加上上輩子，她都快三十了，雲開理直氣壯。「我不是他娘，是他姊！」

丁異又開心地咧嘴笑了。等安其滿和雲開要回村，他自然而然地在後邊跟著，劉神醫叫都叫不住他。

雲開無奈地按住他。「你的腿還沒好，在這裡好好住兩天，幫神醫種草、養病，好了再回去。」

丁異可憐巴巴地望著雲開，真跟養了隻小狗似的，雲開只好哄道：「腿好了再回來，咱們才能一起痛快跑著玩，我喜歡跑快快的，你瘸著腿能跟我一起跑嗎？」

丁異只好留下。

回家的路上，安其滿不住地感嘆丁異的好運氣。「他若真能入了神醫的眼，別說弟子，就是當個藥童也是天大的造化了。」

說來也是，雲開又看著深藍的天空問道：「爹，劉神醫說會下雨的事，您怎麼看？」

「神醫把種子都種上了，應該準吧，咱們回去也翻地種上！」安其滿興奮道。

「爺爺把種子給咱們了嗎？」雲開一瓢涼水潑下來，安其滿就不吭聲了。

雲開忍著笑又潑下第二瓢水。「如果下大雨，咱們新家那茅草屋能撐住不漏雨嗎？娘的身子可禁不起折騰了。」

安其滿立刻急迫起來。「是得想個法子，總在老房子裡住著也不是回事。」

「買瓦蓋上行嗎？」雲開直接問。

安其滿自有主意。「瓦太貴，再說那草屋的房頂蓋上瓦就塌了。咱不如買塊遮雨的油布先湊合著，我聽妳大伯說，楊家村的油布賣不出去，估摸能便宜賣給咱們。」

雲開覺得這方法挺好。「爹現在就去買吧，我回家照顧娘。」

「啊？」安其滿愣了愣。「這不急……」

雲開催促。「當然急啊！還有十天就要下雨了，咱得收拾好房子搬家，還得耕田種地，好多事呢。爹辛苦跑一趟，我回家看著娘就好。」

安其滿想想也是，急匆匆地走了。

雲開哼著小曲回家，遮雨布不急但銀子急啊，如果今天不花出去，回家厲氏還得惦記著，以爹娘的孝順勁肯定得拿出大部分去，還不如花了省心。

果然，雲開一進家門，厲氏見她沒拎藥回來，臉就黑了。「妳爹呢？」

「去忙活了。」雲開模稜兩可地答道：「劉神醫沒給開藥，只開了幾張食療的方子，說藥補不如食補。」

「屁話，誰不知道這個理！」楊氏非常生氣。「食補得花錢！我看你們就是拿著長輩的身子不當回事，怕花錢不給抓藥吧？」

雲開嘟起小嘴。「劉神醫說的怎會是屁話？我要去問問里正爺爺和族長太爺！」

楊氏嚇得趕忙找補。「我是說妳說的是屁話，妳別冤枉人！」

「可那話就是神醫說的。」

劉神醫名氣大聲望高，這話要傳出去就麻煩了。厲氏一棍子抽在楊氏身上，罵道：「嘴上沒一點把門的！大姊兒不許出去，快回屋守著妳娘！」

楊氏哎呦著躲到一邊，狠狠地瞪著雲開。雲開衝她吐吐舌頭，回了西廂房。

梅氏看她得意的小樣子，忍不住笑了。

雲開拿出劉神醫開的食療方子，唸給娘親聽。「大棗蓮子健脾養胃粥、紅糖小米大棗補血粥、香油羊肝補氣湯、椿芽白米補心安神粥。」

梅氏卻聽得直皺眉。「娘身體已經好了，用不著這麼補，這些東西都老貴老貴的。」

「馬上就不是了！」雲開美滋滋地跟娘講了劉神醫說的話。「解了旱情樹木發芽，咱就有吃的了，起碼椿芽白米粥能給娘喝上。」

梅氏喜得坐起身。「這是真的？今兒是二月十三，還不到清明節，耕田播種種瓜種豆都來得及，太好了！快去把這件事講給妳奶奶聽！」

雲開搖頭。「神醫不讓亂說，怕不下雨惹事。」

安其滿回來時揹著一大卷油布，一手拎著兩袋米，一手提著口小鍋，這些東西看得厲氏直皺眉。「你這是幹啥，這得多少銀子？」

滿頭大汗的安其滿咧嘴笑了。「三兩多。」

厲氏和楊氏都跳起來，像是被割了肉。

雲開聽到聲音，立即跑出來幫爹爹拿東西，安其滿先把一袋米放在娘親面前。「我買了些碎米，娘收著吧。」

厲氏見他只給了自己一袋，不禁就沈下臉。「過日子得精打細算才能長久，萬一有坎兒，手裡一點錢財也沒有怎麼過得去？這一大捆買來幹啥的？」

「蓋房頂的，怕屋子漏雨。」安其滿接過雲開遞過來的茶碗喝了一大口。「娘，再過幾天興許要下雨了。」

「能有多大？用得著你買這麼大的油布?!」厲氏氣得肝疼。

楊氏眼珠子亂轉。「真要下雨了？我住的那屋也漏水，二弟割一塊油布幫我蓋上吧。」

雲開真是服了這厚臉皮的。「爹累了，快把東西拿回屋歇會兒吧，爺爺和大伯還在新房那邊幫咱們收拾呢，待會兒叫幾個人把油布蓋上去。」

遇到事就把二兒子一家攆出去，安老頭怕村人戳脊梁骨，這兩天都帶著大兒子過去幫著收拾院子，好讓人知道他沒有不管這個兒子，是他自己非要搬出去住的。

「果然是個傻子！」楊氏翻起白眼。「那房子連個院牆都沒有，這一大塊油布蓋上，還不讓人偷了去！」

安其滿點頭。「妳伯娘說得對，咱們先放在屋裡，等搬過去下雨的時候再蓋上。」

說完直接搬起來拿回西屋，看得楊氏直瞪眼。

懷裡有錢，又得了要下雨的消息，安其滿和梅氏這一夜睡得無比安心。

第五章

第二天，雲開見娘親的臉色比昨日好了些，便將白米粥端上桌。「娘吃了粥再吃藥。」

「這是妳熬的？」梅氏吃驚著，她居然一點動靜都沒聽見。

「嗯哪！」雲開笑彎了眼。「爺爺、爹和大伯去收拾房子，奶奶和伯娘一早被人叫走了，我用爹買的小鍋熬的。」

梅氏摸了摸女兒瘦黃的小臉。「再去拿個碗來，娘分妳一碗。」

雲開轉身到外屋，又端進一小碗粥。「我也有，娘吃吧。以後咱家不缺吃的，爹說要把咱倆養得胖胖的。」

梅氏紅著眼眶吃完粥，楊氏便跑回來了。「弟妹，咱三伯沒了。按規矩，奠儀和燒紙錢你們要單出，娘讓我回來跟妳說一聲。」

梅氏驚訝道：「三伯什麼時候走的？」

安麥熟一輩家中叔伯兄弟五人，安老頭排行第四，上有三個堂兄和一個親弟弟。安大伯、二伯已逝，三伯自去年冬天就身子不好，但也沒聽說病得厲害，怎麼忽然就去了？

「剛才。」楊氏的眼睛又四處亂轉。「弟妹病著不方便出門，妳把錢給我，我幫妳帶過去。」

雲開擦擦嘴。「不用煩勞伯娘，我娘去不了還有我爹，我爹去不了還有我呢。」

楊氏瞪眼，越發顯得眼白突出了。「弔孝這事是媳婦唱主角，妳爹都幹不了，妳又算哪根蔥！」

雲開抬手指了指房頂。「妳去墳上問問太奶奶，看我算哪根。」

楊氏縮了縮脖子，哼了一聲走了。

「這是大事，娘真得去。」梅氏說著就要穿鞋下炕。親堂伯去了，她和丈夫該披麻戴孝陪靈，只要她不是病得下不了炕就得過去。

「再大的事也沒娘的身子重要！等爹回來再說。」雲開拉住娘親。

梅氏很是焦急。「可是……」

「沒有可是！在我眼裡娘的身體最重要！」雲開再強調一遍，固執地壓住娘親的手不讓她起身。「您才剛好點兒，可禁不得折騰。」

在梅氏的焦急等待中，安其滿急匆匆地回來了。「梅娘，三伯沒了，爹娘和大哥已經趕過去，我來接妳和開兒。妳過去哭了靈就回來，讓開兒替妳陪靈，這事族長點了頭的。」

「可開兒……」

「我沒問題！」不等娘親說完，雲開立刻答應了，幫娘親穿上厚厚的衣裳又戴了頂擋風的帽子，和爹爹扶著她趕往靈堂。

老遠就聽到安三奶奶家傳出的哭嚎聲，待轉過街角剛見到大門上掛著的白布，梅氏就大哭起來。「三伯啊——您怎麼就這麼去了呢——您走了留下我們這些人怎麼活啊——」

安其滿陪著嚎啕大哭，雲開猶豫著自己是不是該嚎幾嗓子應景，可她連安三爺爺長什麼模樣都不知道，實在悲不起來。

梅氏伸手把雲開的頭按下。「三伯啊——我的親伯啊——您咋就這麼狠心走了啊——」

三人相互攙扶著哭到門口，立刻有管事的人迎上來給安其滿和梅氏穿孝紮麻繩。

雲開也被人扣了一頂孝帽紮了根麻繩，因帽子太大擋住了雲開的視線，她被哭喊的梅氏拉著進靈堂時，差點沒被絆倒。

又在靈堂哭了一大陣，梅氏就挺不住了，她進裡屋跟安三奶奶道過節哀後，又叮囑雲開幾句，就被安其滿送回家。雲開頂了娘親的位置，跪在右側挨著停屍床的一排，唯一要做的事，就是哭。

但凡親戚前來弔孝，屋內跪著的人就要陪哭，來的人哭多久他們就要陪多久，人家哭多大聲他們就要哭多大聲，似乎聲音小了就顯不出孝順。

雲開聽著身邊的楊氏悲痛地哭訴著。「三伯啊，您老怎麼就去了啊，去年您說請姪媳婦吃肉包子的——您走了不知道三伯娘還會不會叫我過來吃包子啊——」

這頓包子被楊氏足足哭了數十遍，雲開聽得額頭青筋直蹦，心想停屍床的安三爺爺要是沒死透，一定會直接坐起來拿供桌上的饅頭堵住楊氏的嘴。

忽然間，雲開發現蓋在老人身上的白布，動了動！

她渾身寒毛豎起，瞪大眼睛仔細看著，這白布又無風自動！她頭皮發麻，三爺爺是緩過來了還是要……詐屍？

「喵——」門口忽然傳來一聲貓叫聲。

靈堂周圍不能有貓，因為貓叫會讓死人詐屍的，院裡屋裡的人都慌了。「快趕走！」

靈堂裡的人都後退幾步，生怕發生異變。安其滿由男席繞過來把雲開護在身後，裡屋的安三奶奶、厲氏、安五奶奶等人也出來了。

安三爺爺的大兒子安秋山壯著膽子，跪爬兩步磕頭。「爹——是您老回來了嗎？」

「喵——」有人用棍子打門外想衝進來的黑貓，貓怒叫一聲，蓋屍體的白布又動了一下，婦人們嚇得尖叫，被安其滿護住的雲開這次看清楚了。「床下有老鼠！」

安家膽大的晚輩用棒子猛地挑起白布，屍床下幾隻老鼠正狂啃咬一塊饅頭，門口餓狠了的黑貓竄進來，叼起最大隻的老鼠又跑了。

這些老鼠都不算機靈，剩下的幾隻被眾人腳踩棍子敲全消滅後，這場驚魂才算過去。

「哎喲！」有人尖叫一聲。「真他奶奶的晦氣，腳脖子被抓了一道子！」

「快抹點灰！」有人抓了一把燒紙灰扣在那人的腳脖子上。

又有人撿起地上被啃了一塊的白麵大饅頭。「這咋辦？」

楊氏一把奪過來。「被老鼠咬了還能吃嗎，我去餵了院子裡的雞。」

雲開微皺眉看著屋裡幾個人盯住老鼠的眼神，有種不好的預感。「爹，那幾隻死老鼠怎麼辦？」

「多少是塊肉呢。」安其滿回道，村人餓了一冬天了，見了肉怎麼可能撒手。

見大伯安其金把一隻老鼠塞進衣裳兜裡，雲開拉住爹爹的衣袖。「爹不許打老鼠肉的主意，貓吃了老鼠沒事，人吃了老鼠不見得沒事。」

安其滿安撫雲開道：「被人抓住打死的老鼠沒事，村裡不少人吃過老鼠肉。」

「爹怎麼知道這群老鼠不是生病快死的？」雲開非常堅持。「爹一口也不許吃，娘還病著呢，爹不能再出事！」

安其滿點頭。「爹不好這口。」

插曲過去後，靈堂內又滿是悲痛的哭聲，雲開發現身邊的楊氏哭一會兒就從袖子裡摸索出點東西塞進嘴裡，居然在吃饅頭！

雲開哭了三天，下葬又圓墳後，安三爺爺的喪事才算完，安其滿一家三口也收拾東西搬到了新家。這裡已有家的模樣，枯枝編籬圈出的方正院子、兩間屋內佈置得亮堂堂的茅屋，外屋盤了灶臺，裡屋疊起土炕，土炕燒了幾天已經去了濕氣，坐上去身子暖烘烘的。

來幫忙的與梅氏走得近的兩個婦人，坐在炕上陪著好些了的梅氏閒聊。

安五爺家小兒子的媳婦郝氏坐在這乾淨的小屋子裡，心裡全是羨慕。「我們估摸還得十年才能分家。」

安五爺爺有兩兒兩女，兩個兒子雖成了親，但大女兒十歲，小女兒才七歲，按村裡的規矩，等小女兒嫁了才能分家，真得近十年。

「人少好吃飯，人多好幹活，等到麥熟搶收的時候你們就累了。」梅氏搬來後，住得最近的鄰居牛二嫂替他們小倆口擔憂。「到時候需要人手了，妳記得打聲招呼。」

梅氏微笑。「忙不過來時少不得麻煩你們。」

因梅氏病著，也就沒留郝氏和牛二嫂暖灶，一會兒大夥兒就走了。

雲開和爹爹把家當歸置好，然後望著這個真正意義上的家，開心地笑了。

不只雲開，梅氏翹起的嘴角也沒拉平過，連病著的身子都覺得輕了不少。待幫忙的人都走了，見丈夫和閨女在院子裡忙活，她撐著身子往堂屋的鍋裡添了水，拿起火摺子打算生火做飯。安其滿見了立刻走進來。「妳歇著，我來。」

「廚裡的事哪能讓你做。」梅氏不依。「我好多了。」

安其滿把她抱起來放在一旁的凳子上。「家裡就咱仨，以後想怎樣就怎樣。」

梅氏羞紅了臉，低著頭不敢抬起來。

雲開樂呵呵地抱著幾根枯樹枝進來，放在灶臺邊。「爹，今天喝什麼粥？」

「小米大棗粥，熬好了再給妳娘放一勺紅糖。」安其滿塞好柴火。「妳燒火，我去挑兩桶水。」這院裡沒井，需要水就要到村中央的大井裡去挑，費勁得很。

「娘，等過幾天，咱們在院子裡打口井，再開片地種點菠菜、韭菜怎麼樣？」雲開興奮得不行，一邊添柴一邊與娘親商量。

「打井得花不少錢呢！娘只盼著神醫說的話是真的，快點下雨，下雨了咱們門外邊的河溝就有水了。」

安其滿挑水回來了。「我覺得大井裡的水比去年冬天時高了有半丈多。」

梅氏驚喜地睜大眼睛。「難道真是要下雨了？」

「也不一定，春天冰化了水高點也是常理。妳忘了去年春天，咱家水井裡的水漲到一擔鉤就能打上來了？」可去年連一滴水點都沒掉過……想到此，兩人又愁雲慘霧的，倒是雲開輕鬆地笑了。「咱們有錢，大不了揹包袱走就是。」

安其滿也挺直腰桿，怕什麼，他們有八十兩銀子呢！

飯香剛飄出來，雲開就見到柵欄門外有個小腦袋。她跑出去，見丁異抱著個小竹筒對著她笑。

雲開打開柵欄門。「快進來吧。」

丁異沒有往裡走，只是把竹筒遞給雲開。「煮，煮，水喝。」

雲開接過。「劉神醫給你的？」

丁異點頭。

「進來，我們以後就住這裡了，你要找我就來這邊。」雲開帶著他往裡走，神醫要她多跟丁異說話，這樣對治療他的磕巴有幫助。想到丁異是因為沒人跟他說話才磕巴的，雲開就覺得心疼，待他也格外柔軟。

丁異聽了，臉上的開心掩也掩不住。雲開把丁異帶進屋裡，把竹筒給了安其滿。

「劉神醫給的茶葉？」安其滿打開一看，聞了聞。「給你娘帶了沒？」

丁異不習慣跟人說話，只是點點頭。

劉神醫給的一定是金貴的好東西，梅氏不知如何感謝丁異，便留他用飯。「吃飯沒有？再喝碗粥吧？」

丁異不安又詫異，除了奶奶家，他沒在別人家吃過飯，一時不知該怎麼辦，小模樣可憐又無助。雲開直接搬個小木墩放在桌邊，拉著丁異坐下，跟他分享這幾天的事情，安三爺爺床底下的耗子、大郎偷吃東西被打、紙人紙馬糊得怎麼活靈活現等。

丁異認真聽著，時而皺眉時而笑，表情異常豐富，梅氏和安其滿第一次見到這孩子抬起頭，感覺跟雲開一樣——幸好這孩子不像他爹。

送走了丁異，安其滿扛著鐵鍬下田去了，雲開和梅氏正坐在炕上整理衣裳，楊氏就風風火火地跑來了。「二弟，快出來，出大事了！」

雲開隔著窗戶喊。「我爹下田了。」

「這個時候下什麼田！」楊氏急得跺腳。「快把妳爹找回來，妳爺病了！」

梅氏趕忙問道：「怎麼病了，什麼病？」

楊氏大吼。「我咋知道，找人去啊，傻了?!」

「開兒，快去村東的山地叫妳爹回去。」梅氏催促雲開。「娘先過去看看。」

「娘不能去！」雲開立刻反對。「您的身子還沒好全，我和爹過去就行。」

梅氏怕她不過去婆婆不高興，雲開卻直接出屋把屋門給鎖了。「不管別人說什麼，還是那句話，在我這裡您的身子最重要。回來我再給您開門。」

楊氏目瞪口呆地看著上了鎖的屋門。「二弟妹真是撿了個活寶，妳等著吧，早晚有妳受的！」

雲開和安其滿跑到老宅，見安老頭病懨懨地躺在炕上，厲氏盤腿坐在炕邊，臉色陰陰沈沈的。

「爹哪兒不舒坦？」

厲氏死皺著眉頭。「沒啥大事，頭疼，吐了兩回。」

安其滿又問：「是不是吃差東西了？」

厲氏一臉煩躁。「我哪曉得？今早只喝了粥。先多灌點水看怎麼樣，今天還不成就得請郎中。今晚你在屋裡伺候，叫你媳婦兒過來做飯。」

安其滿沒應聲，厲氏瞪著三角眼就開罵了。「怎麼樣？叔伯公公死了，她還巴巴跑去哭靈，親公公病了就不能伺候了！」

雲開也摸透了厲氏的脾氣，開口就道：「不是的，我娘剛好點就急著在家繡屏風才沒過來，我這就去叫。」

繡屏風還債是正事，厲氏眼睛一瞪。「妳娘在幹活叫她幹啥？妳沒手沒腳嗎？燒水去！」

見安老頭躺在炕上一動不動地默認厲氏折騰他們父女，雲開嘴角一翹。「好，我去燒水。」跟爹爹走出堂屋，雲開見到大伯安其金蠟黃著臉提著褲子從茅房出來，心裡就是一沈，怎麼兩個人都病了？

「大哥也不舒坦？」安其滿問。

安其金有氣無力的。「渾身痠疼老想吐，又吐不出什麼東西。」

雲開覺得不對勁了。「大伯，在三奶奶家打死的老鼠您吃了嗎？」

安其金皺皺眉，吃耗子不是什麼長臉的事，哪有當面這麼問的。「跟那沒關係，都三、四天了。」

「爺爺也吃了？」雲開又追問。

安其金心浮氣躁地罵。「人不大事兒不少，該幹麼幹麼去！」

安其滿也追問：「爹也吃了？」

安其金煩躁地把水瓢摔在地上。「爹就吃了一小口，怎麼樣，我給咱爹吃點肉也不成了？」

果然吃了！安其滿跟雲開到了廚房，壓著自己不斷跳的眼皮。「真得請郎中給看看，我這眼皮猛跳呢，搞不好要出事。」

雲開只關心一件事。「爹千萬、千萬、千萬別讓娘過來！丁異帶回來的茶葉，爹留下一半，剩下的拎過來讓爺爺奶奶喝，肯定沒壞處。」

安其滿急匆匆地走了，雲開小眉頭也是緊鎖著，坐在灶臺邊燒火。在這缺醫少藥的年代，一旦爆發傳染性的鼠疫，後果不堪設想，雲開仔細思考自己在這種條件下能做點什麼。

安其滿很快回來了。

「這是丁異從劉神醫那裡拿回來的，泡了每人先喝一碗。」

楊氏伸手就抓，被厲氏一巴掌打開。「滾一邊去！老二，得了神醫的好東西居然現在才拿過來，我真是生了個白眼狼啊——」

安其滿解釋道：「這是晌午剛拿過來的，我想幹完活晚上過來時再拿。」

厲氏還是罵罵咧咧地沒完沒了，雲開把爹爹拉到門口。「爹，記得去找里正爺爺，跟他說一說這事。」

「不許去！」安老頭、安其金和楊氏同時喊道，他們心裡也慌，如果嚷嚷出去，他仨就活不成了。

厲氏的眼睛卻轉了轉。「去吧。」

安其滿一會兒就領著里正回來了，里正見到安其金就罵。「我說了多少遍！現在是災年，災年！不能吃帶病的東西！你腦袋讓驢踩了記不住事嗎？安四哥你也真是的，你都多大歲數了還饞這個嘴！」

安老頭閉眼躺著，假裝什麼都沒聽到。里正又問：「還有誰吃了？站出來！」

屋裡沒人動，楊氏往後退了退。

「收拾收拾，四哥和其金立刻搬到村南曬麥場的張家大院裡去！」里正說完就往外走，聽其滿說那日抓到好幾隻老鼠，得快點把吃過老鼠肉的村民集中隔離起來。為免疫病傳染，衙門召集各村里正講過好多遍，該怎麼處理突發情況，他心裡還算有譜。

「里正爺爺。」雲開叫住里正，指著躲在門後神色慌張的楊氏。「大伯娘吃了老鼠啃過的白饅頭，這樣會有事嗎？」

「妳給我閉嘴，要不老娘掐死妳！」楊氏恨不得把雲開的嘴撕了。

「妳才該給我閉嘴！」里正黑沈著臉問楊氏。「真吃了？」

厲氏剜了一眼哆嗦著不說話的大兒媳婦。「怎麼不饞死妳！」

楊氏哇的一聲就哭了。「娘，我餓啊——」

安大郎見娘親被罵，抄起棍子就衝著雲開來了。「我打死妳個傻妞！」

「夠了！」里正怒吼一聲。「還嫌不夠亂嗎？老大兩口子立刻收拾東西扶著你爹到大院去住。其他人立刻把衣裳換下來用熱水燙過，屋裡也收拾清理乾淨，該燒的燒！」

里正瞪著不服不忿的楊氏和厲氏。「不想死就麻利點，嘴巴也給我閉緊了，這事要傳到鎮衙門，不出半個時辰就會派人過來燒村，到時咱們誰都活不了！雲開，立刻跟我走。」

燒村？雲開也被嚇到了。

里正拉著雲開轉身到丁二成家。「丁異呢？」

啞巴娘親朵氏搖頭表示不知。

里正皺起眉頭。「他上次回來是什麼時候？」

朵氏豎起一個手指頭。

「一個時辰前？」里正問。

朵氏搖頭。

「一天前？」

朵氏還是搖頭。

「一集前？」雲開靈機一動，北邊的楊家村有個五天聚集一次的集日，也就是相當於定期召開的農產品交換市集，這裡人論日子也用「集」這個詞。

朵氏果然點頭。

居然五天沒回來了！里正跺跺腳。「我老頭子活了五十年，這麼狠心的娘就見過妳一個！」

朵氏像受了莫大屈辱一樣渾身發抖，雲開也懶得搭理她，拉著里正往外走。「今天中午丁異找過我，他沒回家的話應該還在樹林裡，您找他什麼事？我去告訴他。」

里正趕忙道：「找到丁異，讓他去請劉神醫到村裡來看病，如果確實是鼠疫，也只有神醫能救大家的命了。」

雲開歪起小腦袋。「為什麼一定要丁異去？」

「唉，妳不知道，劉神醫搬到藥谷五年，丁異是咱們村頭一個能請他出谷看病的人。好孩子，快去吧，找到丁異跟他一起去請神醫，咱們一村老少三百零五口人的命全在你倆手上了。」里正眼裡都閃著淚花。

知道里正著急，但他的話雲開還是受不起。「爺爺，我和丁異會盡力的，但我倆的細胳膊小肩膀實在擔不起這麼多人的命。」

曾前山連連點頭。「妳快去。」

雲開也不耽擱，先跑回家跟娘親說一聲讓她安心，就急匆匆地到樹林裡去找丁異。正蹲在自己藏寶地不遠的小土包邊吃栗子的丁異，見到雲開滿頭大汗地跑來，立刻緊張地迎上去。

「我爺爺和大伯病了，你能跟我去請神醫嗎？」雲開接過他遞過來的乾栗子，喘著氣道。丁異立刻點頭，跟雲開一起去藥谷。山看著不高，翻起來卻也非常費力，雲開走到藥谷口時，已累得直不起腰了。

到了藥谷，雲開將爺爺和大伯以及村裡的情況講了一遍，只見劉神醫臉色凝重，身為醫者，鼠疫的恐怖他當然清楚。「若真是鼠疫，老夫去了也無能為力。」

雲開瞪大眼睛，鼠疫在這裡是不治之症，得了就只有死路一條？

且聽劉神醫又道：「老夫給妳開個去火退燒的方子，你們依方去抓藥，能不能熬過來只能看天命了。」

「能從您這裡抓藥嗎？」雲開小心問道。

「我這裡只湊得出四、五服藥，杯水車薪，且老夫也要備些藥以防萬一。」不過對上丁異的小眼神，剛才還口緊的劉神醫只得咬咬牙。「也罷，只能給你們一服！」

「多謝神醫爺爺。」雲開趕緊行禮，能帶藥方和一服藥回去，她和丁異的任務也算完成了。

兩人拿了藥就要急匆匆地往家趕，劉神醫卻把丁異壓住。「你留下來幫老夫種草！」

只想跟著雲開的丁異自是不從，雲開心知神醫是有意讓丁異在此避禍，立刻安撫道：「你在這兒幫忙，萬一有事我會再來找你的。」

丁異委屈地望著雲開。

雲開只好哄道：「聽話。」

丁異低頭不動了。雲開又厚著臉皮求道：「神醫爺爺，一個人幫你種藥草夠嗎，能讓我娘也過來幫您一起種嗎？」

劉神醫為梅氏看過病，自然曉得她的情況，便點了頭。

雲開二話不說，跪地給劉神醫磕頭。「大恩不言謝，神醫爺爺日後有用得到雲開之處，雲開萬死不辭！」說完抱著藥材快步出谷，一路往回跑。

翹首以盼的里正曾前山見只有她一個人回來，臉上說不出的失望。

雲開把藥和藥方遞過去，又把神醫的話講了一遍，特意強調道：「神醫說所有吃過老鼠吃的東西，或者被那幾隻老鼠抓過的人都得隔離起來，連同他們家有嘔吐、嗓子痛、惡寒、全身痠痛、乏力、嘔吐、皮膚瘀斑、出血等症的人一併隔離，小院周圍三丈不得有人靠近，每日去送藥送飯的人須得用厚布捂住口鼻……」

這些話是雲開按照現代防傳染病的方式補充的，有備無患。

里正認真記下。

雲開又撒了個小謊。「藥谷需要人手幫忙種藥草，所以神醫留下了丁異，並讓我娘過去幫忙。神醫說他上次為我娘把脈，發現她是極佳的木命，由她種出的草藥藥性更好。」

里正心思正亂著，也沒多想病著的梅氏怎麼幫忙種草。「既然神醫吩咐了，就讓妳爹把妳娘送過去，好好為神醫幹活。」

雲開在安家老宅尋到父親，拉著他回家說明了情況，安其滿喜出望外。「好孩子！梅娘，快收拾東西，我這就送妳去藥谷養病，等事情過去再回來接妳。

梅氏知道自己留下只會拖累他們父女，可又怕這一別就是天人永隔，淚水漣漣地不知如何是好，丈夫一定會留下照顧父母，那雲開呢，不能一起走嗎？「開兒跟我一塊兒去藥谷吧？」

「神醫爺爺說我的五行與藥谷不合，不讓我去。」雲開也想過要不要跟著去照顧娘，只要開口哀求，想必神醫也會同意，不過最後還是決定留下。否則她怕自己不在村子裡，爹爹會被老宅的人折騰得染了病，若是爹爹有事，娘定也不能獨活的。

「娘放心，女兒有菩薩和太奶奶保佑，不會有事的。您在藥谷養好身體，安心等著我和爹去接您。」待送走梅氏，看著西天火紅的火燒雲，抱著茶葉罐子的雲開總算踏實了，劉神醫說這茶葉是用七葉絞股藍製成的，是清火強身的好茶。她不知道七葉絞股藍是什麼，但劉神醫說是好茶就一定有用，她和爹每天都要喝茶強身。

安其滿回來後跟雲開商量道：「咱家有三個人進了大院，藥和米都少不了。現在藥貴，爹琢磨著妳奶奶那兒若是錢不夠，咱倆掙來的那錢就拿出一些給妳爺爺和伯父伯娘買藥，妳覺得咋樣？」

沒想到爹爹會徵詢她的意見，雲開笑咪咪地點頭。「都聽爹的。不過有件事爹爹必須答應我。不論是誰說什麼，爹爹都不能踏入大院一步。」她怕厲氏抽風，讓爹爹進去伺候安老頭，到時就麻煩了。

安其滿摸了摸雲開的頭，感嘆道：「能把妳帶回家，真是爹娘的福氣。」

雲開眨巴眨巴眼睛，給安其滿遞上一碗茶。「爹別擔心，沒事的。」

第二天一早，安其滿和雲開去老宅途中路過村中隔離病人的大院時，老遠就聽到裡邊有人咳嗽。大院裡踩著凳子露出腦袋的楊氏見到安其滿就大喊：「二弟，快點給我們送飯來，快餓死我了。記得給我拿點鹹菜，藥也別忘了。」

安其滿點頭。

她這是把隔離當享受了吧，雲開的嘴角抽了抽。

老宅中，安如意正在做飯，安大郎和安二姊兒因睡醒找不到楊氏正哭鬧著，厲氏的罵聲不絕於耳。安其堂迎出來與二哥到堂屋說話，雲開便進廚房坐在灶邊烤火取暖。

安如意斜了她一眼。家裡一下少了三個人，安如意心裡也是慌的，生怕爹和大哥出事。待一家子吃過早飯，厲氏分活兒。「老二、老三進城買藥買米，千萬記得里正的話，不要跟人說咱家有人病了，就說買來預備的，就是你姊問也不能說，讓她最近不要回來！」

兩人應了，厲氏又把目光落在雲開身上。「大姊兒，給妳爺爺送飯去。」

果然是這樣！安其滿趕緊開口。「我先給爹他們送了飯再去。」

「里正昨兒講的你沒聽見？接觸過病人的都不能出村！你不出村誰去買藥？」

安其堂開口了。「爹病好之前我不進城了，在家給爹洗衣送飯，安心讀書。」

「你不能送！萬一你有點事，不是要娘的老命嗎？你們哥兒倆誰都不能去！你爹和你大哥都進去了，萬一你倆再有個好歹，娘可怎麼活！」厲氏說著說著就哭了。

安其堂據理力爭。「父母病，床前侍，乃是為人子之本分。若兒子連飯都不去送，您讓兒子如何立於世間？這條命不要也罷。」

厲氏淌下眼淚。「兒啊，你這是要娘的命啊——」

見安其堂固執地不肯妥協，安其滿開口了。「還是我去吧。」

厲氏這次沒吭聲。

雲開又嘆口氣，果然比起老實沈默的二兒子來，在厲氏心裡，讀書上進的三兒子更重要。不等爹爹動作，雲開就拎起裝著粥的食罐。「我去。爹去買藥吧。」

「開兒！」

「你閉嘴！」厲氏瞪向安其滿，轉頭第一次對雲開笑。「大姊兒去吧，告訴妳伯娘讓她別只顧吃，要記得給妳爺爺熬藥，再問他冷不冷、要不要帶衣裳、被子。」

「爹，您忘記答應我的話了？」雲開制住爹爹，踏出安家老宅。

楊氏看到她來，立刻兩眼發亮。「快，快把東西給我送進來！」

雲開用布巾捂住口鼻，把罐子放在門下，楊氏立刻隔著門縫搶進去，打開看了看就罵上了。「就這麼點東西，妳當餵鳥啊！妳爺爺能吃飽嗎！」

雲開退到大門三丈外，高聲喊道：「奶奶讓我帶過來的。」

楊氏不敢罵了，嘟囔著抱著罐子往屋裡走。他們仨是第一批住進來的，占了堂屋東間，安老頭正在炕上躺著，臉色比昨天還難看，安其金也死氣沈沈地不吭聲。

楊氏把粥往桌上一放。「爹，吃飯了。」

安老頭轉頭看牆，西屋裡金老頭的咳嗽聲鬧得他心煩，哪有心思吃？

楊氏倒了三碗粥，安其金給爹端過去。「爹，多少吃點吧，早好了咱們早出去。」

楊氏顧不上別人，端起粥碗喝完，吃下自己那份黑餅子，又要倒一碗，安其金瞪她一眼。「放下！」

「我沒吃飽。」楊氏覺得委屈。

「往常在家也這麼點兒，怎麼沒見妳回碗！在這兒待著又不用幹活，妳還要吃多少！」安其金不耐煩地端起自己的粥灌下去，又繼續哄父親吃飯。

楊氏一臉苦相地捂著沒填飽的肚子，往常在家吃過飯後她躲進自己屋裡還要偷吃幾口東西，現在這裡啥都沒有，兩頓就這麼點雞食，三天她就得餓成二弟妹一樣的紙片！

門外，雲開正跟里正建議讓大院裡的人自己開伙做飯的事，曾前山點了頭。「裡邊十五個人，讓年輕的輪著做飯熬藥，也不算個事兒。」

旁邊也有人附和。「各家按人頭送米進去，一起做飯一起吃。」

事情定下後，里正挨家告知，厲氏聽完臉就沈下來，大院裡她家人最多，送的自然是大頭。不過為了老頭子和大兒子，也只能認了。

「大姊兒，去把妳家的米拿過來。」厲氏吩咐。「這幾天妳和妳爹在這裡吃飯。」

「我娘去藥谷時把家裡的糧帶過去了，現在只剩不到半升米。」雲開直接拒絕，笑話，跟他們一起吃飯，還不是得吃自己家的。

厲氏氣得直哼哼，但也沒有辦法。

安其滿和安其堂兩兄弟從縣裡回來時，揹了一袋碎米和一袋粗麵，還買回十服藥，厲氏看到這些東西心裡就踏實了。「哪來的錢，找你大姊借的？」

安其堂搖頭，與老娘商量道：「是二哥當了二嫂的嫁妝湊的錢。這些藥和米麵夠爹和大哥、大嫂平安度過十日，十日後他們該出來了。還有丁異從神醫那邊拿回來的茶葉，我和二哥商量後，覺得咱們該拿出一部分送進大院，讓患病的人泡茶去火，您覺得呢？」

厲氏擰了眉。「讓你爹他仨喝就成了，管別人幹什麼！」

安其堂勸道：「若真是疫症，一個人嚴重了一院子的人都不安穩，大夥兒都喝著點也是為了爹好。我和二哥請鎮裡的郎中看過，那茶是去火的好東西，要買的話那半罐茶得十幾兩銀子。」

厲氏一聽眼睛就亮了！

「兒子想著除了給大院送，咱們留下夠喝半月的，剩下的都給里正叔拿去，讓他分給村人喝，興許能熬過這一場。」安其堂跟娘親商量，二哥拿過來的茶葉由娘收著，分茶得經過她同意。

「不行不行不行！」厲氏立刻跳腳。「你們咋想的，這麼金貴的東西……」

「娘，再金貴的東西也沒命重要！」安其滿的話說得也重了。「若是疫症起來了，咱們誰都活不了，您留著茶葉賣給誰？」

厲氏低頭半天沒說話，而後默默從櫃子裡取出茶葉，重重放在炕桌上。

安其堂和安其滿拿著茶葉去找里正，里正立刻召集村人，講明這茶的來歷，又講了安老頭一家的大義，各家得了劉神醫的藥茶，寶貝一樣地護在胸前，心裡安穩了些。

「二成，你家也有茶吧？」里正問人群後曬太陽的丁二成。

對啊！大家紛紛回頭，滿懷希望地望著丁二成。果然，丁二成咧嘴露出一口不整齊的黃牙。「有啊！大夥兒聽著，不是我丁二成不仗義，實在是我家沒麥熟叔家闊氣，家裡都沒米下鍋了，我還指望著我兒子孝敬我的茶葉保命換米呢。」

眾人趕緊問道：「好好，咱們用米跟你換！怎麼個換法？」

丁二成咳嗽一聲清了嗓子，豎起一根手指頭。「一片茶，一斤米！」

聽到這價錢，大夥兒想用唾沫淹死他。現在是災年啊，糙米、碎米都得幾十文錢一斤！幾十文換一片茶葉，你怎麼不去死！

丁二成理直氣壯。「怎麼樣啦？要不是看在是鄰里鄉親的分上，一斤米我都捨不得賣嘞！我把茶賣給曾老爺，他老人家怎麼樣也會給我個八百十兩的。別都跟老娘們一樣，來句痛快話，買還是不買？」

「不買！」聽了他這噎死人地話，再低頭看手心裡安其滿分給他們的一小包茶葉，更覺丁二成面目可憎了。

「得，這可是你們自己不買，以後別說咱沒跟鄉親打過招呼。」丁二成往回走。

「畜生，你給老子站住！」丁二成的親哥丁大成從人群裡站出來，一拳頭轟在丁二成的蒜頭鼻上。「老丁家的臉讓你丟盡了！」

丁二成的鼻血瞬間噴了出來，他嗷的一聲站起來。「老大你敢打我，你看我不告訴咱娘！」

「你還有臉提咱娘，你得了茶咋不曉得給娘送一份？」丁大成兜裡揣著安家給的一小撮茶葉，剛才還歡天喜地的，現在卻覺得被人啪啪地打臉。

丁二成也心虛了。「我這不是昨天喝醉了今天剛想起來？我說不給咱娘了嗎？老大你別亂給我扣帽子！」

「那你拿出來！」

「我憑什麼給你，要給也是給咱娘！」

「好，你這就跟我回去見咱娘！」

「我憑什麼跟你回去，我想啥時候回去就啥時候回去！」

兩兄弟吵急了眼又滾打在一塊兒，里正也懶得管，揮手讓大夥兒散了。最終，讓酒色掏空的丁二成被壯實的丁大成胖揍一頓，拎回家拿茶葉。

在堂屋織布的朵氏看到這兄弟倆進來，特別是看到丁二成臉上的傷時，眼裡閃過一絲痛快，恰巧被丁二成看了個正著。

正憋著火的丁二成衝過去，一個嘴巴子狠狠抽在朵氏臉上。「老子被打了妳居然敢笑，看老子不收拾死妳！」

朵氏被抽飛出去，頭重重地磕在門板上，嘴角立時見了血。不過朵氏像不知道疼一樣，木然的臉也沒一絲波動。丁大成才不管他們夫妻的事，只催茶葉。

丁二成進屋找不到丁異拿回來的竹筒罐子，出來一腳踹在朵氏身上。「茶葉呢？」

朵氏依舊面無表情。

「老子問妳，茶葉呢？」丁二成恨不得打死她，那可是上百兩銀子啊，有了這筆錢他能快活一年！他抬腳就要踢，朵氏從門後掏出一把砍柴刀就剁過來，丁二成收腳罵道：「老子今天不把妳收拾老實了，妳就不知道馬王爺三隻眼！」

丁二成正罵著，丁大成卻指著堂屋破桌上的竹筒罐子。「是這個不？」

丁二成立刻撲過去抱住罐子。「我的！」

丁大成也衝過去搶。「知道是你的，你把給娘的那一份拿出來！」

「憑什麼給你，老子自己給娘拿過去！」丁二成撞開丁大成，抱著罐子往外跑，丁大成就追了出去，誰都沒理摔在地上的朵氏。

丁二成跑回老家給了老娘一把茶葉後，就抱著竹筒罐子奔向南山鎮的曾家。聽這叫花子要見自家老爺，曾家看門人一腳把他踹到臺階下。「也不撒泡尿照照你什麼德行，滾！」

丁二成一骨碌站起來，點頭哈腰地道：「麻煩二位小哥通稟一聲，說是盧安村的丁二成求見，有劉神醫的好東西想給老爺看看，前幾天曾老爺到我們村時跟我說過話，老爺一定還記得我的。」

「丁二成？有些耳熟呢……」一輛馬車正停在門前，車廂內曾春富的正妻曾夫人抬起戴了寶石戒指的左手揉了揉額頭，剛去陪總兵家老夫人打了半日的葉子牌，真是無趣得很。

曾夫人的心腹徐嬤嬤回道：「夫人忘了，您把朵蘭配給了他。」

原來是這個人！曾夫人把車簾稍稍拉開，掃了一眼門前那堆不成形的東西。「那小賤人可還活著？」

「老奴不知。」徐嬤嬤低眉順眼地回答。十年前，府裡的大丫鬟朵蘭被夫人毒啞還指配給最下等的僕役讓她活受罪的事，是府裡的忌諱，老爺和夫人每次提起都會大吵一架。

曾夫人放下車簾。「妳去問問，看他來幹什麼，順便找人打聽一下那小賤人死了沒。」

徐嬤嬤立刻撩開車簾探出半個身子。「鬧什麼？把那人叫過來。」

丁二成過來後討好地笑著。「徐嬤嬤認得小人不？小人丁二成，以前給老爺趕過車的。」

徐嬤嬤厭惡地看著這個髒貨，恨不得立時跳下去踹幾腳，再把他扔到河溝裡讓水沖乾淨。不對，現在河溝裡都沒水了，扔下去有個屁用！

徐嬤嬤努力壓制自己的火氣。「你剛說的劉神醫是怎麼回事？」

丁二成咧嘴笑著。「我兒子入了劉神醫他老人家的眼，現在在藥谷幫忙種藥草，劉神醫給了我兒子一罐茶，鎮裡的郎中說這是難得一見的七葉絞股藍，有病治病，無病強身。這麼好的東西小人福薄消受不起，拿過來孝敬曾老爺和夫人。嘿嘿——」丁二成笑得貪婪。

「若是夫人能看中，隨便賜小人個差事，小人就心滿意足了。」

徐嬤嬤才不信他的鬼話。「劉神醫怎麼可能隨意贈人東西，你這無賴敢到曾家行騙，我看你是活膩歪了！」

丁二成立刻舉手發誓。「若小的有一句假話，回去的路上就天打五雷轟！」

大夏人敬鬼尊神，聽他發這樣的誓，徐嬤嬤和馬車裡的曾夫人有幾分信了。「把茶拿來我瞧瞧。」

徐嬤嬤接了丁二成的茶，用雪白的帕子細細擦過才遞給夫人。曾夫人接過竹筒細看，在竹筒底部見到一個篆體的「清」字，不由得喜上眉梢。

劉神醫名清遠，但凡是出自他手的東西必定有「清」字標記，看來這是真的了。曾夫人又打開竹筒聞了聞，臉上揚起笑意。「嬤嬤，給他二十兩銀子，再安排個馬廄洗馬的差事。」

「是，夫人。」徐嬤嬤掏出個錢袋子扔給丁二成。「你的茶夫人收下了，這是茶錢。」

丁二成喜出望外地接住，眼巴巴地望著徐嬤嬤。徐嬤嬤雖心中厭惡，神色卻平靜地看著丁二成。「夫人許了你在外院馬廄做事，你且回去收拾出個人樣，明日過來上工。」

丁二成立刻跪下，咚咚地磕響頭。「多謝夫人，多謝夫人。」

待馬車走遠了，丁二成徑直跑到成衣鋪子買了兩身衣裳，然後大搖大擺地走進香水行，將一把銅錢豪氣地拍在櫃檯上。「給爺叫個搓澡的，把爺伺候舒坦了，爺重重有賞！」

曾家內宅，徐嬤嬤小心問道：「夫人，那個丁二成可是個無賴，您把他留在府裡怕早晚是個禍患。」

曾夫人斜靠在臥榻上，讓小丫鬟幫她按著額頭。「先查清他與劉神醫的關係再論，這麼個東西還能翻出什麼風浪來。」

劉神醫搬來藥谷幾年，鮮少與生人來往，若是丁二成的兒子真入了神醫的眼，那留他在府裡就大有用處。

徐嬤嬤立刻狗腿地笑了。「夫人高明，老奴這就派人去打聽丁家的情況。」

此時丁二成家中，朵氏正把織好的布疊好，聽見門被打開，一身乾淨粗棕色衣褲的丁二成，人模狗樣地走進來，轉個身問：「妳看咋樣？」

朵氏根本不理他，抱起門口的柴進了廚房。丁二成跟過去。「爺我明天要回曾家上工了！」

「嘩啦！」朵氏手裡的柴落在地上，又彎腰慢慢撿起。

丁二成喜孜孜地道：「高興壞了吧？沒準兒哪天夫人也會把妳叫回去伺候呢，我先回去探探路，有機會就把妳帶回去給夫人請安。」

朵氏恨得表情都扭曲了。

「妳這是幹啥？是妳推了一下害得曾夫人早產，夫人留妳的命已經不錯了，有啥好怨的。」丁二成今天格外地脾氣好，耐著性子勸自己的媳婦兒。「妳回去就算當不了夫人面前的紅人，做個針線婆子也比在家織布強，曾家的下人一頓兩個菜呢。」

朵氏拿起柴刀揮過去，丁二成跳開罵道：「給臉不要臉的賤貨，老子早晚弄死妳！」

得知丁二成用茶葉換了錢和差事，厲氏氣得肝疼，雲開則捧著粥碗感嘆一句。「劉神醫的面子真大。」

安其滿笑了。「劉神醫以前是御醫，醫術了得。交好劉神醫就等於給自己添命，以曾老爺的聰明勁，才不會放過這大好的機會。」

雲開眨巴眼睛，劉神醫看來還不是一般的牛，那他交往的人應該也不是泛泛之輩，所以這天真的快下雨了吧！「爹，您說什麼東西現在很便宜，但下雨就會漲錢呢？」

安其滿想了想。「蓑衣、油布、雨傘？」

雲開附議。「有道理，您說咱要不要現在趁著低價買一批，等漲價了再賣出去？」

安其滿的眼睛越來越亮，開始盤算這件事該怎麼做。今天他進鎮時，曾家還在到處找青州來的陳叔和青兒呢，所以他們手裡的錢不能明露，得找個信得過又機靈的人合夥幹這事，安其滿有了盤算。「爹明天再去鎮裡一趟，開兒在家待著，哪兒也不要去。」

雲開眼巴巴地望著爹爹。「開兒也想去，若留開兒在村裡，奶奶又會讓我幹重活了。」

安其滿見到自家閨女的小可憐樣，心立刻就軟了，答應了明日帶著閨女一起進城。

第六章

南山鎮雖經歷了一年的乾旱浩劫，但從街邊隨處可見的兩、三層建築以及鋪滿路面的石板，還是可以看出這裡往年的繁華。路兩旁的店鋪掛著食肆、茶行、雜貨、典當等招牌，看得土包子雲開眼花撩亂。安其滿拉著雲開的小手快步前行，雲開見路邊有一大戶人家，紅漆帶大銅釘的大木門，上有鋪瓦的斗角簷牙，門兩旁黑漆柱上掛著一副正楷大字木刻對聯，上書「身居吉祥富貴地」，下對「人在歡聲笑語中」，橫批兩個大字——曾府。

「這就是曾地主家。」安其滿小聲道：「這一片都是曾家的，院子裡有園子有湖。」

闊氣！雲開真心感嘆。「爹以前進過曾家嗎？」

安其滿點頭。「成親前爹在鎮上的酒樓當跑堂小二，到曾家送過幾次酒菜。」

雲開想起楊氏嚷嚷了幾回爹丟了的鎮裡的差事，原來就是這個，便沒有多問。兩人走過曾家大門，雲開回頭瞥見身形略佝僂的丁二成到了曾家門前，連忙對爹爹道：「那不是丁異他爹嗎？他還真去曾家幹活了！」

安其滿回頭看了一眼。「曾地主對下人不錯，只要丁二成老實點，這差事夠他後半輩子吃用的。」

雲開點頭，見街道兩旁的店鋪前都蕭蕭索索的沒什麼人，街邊角落擠著不少衣衫襤褸、面黃肌瘦的乞丐，無力地舉著破碗，祈求施捨，這畫面看得人喘不過氣來。

雲開快步跟爹爹走過兩條街，進入一家名為「升記」的雜貨鋪。安其滿帶笑對低頭算帳的店家道：「東升哥。」

正在理帳的錢東升抬頭笑道：「其滿，你可有日子不來了！」

「領糧後家裡有老人去了，出不得門。」安其滿拉過雲開。「這是我閨女，安雲開。」

雲開立刻乖巧地叫人。「伯父好。」

紅臉短鬚的錢東升是知道安其滿領了個傻妞回家當閨女的，此時見到眉眼靈活的雲開就笑了。「欸。這孩子一看就不傻，你和弟妹的福氣來了。」

店內無人買貨，安其滿交代雲開看著店，他與錢東升到裡間談事。

雲開點了頭，見這雜貨鋪雖不大，但陳列的東西不少，且貨物擺列整齊、分類有序，心覺爹眼光不錯，這錢東升一看就是頭腦清楚、做事有條理的，確實是可信賴的。

兩人在屋內談了許久，好一會兒後，安其滿方帶著雲開告辭，出去後才小聲道：「成了。咱們出錢，妳東升伯出力，賺了賠了都是七三分。」

雲開笑彎了眼睛。「爹爹好能幹。」

安其滿心情甚好。「走，爹給妳買吃的去。」

兩人路過一家米糧店時，雲開停住腳。「爹，咱們要不要看看稻種？」

青陽縣乃是魚米之鄉，再過半月村裡就要育稻苗了。若是老天真下雨了，現在買稻種正合適。安其滿想著種雙季稻總比單季稻收成要多些，就算不下雨，買的稻子也能碾成米吃，便帶著雲開走進店裡。

在雲開眼中，這些袋子裡的稻種沒啥差別，但安其滿內行，他抓起種子仔細挑過，指著中間一袋問：「這什麼價錢？」

店家立時笑了。「一看小哥就是懂行的，這是咱這裡最好的稻種，一斤一百文。」

這可比往年貴了好幾倍！安其滿立刻把稻種一粒不落地放了回去。

店家解釋道：「現在碎米漲到三十多文一斤，好米更是到了八、九十文，稻種賣這個價錢真不算貴了。」

安其滿討價還價。「一斤好稻能出六兩米，其中好米最多不過三兩，大哥，您不能用好米的價錢估算種價，就沒這麼算的。」

「一聽小哥就是懂行的，可今年不比往日，被這老些災民圍著，能把種子運進來已是不容易了……」

「就今年這行情誰家肯買稻種？種下去都不見得能發芽了，大哥賣這麼貴，大夥兒想買點的都嚇到了……」

雲開一頭霧水地聽兩人講了半天，最後以六百一十二文買下十斤稻種，繞小路回村，藏在家中。此時萬事俱備只欠東風，不對，是只欠春雨，雲開天天看著天，期盼快下雨。

只沒想到，三日後春雨還沒來，大院西屋咳得最厲害的金老頭，卻病死了！

金老頭的死給大院中還活著的人帶來了極大的恐慌，疫症死人，這就是大事了。按說里正該報衙門處置才成，可如果報了，院子裡的人怕是都活不了了。

里正左右為難時，為了金老頭的身後事，大夥兒又鬧得不可開交。原因是金家想要把人接出來下葬，可里正卻說病死的人必須燒了才能入土。

金家的老太太哭得背過氣去，站在門前的里正也老淚縱橫。「金二哥身上出瘀斑咳血死的，這就是疫症啊！疫症要是蔓延開來，咱們全村都得死。」

金老頭的大兒子金大寶跪下哽咽著。「前山叔，您這是要我爹死不能安啊！算姪子求您了，咱們不停屍不發喪，抬棺材過來直接入殮下葬，成不？」

披麻戴孝的金家人哀號一片。

大院內的楊氏高聲叫道：「里正叔，誰都有這一天，您可不能把事做絕了啊！」

「人死為大，入土埋了，什麼疫症都沒了。」安其金也跟著嚷嚷。

「這死的不是曾家人，他當然說得輕巧！」院裡又有人不滿地喊道。

曾前山的兒子曾應夢站出來解釋。「不是我爹不讓，實在是衙門講過好幾回，疫症土埋也消不了，除非火燒水煮。」

聽到「水煮」二字，金家老二金二寶上來一拳頭，就把曾應夢打倒了。「你個畜生，燒了我爹還不夠，還想水煮！這麼多年老子認錯了你！老子打死你！」

這段日子村人都壓抑到極點，一見有人動手，紛紛挽起衣袖要衝上去。暴力，是紓解心中壓力的最好方式。眼看局面就要失控，安其滿放開雲開，衝過去抱住金二寶。「二寶哥，應夢哥不是這個意思，你們別打啊，打架有啥用。」

「死的不是你爹！」金二寶用力掙扎著踢了曾應夢幾腳，回頭衝著安其滿大吼。

安其滿眼淚撲簌簌的。「我爹也在裡邊啊！咱們村好些人在裡邊呢！難道都進去了、都燒死了才算完嗎？」

「除了裡邊的十幾個，外邊還有兩百二十口老少啊！去年鬧災到現在，咱們村死了七十一口人還不夠，非得斷子絕孫才成嗎？」里正吼道：「今天我把話放在這兒，不管我曾前山以後怎麼死的，都燒了不以全屍入土！應夢，聽到沒有？」

滿臉血的曾應夢跪在地上。「爹！」

「聽到沒有？」曾前山又吼，村人放下手裡的傢伙，不動了。

「聽到了！」曾應夢以頭觸地，也嘶吼著。

醒過來的金老太太擦了眼淚。「前山，你說的算不算數？」

曾前山舉起右手對天發誓。「我曾前山這輩子不留全屍，死後燒成灰再入曾家祖墳！」

金老太太點頭。「好！二嫂就信你這一次。大寶二寶，架柴堆！」

「娘！」、「奶奶！」

金老太太一瞪眼。「再鬧娘就撞死在這兒，跟你爹一起燒了，給你們省下一副棺材幾口糧！」

兩個兒子不敢說話了，村民們很快架起一人多高的柴堆，又用厚厚的濕布巾捂住口鼻，從大院裡抬出金老頭的屍體放在柴堆上，金大寶哭著點了火。

全村只要比金老頭輩分小的，都跪在地上替他向老天爺求情，讓他能入祖墳。

火越燒越旺，金老太太忽然站起來。「大寶、二寶，娘也隨著你們的爹去了，你們誰都不許起來！」話一說完，金老太太一頭投進火裡，金家人哭聲震天，跪在人群裡的雲開也落下了眼淚。

曾前山邊哭邊磕頭。「二嫂啊！妳這是要前山的命啊！老天爺開開眼饒了咱們吧，老天爺開恩啊！」

村人也跟著磕頭。「老天爺開開眼啊，下雨吧，下雨吧！」

大院內的人也跟著跪在地上磕頭，一聲聲地哀求。天起了風，吹得火星子四處飛，西北邊的山頭上飛升了雲。村人還在不住地磕頭，雲也在慢慢地漲，待到火漸漸變小時，雨真的落了下來！

曾前山聲音都啞了。「大夥兒給金二哥金二嫂磕頭，這是他們用命求來的雨啊！」

大夥兒紛紛轉向還在冒煙的火堆，不住地磕頭。

金家人哭著把兩位老人入殮，待合上棺材蓋的那刻，天邊一聲驚雷，雨下大了。村人沒有歡呼，靜靜地站起來，抬著兩口棺材走到村邊的金家祖墳，送兩位老人入土。

待土墳堆起時，地上的雨濺起了水花，地上乾裂的紋路慢慢鬆開，持續了將近一年的乾旱終於過去，金家人跪在墳前痛哭。

盧安村各族的祖墳相距不遠，村民安葬金家老倆口後，紛紛跪到自家墳前謝祖宗的保佑。安其滿和雲開也跪在太奶奶面前謝恩。

雲開看著安家太奶奶的墓碑，真心感激地低頭，發現濕潤的土地上有一點新綠！小草居然發芽了！雲開驚喜地指給爹爹看。

安其滿眼淚汪汪地盯著米粒大的草尖，痛哭失聲。「祖宗保佑啊，見綠了，見綠了！」

安家族人圍攏過來，盯著墓碑前的這點綠，欣喜又羨慕，安太爺把山羊鬍上的水擠掉，頗有架勢地道：「其滿兩兄弟分茶做善事積福，得了祖宗保佑。」

「好人有好報！」村人紛紛點頭。

被丁二成噁心過的村民中有心眼小的，轉頭笑話丁大成。「快去看看你家祖墳冒綠沒有？」

丁大成臭著臉轉身走了。

雨越下越大，眾人各自轉身歸家。安其滿磕足了頭才拉著雲開起來往回走，竟發現入土沒幾天的三伯墳頭旁邊，眼見著塌出一個一尺長、半尺寬的小棺材坑！

那坑的位置正是他爹娘的墳位，好端端地怎麼就塌了呢？安其滿驚慌不已，爬到爺爺墳前又不住地磕頭。「列祖列宗、爺爺奶奶，請保佑我爹娘平安、長命百歲……」

雲開見爹爹如此害怕，乾脆過去扒拉坑旁的泥土把洞填平。「爹，好了！」

安其滿倉皇地帶著雲開回家換下身上的濕衣裳，又喝了熱騰騰的薑湯，還是呆愣愣地緩不過勁來。雲開捧著薑茶往外瞧，不知是不是她的錯覺，總覺得面前淅淅瀝瀝的雨水中起伏的山峰也有了那麼一點綠。

她抬頭看著自家屋簷上不住滴落的雨水，因為鋪了雨布，房子沒有漏雨，雲開心情甚好。「爹，娘現在在藥谷一定也高興極了吧？」梅氏入谷後，雲開就沒見過娘親，想得厲害。

安其滿道：「等這場雨過去了，我就去把妳娘接回來。」

「不要！」雲開立刻反對。「下雨天一冷一暖的，少不了鬧病，還是過段時間等天氣真的暖和起來再去接我娘為好。」

安其滿也曉得這個理，不由得又擔心起大院裡正病著的爹。幾天藥喝下去，大哥好了，大嫂壓根兒就沒不舒坦過，但爹的身子卻一日不如一日了。

再想到剛才那個坑，安其滿憂心忡忡地拿塊油布蓋在頭上，又穿上木屐。「我去老宅看看。」這油布是蓋房頂剩的，被雲開裁成雨傘大小，沒想到這麼快就用上了。安其滿頂著油布經過隔離的大院，大聲問過這裡的情形後，帶著大嫂的一大串要求回到老宅。

還沒進門就聽到院內傳出大郎的哭鬧聲和娘的怒罵聲，安其滿從小就聽著奶奶和娘親的罵聲長大的，對這聲音已經十分習慣。不過這才搬出去幾天，他卻有點不習慣了，安其滿搖搖頭，大步走入院中。

在堂屋門口握書觀雨的安其堂見到二哥來了，立刻叫人。「二哥！」

安如意也從安其堂身邊探頭，她腿邊又探出安雲好的小腦袋，都看著安其滿舉在頭頂的油布。安其滿到了房簷下，安如意把油布接過去，剛抖掉水珠掛上，就被吊著鼻涕的安大郎搶過去，舉著闖進雨裡玩。

厲氏翻翻眼皮不再管孫子，問安其滿。「剛咋那樣鬧騰？」

自從安老頭被關到大院後，厲氏就拘著安其堂和大郎，不許他們出家門，安如意在家學織布也甚少出去，是以他們並不知道方才大院前發生了什麼事。

安其滿把事情講了一遍，待講到金老太衝進火裡時，厲氏耷拉下眼皮無動於衷；講到雲開發現墳前的草尖時，厲氏想笑又笑不出來。

安其堂對里正立誓不以全屍入土之事讚許不已，不住地念叨大善、至善。

安其滿說完，停了一會兒才道：「娘，三伯墳頭東邊塌了一塊，像極了一口小棺材……」

那是她和老頭子死後的墳位啊！厲氏驚得跌坐在地上。

安其堂上前扶起她，安其滿接著道：「我把土填平了，許是挖三伯的墳時地裂了縫，下雨灌進水去才塌了。」

厲氏半晌才回過氣，兩眼直勾勾地盯著安其滿。「快去請劉仙姑！」

安其滿為難。「里正叔說這段時間不能讓村外人進村，村人也儘量少出去。」

厲氏瞪著三角眼。「你爹娘就要死了還講這些破規矩！去給老娘請劉仙姑來，立馬去！」

安其堂立刻上場勸說一陣，好歹把娘親攔住，等天晴再帶她去楊家村請劉仙姑看香門，求個消災的法子。

可誰想到，這場雨一下便是兩天兩夜，村邊見了底的河溝裡漲滿了水，嘩嘩地流著，讓人聽著就覺得暢快。不過也有不痛快的事情發生——村裡不少人家的房頂都漏了雨，隔離病人的大院房頂也撐不住了，屋內滴滴答答地下起小雨。

天晴後，大院裡有三人病得越發嚴重了，這其中便有住在東屋的安老頭。他已兩天吃不下東西，從早到晚撕心裂肺地咳著。

是人都怕死，安其金躲到屋門口不敢進去，楊氏更是不住拍打大院的木門鬼哭狼嚎，一聲聲地要二弟三弟進來伺候老子。

安其滿急得長了滿嘴燎泡，天一晴就急匆匆進城幫爹抓藥。安其堂也扶著厲氏踩著泥濘的路去楊家村看香門。

鄉下人家發生了什麼難以說清楚的怪事，或是誰家的人久病不癒、誰家夫妻常吵架不和等，總會覺得可能是有鬼怪暗中作祟。因此，多會去找有些道行的神婆或神漢求個破解之法，祈求家宅平安，俗稱為「看香門」。盧安村附近這幾個村，看香門名聲最響亮的，便是楊家村的劉仙姑。

安其滿買藥買米回來，頂著楊氏的罵把藥塞進大院又跑回老宅，正趕上安其堂扶著滿臉灰敗的老娘回來。「娘，怎樣？」

厲氏一聲不吭地躺在炕上不動，任安其滿怎麼問，厲氏都不吭聲。安其滿轉頭看三弟。

安其堂茫然地搖頭，他一直在門外等著，娘和劉仙姑說了什麼他真的不清楚，娘出來時就這樣了。

第二日，安老頭還不見好。安其滿咬牙。「我這就去藥谷跪求劉神醫，看他老人家有沒有法子。」

安其堂眼睛一亮。「二哥，我也去！」

厲氏卻不同意。「都給我站住！老二，神醫上次怎麼跟你說的？」

劉神醫說若真是鼠疫他也無能為力，還說吃了他開的藥，能不能熬過來只能看天命，安其滿難受地低下頭。

厲氏盯著二兒子。「你現在去不是讓神醫為難嗎？他給方子、給藥、給茶，又收留你媳婦兒治病，你還要怎麼樣？」

安其滿頭又低了。「可爹他……」

「盡人事聽天命，老天要怎麼樣，誰也管不了。」厲氏轉身回屋了。

兩兄弟沈默了許久，安其滿才回到自己的茅草屋裡，難受地坐在炕上，一動不動。

找了不少蘑菇和新鮮木耳回來的雲開，進屋見到爹爹這個樣子，收了笑問道：「爺爺還是不行？」

安其滿點頭。

「爹想去求劉神醫？」雲開問。

安其滿點頭。「可妳奶奶，不讓去……」

這倒是奇了，雲開挑挑眉。如果爹不去，怕是過不了心裡的檻吧。她把籃子往前一遞。「爹，拿著這些山珍去一趟吧，一來為爺爺的病，二來也看看我娘現在的情況。就算沒辦法，咱也求個心安不是？」

安其滿接過籃子一看就嚇壞了。「這些蘑菇都是妳摘來要吃的？」

雲開自豪地點頭。「嗯！本想給爹做鮮菌湯喝，不過拿去孝敬神醫也不錯。」

安其滿冷汗都嚇出來了。「閨女，以後妳可別去採蘑菇了，會死人的。妳這籃子裡一半都是毒蘑菇！」

……

雲開看著自己採的一水兒白蘑菇，驚了。「白蘑菇不是沒毒嗎？」

安其滿擦擦額頭的冷汗。「也有有毒的。」

雲開勤學好問：「這裡邊哪個沒毒？我再去多採點，曬乾了咱們留著吃？」

「有的剛冒出來沒毒，長一天就有毒了。」安其滿勸道：「我和妳娘就妳一個閨女，可不能放著妳胡來，晌午咱還是喝粥吧。還有這木耳，得曬乾再泡著吃，否則吃了會長爛疙瘩。」

爛疙瘩……身為穿越女的雲開徹底傻了，小說上明明不是這麼寫的啊，小說裡的女主角不都是隨便進個林子就能找到好東西填飽肚子，然後發家致富嗎……

不過，她還是老實地燒火熬粥，送爹爹出門，把木耳洗淨曬上，又看著籃子裡的蘑菇發呆。

路過的牛二嫂伸脖子往院裡看。「大姊兒在幹啥？」

雲開舉起籃子。「二伯娘，您看我採的是毒蘑菇嗎？」

牛二嫂嚇壞了。「大半有毒！妳爹怎讓妳幹這活？」

「我爹去幫我爺爺求藥了，」雲開好學地追問：「二伯娘快告訴我哪個沒毒，我好去採好吃的蘑菇，不然等過幾天就沒得採了。」

「我可不敢。」牛二嫂頭搖得像博浪鼓，這傻妞可是安其滿兩口子的寶貝，萬一教錯了有啥閃失，讓這孩子吃死了，她可擔不起。「妳實在想知道就找隻雞把蘑菇扔過去，看牠吃哪個，哪個就沒毒。」

望天……這都旱了一年，她到哪裡去找雞？鴨子老宅倒是有一隻，不過那是厲氏的寶貝。想到厲氏，雲開又想起厲氏今天的不對勁，按理說厲氏不應該會阻止爹爹和三叔去找劉神醫才對啊！

難道這事跟劉仙姑有關？

牛二嫂走後，雲開繼續盯著蘑菇發呆。

「雲、雲，雲開。」

雲開轉頭，見笑容大大的丁異站在自家的柵欄門前。「你怎麼跑回來了，劉神醫知道不？」

丁異心虛地低下頭。

雲開嘆口氣。「我娘的身子怎麼樣？你遇到我爹沒有？」

「好，沒。」丁異回答得異常簡練。

聽到娘親身體好，雲開笑得燦爛。「那我爹可能是走岔路了吧。快進來，家裡還有一碗粥，你趁熱喝了。」

丁異立刻竄進來，跟著雲開進屋，接過粥一口氣喝下去。

看他鞋子和褲腿上糊滿了泥，雲開道：「你把鞋子和外褲脫下來，我給你洗洗，這日頭曬一會兒就乾了。」

丁異有些不好意思，雲開伸手在他額頭用力一敲。「小屁孩，快點！」

丁異這才把鞋褲脫下來，露出滿是凍瘡的腳趾頭和破得不像樣的裡褲，雲開忍著心酸，從櫃裡找出娘親給她做的夾層厚褲和一條天青色的外褲。「換上我的吧。」

雲開抱著髒衣裳到屋外，抬頭望著湛藍的天空，心想到底得是多狠心的娘，才能讓自己的親生兒子慘成這樣。

待洗好衣裳和鞋子回到屋中，雲開發現丁異縮成一團，睡著了。

雲開輕輕拉開被子蓋在他的小身板上，坐在一邊看書。

這書是前幾天去鎮裡時爹爹買給她的，雲開透過這本書，知道她所在的大夏朝是華夏歷史長河中不存在的朝代。不過它之前的朝代很有名——李氏唐朝。

雲開看了一會兒，發現一個有趣的故事：本朝夏孝宗在位時，朝中有位名臣叫程賀之，他有個特殊的愛好——喜歡聽驢叫也愛學驢叫，書上講他模仿驢的叫聲唯妙唯肖，蒙眼讓家人猜，家人都分不出哪個是他哪個是驢。程賀之死前留下遺言，讓他的後人逢節日祭祀時，燒完紙之後要學驢叫，以免他在地下寂寞。

雲開笑了幾聲，轉頭見丁異已經醒了，明亮清澈的眼睛正望著她。

「醒了，喝不喝水？」

丁異立刻點頭，雲開倒了半碗水給他，丁異又是豪邁地一口氣喝下去，才小聲問：「笑、笑、笑什麼？」

雲開把故事講了一遍。「是不是很有趣？」

兩人傻笑一陣，雲開才問：「你什麼時候回藥谷？」

丁異長長的睫毛顫了顫。「不、不想。」

雲開立刻問：「是劉神醫待你不好嗎？」

丁異搖頭。「不、不能，跟、跟妳，一起、玩。」

真是個孩子。雲開勸道：「你好好跟著劉神醫學本事，以後就能靠自己賺錢，買自己想要的東西，也沒人敢欺負你，等你學會了咱們再一起玩。」

哄勸了一會兒，終於在說到以後自己生病得靠丁異看病時，這孩子才點了頭。在他回去之前，雲開讓丁異陪她去一趟楊家村，找那看香門的劉仙姑。

丁異當然不會拒絕，立馬穿上雲開給他找的鞋襪，帶著雲開去楊家村。

劉仙姑在這一帶附近名氣很大，等著見她的人不少，兩小人兒在門口的凳子上坐等了有一個時辰才輪到他們進去。

屋內黑漆漆的，穿著道袍的劉仙姑坐在長條桌後，透過香燭看見是兩個小孩就皺了眉，旁邊的小姑娘趕緊低聲道：「他們付了錢的。」

劉仙姑這才點頭。「你們求何事？」

雲開問道：「下雨頭一天，祖墳上我家二老的墳位忽然塌出一個小棺材大小的坑，我們家大人想請仙姑算算怎麼個破解法。」

這事昨日不剛有位老太太來問過？劉仙姑抬頭，看著雲開尖尖的小臉問：「你們哪個村的？家裡大人呢？」

「我家老人病著，爹娘在家伺候。我爹不信這些，是我娘偷偷讓我來的。」雲開臉不紅氣不喘地講。「我娘請仙姑務必幫忙，若家人能平安度過此劫，必有重謝。」

這小姑娘說話文謅謅的，興許是城裡哪個大戶人家的小丫鬟。大戶人家規矩多，劉仙姑也不再追問她的來歷。「這是預兆，妳家二老中怕是有一位要走了。」

劉仙姑接著道：「至於留下的是哪位，要看這二老哪位命更硬福更深，貧道也無能為力。錢妳拿回去，盡人事聽天命，儘早準備後事吧。」

仙姑說完便閉上眼睛不再動。門口的小姑娘立刻進來請了雲開二人出去。

雲開這才明白是怎麼回事！難怪厲氏不讓爹爹去請劉神醫，因為厲氏害怕治好了安老頭，死的就是她。

丁異見雲開臉色不對，拉住她的手小心地搖了搖，雲開笑了。「沒事，咱們回去。」

回到家後，時間也不早了，雲開讓丁異回去，丁異又捨不得走了。雲開開出條件。「等你學了本事變厲害了，咱們就可以去更遠的地方玩，可以划船、爬山、吃好吃的。」

丁異的眼立刻亮了。「一、一起、去？」

雲開點頭。「一起去！」

丁異笑了，雲開叮囑道：「你回去後跟神醫要點藥膏，治好你腳上的凍瘡，否則過幾天會癢得受不了的。」

她小時候也凍過，知道那種要命的滋味。

「受、受得了。」丁異低下頭。

雲開忍不住揉了揉他的腦袋。「聽話！」

丁異的小腦袋往雲開身邊靠了靠，很喜歡雲開這樣摸他。雲開揉了一會兒，乾脆取出梳子給他梳頭髮。

住到劉神醫那裡後，丁異洗了澡，頭髮不再油膩膩的，雲開幫他頭髮梳順後，整齊俐落地在頭頂抓起一個小揪揪，又鼓勵一頓才送他出門，看他一步三回頭地回藥谷。

丁異剛繞過山頭，爹爹的身影就出現了。雲開開心地揮著小胳膊迎上去。「爹，怎麼樣？」

安其滿掏出一包藥，臉色依然沈重。「神醫說吃下這包藥再看看。我去給妳爺爺送藥，妳在家好好待著，哪兒也別去。」

雲開張了張嘴，終究是沒把劉仙姑的話講出來，眼看著爹爹急匆匆地去了大院。

這一包藥沒能救回安老頭的命。

兩日後，安老頭鼓得像風箱一樣的胸膛終於不動了。

厲氏痛哭流涕地被身穿重孝的安其堂和安如意扶到大院門前，門內，安其金和楊氏也是哭聲震天。

安其滿和從藥谷趕回來的梅氏也跪在地上失聲痛哭。因為有上次金老頭去世的經驗，大夥兒不用里正吩咐，自發地堆起一人高的柴堆。

待到安老頭被安其金和楊氏抬出來，安家人看到他瘦得皮包骨的臉以及撐不起壽衣的骨架時，哭聲更大了。安其金把父親安放在柴堆上、蓋好白布，顫抖著拿起燃燒的火把，就是放不下去。

「老頭子啊！你等等我，等等我，等等我，我跟你一起去啊！」厲氏忽然大哭著要衝上柴堆，她的速度不快，被安其堂和安如意死死拉住。「娘，您不能啊！」

被拉住後厲氏才開始撒歡地折騰。「你們放開我，你爹死了，娘活著還能幹啥？讓我死，死，死！」

安其滿也衝上去，雲開跪在地上，冷眼看著厲氏折騰。

安其滿跪地抱著厲氏的腿苦苦地勸。「娘，爹已經走了，您要是跟著去了，剩下咱們兄妹幾個該怎麼辦……」

誰都沒想到，厲氏突然抬手給了安其滿一個響亮的耳光。「你個沒良心的東西還敢過來？你哪來的臉，誰給你的臉！」

安其滿被打愣了，所有人看著盛怒的厲氏，不曉得她這是哪一齣？梅氏爬過去跪在丈夫身邊，雲開則皺起眉頭，厲氏又要使壞了。

果然，厲氏指著梅氏罵道：「你媳婦兒病了，你轉身就把她送到藥谷養病；你爹病了，別說送過去，你連服藥都不給抓！你還有臉來？」

厲氏拳打腳踢地招呼在安其滿身上，安其滿跪在地上，一動不敢動。

「二弟啊，你的良心呢！」安其金擦著眼淚，跟著聲聲譴責。

「娶了媳婦忘了娘的白眼狼！我呸！」大院門口跪著的楊氏也跳起來罵。

族長安太爺也搖頭嘆息，所有人跟著把安老頭的死怪罪在安其滿身上。

安其堂忍不住勸著。「娘，咱們喝的茶葉、爹和大哥大嫂的藥和米，都是二哥弄來的，娘怎麼能這麼說二哥呢？」

厲氏急紅了眼。「有用嗎，有用嗎，有用嗎！你爹死了，死了，死了！」

安其堂跪在二哥身前。「若您真要這麼說，兒比二哥錯得更厲害。兒沒給爹買藥買米、洗衣伺候，請娘責打。」

厲氏指著跪在面前的三兒。「你給我起來，不讓你來是讓你在家讀書光宗耀祖，你有什麼錯！老二！好你啊，煽動著你三弟給你頂罪，你真是好樣的啊！」

安其滿低頭任打任罵，厲氏衝到梅氏面前抬腳就要踹。「都是妳個賤貨，賤貨，賤貨！」

雲開忍不住站起來擋在娘親面前。「鬧夠了沒有？當村裡人都是瞎子嗎？」

撒潑的厲氏怎麼可能怕個傻妞，衝上來就要打，被安其堂兄弟倆死死拉住，梅氏不住地磕頭認錯。

雲開怒問：「我爺爺為什麼生病？是因為吃了病老鼠肉，那肉是我爹拿回來給爺爺吃的嗎？」

分肉給老父的安其金手一哆嗦，火星子落在乾柴上，冒出絲絲的煙。

「爺爺生病後，老宅一文錢沒出，是我爹到處借錢補的窟窿！」雲開大聲道：「這叫不孝？我天天到老宅幫忙燒火做飯，我爹四處奔走求藥，這叫不孝？」

厲氏開口罵道：「他是我肚子裡爬出來的，你們做這些是應當的！」

雲開盯著厲氏問：「雨停那天，不光奶奶去楊家村找劉仙姑，後晌我也去了，奶奶猜劉仙姑跟咱們說的話一樣不一樣？」

厲氏的三角眼忽然瞪大，不敢動了。所有人都疑惑地看著這對峙的祖孫倆，不知道她們在說啥。

雲開盯著變了臉色的厲氏問：「奶奶從劉仙姑那裡回來，我爹和三叔要去藥谷求藥時，您是怎麼說的？」

「我說的是實話，難道有錯嗎？」厲氏心虛地嚷嚷。

「您說『盡人事聽天命』！」雲開不打算放過她，從楊家村回來後她有想過，人人都惜命，厲氏想獨活也不算錯，但她不該把屎盆子扣在自己的爹娘身上！

所以，就別怪她不客氣！

見厲氏開始動搖了，雲開繼續開口，刀刀見血。「我爹瞞著您去藥谷求來一包藥後，又照方子抓了兩包藥，都塞進去請大伯和大伯娘餵給爺爺喝，看能不能救過來。」

雲開話鋒一轉，指著安其金和門邊的楊氏問道：「二十四那天，我爹送進去的藥，你們餵爺爺喝了嗎？」

「餵了！」

「喝了！」

安其金和楊氏異口同聲地道。

雲開指著天，厲聲問道：「當著太奶奶和爺爺的面，我再問你們一遍，你們要是敢說謊，就不得好死！」

兩人都不吭聲了，楊氏不甘害死公公的罪名落在她頭上，大聲道：「那會兒爹已經喝不下也吃不下了，餵不進藥去怨咱嗎？」

「那藥最後進了誰的肚子我也不用問了。」雲開不再搭理他們，轉身對村人大聲道：「里正爺爺、族長太爺，你們知道我奶奶去劉仙姑那裡問什麼事，又想知道劉仙姑說了啥嗎？」

大夥兒立刻伸長脖子聽著，厲氏見大事不妙，只好兩眼一翻，暈了。

「娘！」安如意大哭著扶住娘親。

安其金終於鬆了一口氣，張嘴大罵雲開。「妳個傻妞，不折騰得我們家破人亡妳就不安生是不是？」

雲開轉頭。「奶奶不想聽所以暈過去了，如果大伯想聽，我現在就告訴你！」

「閉嘴！」族長安太爺心知傻妞要說的一定不是好事，立刻吩咐安其金道：「愣著幹什麼，點火！」

安其金也怕，趕忙大哭著點火。

害死安老頭的罪名沒有扣在爹娘的頭上，雲開的目標也算達到了。她默默地跪在娘親身邊，低下頭。村裡不少人的目光落在雲開身上，抓心撓肺地難受，劉仙姑到底講了啥話？這話說一半，真是要把人活活憋死！

梅氏緊緊握住雲開的小手，安其滿臉上一片哀莫大於心死的麻木，在大哭的安家人中看起來尤其顯眼。

安老頭被關進大院這段日子，安家的大小事都是安其滿在操持，只是沒想到最後卻落了這麼個結果，大夥兒都替他不值。

梅氏伸出另一隻手緊緊握住丈夫的，安其滿慢慢回神，望著衝天的火光，怔怔地落下眼淚。

不管如何折騰，人死了都只剩一副枯骨而已。

安家兄弟仨把父親的骨架小心翼翼地擺進棺材裡，村人幫忙抬起棺材，哭著送去安家祖墳安葬。安如意看看暈倒的娘親，再看看漸漸走遠的人群，不知如何是好。

里正曾前山走過來。「妳去吧。」

安如意立刻點頭，把娘的腦袋輕輕放在地上，哭著追棺材去了。里正曾前山居高臨下地盯著厲氏。「沒人了，四嫂起來吧！」

厲氏直挺挺地躺著不動，心說這裡是沒人了，大院裡還有老些呢！讓他們看到自己爬起來，多沒面兒。

曾前山又嘆口氣。「四嫂是個明白人，我也沒啥好說的，凡事往前看，別自己把路走窄了。」

見厲氏還是強撐著不動，曾前山也不再理她，逕自前往安家祖墳看安老頭下葬。大院門口的火熄滅了，厲氏躺在冷冰冰的地上，一陣旋風捲起煙灰撲了她一身一臉，厲氏覺得一陣發冷發毛，她一骨碌從地上爬起來，低著頭快步往家走。

「喲，四嫂這是去哪兒啊？」厲氏的死對頭安五奶奶諷刺道，這對打了大半輩子的妯娌倆，看到對方跌倒不乘機踩上幾腳，就覺得對不住自己的良心。

厲氏心正虛著，最怕遇到的就是五弟妹，她頭也不敢回地往家走。

「哎，大夥兒看到沒有，我四嫂跑這麼快，一定是做了啥虧心事！要不以她的脾氣能這樣？」安五奶奶大喊。「四嫂別走啊，劉仙姑到底說了啥，妳給咱念叨念叨唄！」

大院裡養病的人趴在牆上一陣哄笑，厲氏轉過街都能聽到他們的笑聲，恨得牙都哆嗦了。今天的事都怪傻妞，不把傻妞整死，她就不叫厲三娘！

埋葬了父親回到家中，安其滿沙啞著嗓子問雲開，劉仙姑那兒到底是怎麼回事。

雲開就把她和丁異去劉仙姑家的經過原原本本地講了一遍，安其滿仰面躺在炕上，緩緩抬起胳膊壓住眼睛，梅氏咬著唇，紅腫著眼睛說不出話來。

雲開避到外屋燒熱水，梅氏輕輕握住丈夫緊繃的拳頭，無聲安慰著。

安其滿嘶啞著嗓子道：「娘她，她……」

梅氏想起她回來時劉神醫講過的話。「滿哥，神醫說大院裡住著的人，發燒、拉肚子或咳嗽好了三天以上的，可以出來了。」

安其滿終於有了點精神。「真的？」

梅氏點頭。

「這是好事，我這就去跟里正叔講。」

安其滿快步跑到曾前山家，把這件事一講，曾前山一蹦老高。「走，咱們這就去大院！」

兩人趕到大院門口，把裡邊的十一個人放了出來，只剩下一個上了七十歲的老太太和她的兒子曾林。

曾林就是當初被老鼠抓傷的那個，他沒事了，可他老娘還病著。眼看著其他人一個個走出大院，曾林隔著門哀求道：「其滿兄弟，你前兩天從劉神醫那兒求來的藥方子能給我用用不？我娘的身子也不大好了……」

剛出大院門口的安其金兩口子趕緊給安其滿使眼色，讓他不要給。安其滿直接把藥方遞給邊上的曾林媳婦。「神醫說這藥方子也不一定有用，只能吃著看看。」

曾林媳婦千恩萬謝，又跟自家的男人講道：「家裡實在是沒有買藥的錢，借也借不來了，他爹，咱咋辦？」

曾林紅了眼圈。「妳叫人牙子把大妮兒領了去……」

曾林媳婦的眼淚唰地落下來，去年那麼艱難，他們都沒賣兒賣女，可現在如果不賣大妮兒，就沒錢給婆婆抓藥，兩頭都不能不顧，她恨不得把自己賣了。「他爹……」

曾林低下頭。「妳跟大妮兒說是他爹對不起她，等過秋家裡收了糧，我再把她領回來。」

曾林媳婦捂臉痛哭，旁邊的人都唏噓不已，曾前山開口了。「還不到這個地步，我家裡還有二百文，你們拿去買藥。」

「我家有五十文。」

「我家有二十文，嫂子別嫌少……」

「……」

「我知道這都是大夥兒留著救命的錢，現在真的是沒法子了，我就腆著臉先借過來，等我娘熬過這一關，我就出去扛麻袋賺回來還給大夥兒。」曾林跪在門內，咚咚地磕頭。

大夥兒半天也只湊出一帖藥錢，安其滿道：「神醫說這藥得吃三帖才能有效。我為了給我爹抓藥，找人借了點錢，現在還夠兩帖藥的，待會兒給嫂子送過去。」

曾林媳婦轉過來給安其滿磕頭，安其金的臉更黑了，總覺得事情要不妙。

果不其然，曾家老太太吃了三天藥下去，燒退了，咳嗽也輕了。

又過了三天，曾林扶著老娘從大院出來了。出來的第一件事，曾林一家老小到安其滿家道謝，然後挨戶到借錢給他們買藥的人家裡致謝。

村裡傳開了，曾老太太能出來是因為吃了安其滿從劉神醫那裡求來的藥方，而安其滿求來的藥沒有救回他親爹的命，因為安其金和楊氏沒把藥給老人家餵下去，這兩個怕死的偷偷把藥喝了！

後邊半句是村人腦補的，但是大夥兒都篤定這是真的。安其金和楊氏被人指指點點的不敢出門，厲氏更是沒臉，他們都恨透了傻妞。

村裡的病人都好了，里正正式解除村子的半封閉狀態。安老頭的大女兒安如玉也是這時才得知父親已經去世的消息，和丈夫帶著兩個兒子在墳前足足哭了一個時辰，才算圓了自己的禮數，臨被家人拉回時，安如玉死死抓著墳頭的新土，嘶啞著喊道：「爹要是想閨女或有啥事要閨女去辦，就託夢回來，爹記得來看看閨女啊，閨女想你啊——」

送走安如玉一家後，天又下了一場透雨。山間、路旁的樹木除了被扒皮死掉的，都發芽抽了枝，路兩旁的春草也蔓延到天邊，實是喜人，這不只是草，更是吃食，村人終於能填飽肚子了。

待地裡的泥不沾腳後，眾人便下地忙碌了。安其滿到老宅去找大哥要從衙門領的糧種，順便跟大哥說一說他買了稻秧的事，分他一些種。

聽到他來領糧種，安其金卻道：「糧種不夠了。」

安其滿皺眉。「咱們的糧種是按畝數領的，咋會不夠呢？」

「糧種放在東廂房裡被老鼠咬了！」楊氏冷冰冰的。「這能怪誰！」

厲氏垂著眼皮不說話，她現在也恨透了老二，見不得他好。

「糧種不是用繩子吊在房梁上，咋還會讓老鼠咬了？」就是為防老鼠糟蹋來之不易的糧種，他們領回來後就吊起來，老鼠不可能順著繩子爬下來吃糧的，安其滿又問道：「老鼠把繩子咬斷了？」

安其金不吭聲，拿出一小袋糧食放在二弟面前。「別管老鼠怎麼弄的，反正現在只能分你六斤，剩下的你自己想辦法。」

安家十一畝田，共領回豆種六十六斤，安其滿分家時得了三畝田，應得十八斤糧種的，現在只給六斤怎麼夠？安其滿看著大嫂和大哥如臨大敵的臉色和娘親的淡漠，也不再追究。

「今年的田怎麼個種法？」

安其金見二弟不再追問糧種的事情，偷偷鬆了一口氣道：「今天先把爹娘的兩畝田翻了種上，然後就各種各的。」

「成，我回去拿鐵鍬。」安其滿站起來，拎起分給自己的糧種就往外走。

看他走出大門，楊氏得意地翹起嘴角，卻見自家男人惡狠狠地瞪過來，趕緊討好地笑。

「我也沒法子啊，二弟還欠著我爹錢呢，我爹要糧種，我能不給嗎？」

楊氏娘家的糧種讓老鼠糟蹋了，楊氏送了她爹二十斤。

「少廢話，扛鐵鍬幹活去！」少了糧種，安其金也自然氣不順。

楊氏跳了腳。「二弟妹不去，我憑啥去！」

「憑妳有兩畝田的陪嫁要種，憑妳弄沒了二十斤糧食，憑老二媳婦還要繡花還債！快去快去快去，別廢話。」厲氏瞪起眼睛。

楊氏認命地扛鐵鍬下地，去年家裡的耕牛也賣了，現在耕地只能靠人力，這可是個重活。

剛到院裡，兩人居然看到三弟安其堂從西廂房出來，也扛著鐵鍬要跟上。厲氏立刻道：「老三不用去，在家讀書。」

安其堂搖頭。「兒要為父守孝三年才能應考，現在下田幹活是應該的。」

大夏重孝道，父母去世，為官的要守制三年，讀書人也守孝三年不得應考。今年的秀才，兒子是考不了了，厲氏臉黑沈著轉身進屋。

辛苦了兩天終於把厲氏的兩畝口糧田種上，安其滿就惦記著跟錢東升買的油布。「明天我進鎮上看看，再買點糧種回來，順便給妳們娘兒倆買點好吃的。」

家有三畝地，他從老家分得的豆子夠種一畝，上次買的稻種夠種一畝，剩下的一畝地還缺種子。

雲開搖頭。「爹不要買好吃的，用這些錢租牛回來把地翻了吧？」

「這主意好，他爹，你明天去轉轉，訂一頭壯實的牛回來吧？」梅氏也覺得這是個極好的主意，安家的耕牛去年災荒時賣了換糧，她和雲開幫不上忙，家裡三畝地只靠丈夫一個人翻，真的把他累壞了。

安其滿也點了頭，現在家裡的確不差這點錢。「好，今年先租別人家的，明年咱們再買牛。」

雲開卻覺得買牛不是個好選擇，牛可以用租的。否則他們買了，安其金兩口子定會來借。「我覺得買豬好。」

梅氏與雲開考慮的是同一個原因。「豬好。」

安其滿從善如流。「好，買豬！」

「再買十幾隻小雞小鴨養著。」梅氏又道：「咱們這兒打草、放鴨都方便。」

雲開立刻贊同。「以後我來放鴨子，我喜歡放鴨子。」

「開兒知道怎樣放鴨？」安其滿笑問。

雲開歪著小腦袋。「不是趕到外邊去吃草就行了？」

梅氏和安其滿都笑了起來。

雲開眨巴眨巴眼睛，難道放鴨也是個技術活兒？

第七章

第二天，安其滿進城了，梅氏在門口繡花，見閨女一個人蹲在院子裡看螞蟻，便道：「去找二妞玩吧。」

九歲的牛二妞是牛二嫂家的閨女，是雲開的同齡人。不過那姑娘喜歡玩泥巴、石子或翻繩子，雲開實在提不起興趣，但也想出去轉轉。

雲開出門往後轉，果然看到二妞和幾個小丫頭在抓石子，有個小姑娘見了雲開就嚷。「傻妞來了！」

雲開抽抽嘴角，牛二妞趕緊道：「安大姊兒不傻，她可會說了。」

「傻妞會跟她奶奶頂嘴，我娘說讓我不要跟她一塊兒玩！」又一個小丫頭道。

雲開轉身往山邊走，跟她們在一塊兒，還不如去看山看水自在。

她還沒走到山邊，就見人模狗樣的丁二成從南邊山坡上的樹林裡冒出來，雲開轉身就往家走，沒想到丁二成站在山坡上就開始喊了。「安大姊兒，等等妳二叔！」

還你二大爺呢！雲開飛快跑回家，關上柴門。

丁二成跑得急了，從山坡上滾到坡下，他精心護著的乾淨衣裳成了泥滾兒，心疼得不行。丁二成隔著柵欄門，咧著黃板牙笑。「大姊兒，妳這幾天見到我家那臭小子了沒？」

雲開搖頭，看到他的黃板牙就膈應。這裡的人吃粗糧喝山泉水，牙大都是白的，丁二成實在是個特例。

丁二成繼續皮笑肉不笑著。「騙人可不是好孩子啊，我家丁異跟妳走得最近，妳咋可能沒見到他？」

屋裡的梅氏急匆匆地跑出來，把雲開護在身後戒備地道：「你要找他去藥谷，來我家做什麼？」

梅氏生得美，丁二成見到她，眼神就有點發直了，梅氏被他看得噁心，帶著雲開就往屋裡走。

丁二成巴著柵欄貪婪地盯著梅氏的背影，梅氏回到屋裡叮囑雲開。「開兒，今天不要出去了，跟娘在家玩。」

雲開幫娘親分繡線，問道：「丁異的娘怎麼受得了他爹呢？」

梅氏嘆口氣。「她剛來的時候鬧死鬧活折騰了幾次，後來被婆婆和丁二成收拾老實了才成了現在這樣。她能活到現在還沒瘋，也很不容易了。」

聽起來的確有點可憐，雲開沈默了一會兒。「可她也不該把氣撒在丁異身上。」

「誰說不是呢。」梅氏望向窗外，見丁二成走了才算放下心。「他怕是去藥谷找丁異了，估摸是想拿神醫的東西討好曾地主，但願丁異那孩子別跟著他爹學壞了。」

在那樣的家庭裡長大，不長歪確實不容易。兩人在屋裡有一句沒一句地聊著，晌午時分，安其滿挑著兩竹筐回來了。

雲開跑出去，只見爹爹買了一頭小豬、二十隻小雞和十五隻小鴨子！

梅氏歡喜地圍著竹筐來回轉。「雞和鴨先在籮筐裡養著沒事，咱得趕緊把豬圈圍起來。」

安其滿灌了兩碗水，幹勁十足地道：「家裡的磚頭石塊不夠用，我先打木樁圈個豬圈出來養著，等種好地再圈豬圈。」

梅氏又問：「找到牛了沒？」

「找到了，東答村老許家的，連人帶兩頭牛深耕三畝地，管晌午飯和草料，共五十文。」安其滿對這個價錢很滿意，兩頭牛一天就能把地耕完。

雲開也探過頭來。「爹，油布呢，賺錢沒有？」

安其滿心情頗佳地反問：「妳猜？」

雲開捂著小嘴笑，爹爹這樣還有什麼好問的，一定是賺了，且賺的比他預想的還要多！

見閨女只笑不說話，安其滿便把期待的目光轉到媳婦兒身上。梅氏配合地問道：「賺了多少？」

安其滿舉起三個手指頭。

「三貫？」梅氏問道：「不錯，啥也沒幹就賺了這老些。」

安其滿搖頭。「再猜？」

梅氏自己都不信。「莫不是……三十貫？」

安其滿露出二十四顆牙，用力點頭。

梅氏和雲開驚到了。「這麼多？」

安其滿用力點頭，看著妻女狂喜的模樣，他更痛快了，男人就該這樣！他從懷裡掏出一對銀鐲交在梅氏手上。「這是當掉的鐲子，我贖回來了。」

梅氏把鐲子握在手心裡不住地摩挲，喃喃道：「不是說不用贖了嗎？也不是多好的東西……」

「就算不好，也是妳親娘留下的。」安其滿笑道，當日若不是萬不得已，他也不會用媳婦兒的嫁妝換米。

只這一句話，梅氏的眼眶便濕了。

安其滿又掏出一對小銀鐲遞給雲開。「開兒，這是給妳買的，要不是妳，咱們家也賺不到這些錢。」

雲開的手心沈甸甸的，還帶著爹爹的體溫，她看著這對泥鰍背開口處各雕著一個小巧南瓜的開口鐲子，笑彎了眼睛。「謝謝爹。」

安其滿伸出粗糙的大手摸了摸閨女的頭，梅氏接過雲開的鐲子，看了看裡面的刻印，歡喜地道：「這是好東西，逢年過節開兒再戴，娘先幫妳收著。」

「好！」雲開痛快地應了，以她家現在住茅草屋穿短布褐的條件，戴這鐲子出去讓人看見了，怕也會說她是偷來或撿來的。

安其滿從筐裡掏出紅糖、大棗、蓮子和白米。「這些給妳們娘兒倆補身子。我跟東升哥照先前說的分成，再賺了錢咱們兩家五五分。現在咱們手裡已有不少了！」

這麼多錢啊，梅氏心裡踏實得不得了。「等種上地，不如一道把房屋翻修了，再圈起院牆，住得著實安穩些。」

安其滿笑道：「好。東升哥家的狗下了狗崽，過幾天斷奶後咱們抓一隻回來看家。」

雲開立刻拍手叫好，她一直喜歡小動物卻沒條件養，這次總算要過上有家有田、有爹娘、有小狗的嚮往生活了。「爹跟東升伯簽了文書沒有？」

去之前閨女提醒過，安其滿不好意思地撓頭。「還沒，不曉得咋開口。」

梅氏是在城中長大的，在這方面總有些見識，也勸道：「親兄弟還要明算帳，做生意就得有個憑證，以後虧了贏了也好說話。這個道理東升哥懂，估摸是你沒提他也不好意思提，下次你記得說。」

安其滿應了，拿出白花花的小銀錠子讓媳婦收好，三人出屋忙碌去。

雲開眼饞著筐裡一群毛茸茸的小鴨子，與娘親商量道：「我去放鴨，好不好？」

梅氏往外望了望，不見丁二成，便放心了。「去吧，就在家門前這塊，別走遠了。」

雲開開心地拎起小竹筐，帶著小鴨出門，再一隻隻放在路邊的草地上，看牠們興奮地奔跑啄食地上的青草或小蟲。開始放鴨了呢，雲開叼著一片草葉，美滋滋地坐在石頭上。

「雲、雲開。」丁巽忽然出現在雲開身邊，眼裡閃著興奮。

雲開睜大眼睛。「你咋來了?你爹剛才還來找過你呢，你見到他了不？」

丁巽點頭，又指著小鴨子。

雲開笑了。「我家剛買的，你看多好玩。」

丁巽點頭。「一、一塊兒。」

「好啊，你有空就來，咱們一塊兒放鴨。」藍天白雲綠草黃鴨小正太，雲開非常開心。

「你爹找你幹啥？」

丁巽收了笑。「要、要，神醫的茶、茶葉。」

有這樣糟心的爹還不如沒有呢。雲開又問道：「那你打算怎麼辦？」

丁巽搖頭。

「那你爹要揍你呢？」

「跑！」

雲開笑了，丁巽跑得很快，丁二成還真追不上他。「那如果是你娘跟你要呢？」

丁巽愣了，漂亮的小臉滿是掙扎。「會、會嗎？」

「萬一呢？」雲開看出來了，雖然朵氏待他也不好，但丁巽對娘親還是很有感情的。

「換、換？」丁巽琢磨著，神醫會需要酒醃的鳥蛋嗎？反正雲開也不喜歡吃了……

雲開忍不住開導他。「我有三句話要說給你聽，你一定要記住。第一句是『君子愛財，取之有道，用之有方』。意思就是人都愛錢，但賺錢和花錢都應該遵守原則，不能傷害到其他人，這樣的人才是君子，是讓人喜歡和敬佩的人。」

丁異用力點頭，嘴裡叨咕著認真記。

「第二句，『君子不食嗟來之食』。意思就是做人是要有骨氣的，絕不能低三下四地接受或者主動去討要別人的施捨。」

「第三句，『不告而取謂之偷，君子不為也』，意思就是別人的東西，你沒告訴人家就拿走就是偷，偷東西是壞人才幹的事，君子是不會幹這樣的事情的。」

丁異叨咕著記住，然後小心翼翼地問雲開。「妳、妳給我、我粥，是嗟、嗟嗎？」

雲開立刻搖頭。「當然不是，我們是朋友，朋友是應該相互幫助的。你不是也幫我娘去找神醫，神醫給你茶葉，你也送給我了嗎？這就是朋友。朋友要有福同享、有難同當。」

丁異笑得燦爛，他喜歡雲開這個朋友。

雲開怕他被人騙了，繼續講道：「朋友就是有共同愛好，相處起來很舒服的人，要相互幫助而不是只向你要東西、討好處。有些人，他嘴上說是你的朋友，其實是在騙你。比如曾八斗說跟你做朋友，你相信嗎？」

丁異立刻搖頭。「不、不信。」曾八斗最討厭了，他才不要跟曾八斗做朋友。

「這就對了！不喜歡的人就不要跟他做朋友。」雲開笑著。

兩個小傢伙坐在河邊，守著幾隻小鴨子說笑。

這天後晌，梅氏和安其滿去收拾畦壟時，旁邊田裡的楊氏拄著鐵鍬，假惺惺地問：「二弟找到種子了沒，現在什麼價？」

安其滿答道：「買了些芝麻，價錢比之前貴了不少。」

占了便宜的楊氏痛快無比，也只有二弟和二弟妹這種老實的傻瓜，才會不爭不搶地掏錢買種子。不過話說回來，他們哪裡來的銀錢呢？楊氏斜眼看著在地頭放鴨子的雲開，犯起了琢磨。第二天，見到安其滿居然帶著兩頭牛來耕地，問明白了價錢後，安其金和楊氏嫉妒得眼都紅了，更疑心安其滿的錢是哪來的，敢這麼個用法。

一天就耕完了三畝田，安其滿送走老許後，就開河溝往田裡放水，把大夥兒看愣了。

「二哥咋還放上水了？」

安其滿笑了。「家裡育了些稻秧，剛夠種一畝地的。」

什麼，稻秧？楊氏一腳踩空，直接趴在地上。

大夥兒也炸了。「現在稻種那老貴，二哥真捨得，你哪來的錢啊？」

安其滿不好意思地笑了。「沒下雨的時候買的，比現在便宜不少。」

「還是二哥有眼光，那會兒也不便宜吧？」堂弟安其水追問道。

安其滿低聲道：「是不便宜。不過那會兒我爹娘和媳婦、孩子都要養身子，我琢磨著自己種怎麼也比買米吃便宜，就咬牙買了些，沒想到我爹吃不上了。」

大夥兒靜了，安其金怒問：「這事為啥不跟我說？」

安其滿平靜地答道：「前邊是事多沒顧上，等開始種田我去找哥時，剛進門你就跟我說咱家的糧種讓老鼠糟蹋了，我三畝田就分了六斤豆子，其中一半還是碎的，拎著那點豆種，我說不出口。」

安其金又羞又怒。「好啊，原來你在這兒等著我呢！」

公道自在人心，不是誰譴責幾句就能顛倒黑白的。大夥兒一路看過來，孰是孰非也看得明白，勸了幾句就散開了。

梅氏把院子裡育的稻秧帶到田邊，一畝田，他們兩口子幹活索利，天黑透前就插滿了。

梅氏直起腰擦去額頭的汗水。「我就喜歡插秧，剛還光禿禿的地，插上秧馬上就見苗了，看著就舒坦。」

雲開見左右的田還空著，有些擔憂。「爹，咱家的稻苗不會被人偷了吧？」

安其滿搖頭。「偷苗毀莊稼是重罪，沒人敢。」

在這以農為本的時代，除非是深仇大恨，否則沒人會冒險去毀人禾苗。雲開安心了。

安其滿看著田裡的苗也開心。「不用妳倆，妳們在家歇著，我自己種。」

「明天咱們種豆子和芝麻？」

雲開和梅氏都身體虛弱不敢逞強，三人帶著農具說說笑笑回到家門口，梅氏對安其滿道：「我做飯，你把咱們買的小雞和小鴨子，捉幾隻給娘送過去吧？」

便是再有不是，厲氏也是長輩，只要她活著，安其滿兩口子就得好好孝順她。在這裡，孝是評判一個人好壞的重要標準之一。經了這些事，安其滿待老娘已不像以前那樣，但該孝順的時候，他一樣沒落下。

待安其滿捉了小雞小鴨走了，梅氏跟閨女道：「妳奶奶就好養小雞小鴨，咱們買了正好送幾隻過去。」

雲開笑咪咪的。「這樣挺好的。這些小雞小鴨送過去，每日打草拌食也是個事兒。奶奶定捨不得讓小姑去餵，這活兒定落在伯娘頭上。」

想到楊氏不情不願地去打草餵雞鴨的模樣，雲開就咯咯地笑。

接下來幾日，安其滿種完了自己的田，開始盤算翻修茅草屋的事。「我出去轉轉，看現在磚瓦什麼價錢，過幾天大夥兒種完田，咱們找人幫忙打土坯，先把東廂房蓋上搬進去，再把正房翻蓋了，再入冬就不怕了。」

梅氏抿唇笑著。「正房蓋四間吧，西廂房先不蓋，支起敞棚放些雜東西……」

這些雲開不懂，她又跑到溪邊放鴨子。陽春三月南風送暖，雲開看什麼都覺得心情通暢。丁異坐在雲開身邊，磕磕巴巴地講述從神醫那裡學來的本事。「不、不同的，藥、藥材，收起來也、也不一、一樣。」

「嗯，不急，再說一遍。」雲開邊望著吃草的小鴨子，邊耐心地聽他說他每日在藥谷裡做些什麼事。幫丁異治好磕巴，是她除了放鴨子外最主要的任務。

丁異把話捋順一遍，重複道：「不同的，藥、藥材收起、起來，也，不一樣。」

「非常好！你把話在腦子裡過一遍再說就好了。」雲開捏了捏丁異的小臉，這孩子吃飽了小臉鼓起來，越發惹人喜歡了。

丁異的小臉在雲開手上蹭了蹭，把話在心裡默唸幾遍，慢慢地說道：「神醫那，裡有，不，是，來一個人，會拳腳，功夫，我想，跟、跟他學些。」

「好啊！學點功夫，就算不跟人打架，強身健體也是好的。」雲開鼓勵丁異學習所有有用的東西。「神醫教你認字了嗎？」學習醫術就要開方子，認字是必須的。

「讓、讓藥童，哥、教。」丁異低下頭，藥童性子急脾氣差，丁異不想跟他學，不過雲開認得字，他也要跟她一樣，只好忍著。

那藥童的脾氣的確是非常臭，雲開拍拍丁異的肩膀。「都學了些什麼，能唸給我聽嗎？」

丁異漂亮的眼睛立刻就亮了。「子曰：學而時習之，不亦說乎？有朋自遠方來，不亦樂乎？人不知而不慍，不亦君子乎？子曰……」

這是第一次，丁異用響亮流暢的聲音說出一段話，稚嫩的童聲，潺潺的水聲，悅耳的鳥鳴聲，組成一曲美妙的旋律，雲開聽得激動，以前聽說磕巴唸書或者唱歌是不會磕巴的，沒想到居然是真的。被雲開這樣看著，丁異興奮激動得小臉都紅了。

「這、這不是、小、小磕巴嗎？幾天不見，會、會唸書了？」

雲開回頭，見到地主家的傻兒子曾八斗，歪戴帽子痞笑著學丁異講話。

「雲、開，走。」丁異戒備地站起小身板，把雲開護在身後。

曾八斗卻小眼亮晶晶地盯著雲開的小鴨子。「今天少爺我不想揍人，只想找人玩。這是啥？」

曾春富想討好劉神醫，這熊孩子也不敢怎麼樣，雲開拉著丁異讓他不要緊張。「鴨子沒見過嗎？」

曾八斗樂哈哈地跑到小鴨子旁邊，伸手就要抓。「沒見過這麼小的。」

雲開立刻喊道：「看一看行，不能抓！」

曾八斗抓起一隻小鴨子，摸夠了又扔在地上。「少爺我想抓就抓，妳個傻妞管得著嗎！」

「這是我的鴨子，不讓你抓你就不能抓！」雲開忽地舉起小拳頭，陰森森地嚇唬曾八斗。「看到沒，這是神醫給我的靈藥。你敢惹我不高興，我就把藥撒在你身上！讓你變臭招蒼蠅蚊子咬出一身包！」

曾八斗嚇得跳到阿來身後。「少爺我才不信！」

「那就再抓一隻試試？」雲開瞇起眼睛。

曾八斗脖子一梗。「妳讓抓，少爺我偏不抓，就不聽妳的！」

雲開轉頭在丁異耳邊小聲道：「看到沒，這叫兵不厭詐，嚇死他！」

丁異兩眼亮晶晶地記下。

曾八斗慢慢挪到丁異身邊，凶巴巴地問：「小磕巴！你什麼時候回藥谷，少爺我跟你去玩！」

丁異不搭理他。

「哼！別以為本少爺想跟你玩，本少爺是給你爹面子，要不是看在丁二成把我的小馬駒刷得還算乾淨的分上，少爺我早把你揍趴下了！」曾八斗抱胳膊用眼角餘光斜瞥丁異，等他像丁二成那樣獻殷勤。

曾八斗又說了幾句，見丁異頭都不抬，暴脾氣又起來了，抽出馬鞭子要打人。

阿來立刻上前拉住他。「少爺不是想去山上抓鳥嗎？小的發現有棵樹上的鳥窩裡孵出了一窩小黃鸝，掏不掏？」

阿來哄了曾八斗上馬離開，自己留在後邊陰狠狠地瞪著雲開。「妳害我們少爺受傷、阿去被罰掃馬廄的事還沒完，二管家不會饒了妳的，咱走著瞧！」

原來上次害曾八斗受傷的阿去是二管家曾福的人，難怪曾福急著拿自己和丁異去頂罪。那個人一看就是小肚雞腸之輩，雲開琢磨著還是要小心為妙。

丁異忽然抬頭揉了揉她的頭。「別、別怕！」

雲開晃腦袋。「不許揉我的頭！」

「可，妳揉、揉我的。」丁異皺起小眉頭。

「因為我比你大，大人才可以揉小孩子的頭。」雲開解釋道。

「我也，九歲。」丁異爭取自己的權利。

雲開表面雖然九歲，但她兩世為人，從不把自己當小孩子。「雖然同歲，但我比你大還比你高！」

「那，等，我比妳，高，我就，可、可以……」丁異決定一定要多吃飯，快快長高。

「那你就快點長。」到時候他們都大了，丁異也就懂事了，誰也不會揉誰的頭了，雲開看著比自己矮半個頭的丁異得意地笑。

兩人鴨子還沒放完，又遇到了穿著整齊的丁二成急匆匆跑來。「看到二少爺沒？」

丁異怕他，不敢說話。雲開指了指樹林。「跟阿來去林子裡掏鳥窩了。」

「老子怎麼教你的？你給老子在這兒等著！」丁二成罵完丁異，又急匆匆地追進樹林。

丁異幫雲開抓小鴨子，順便拔了些草扔進筐裡。「回？」

雲開點點頭，遇見丁二成，她也沒了放鴨子的興致，再在這裡放鴨，等他出來見到丁異又該打罵了，早些回去也好。丁異送雲開回家後，跑到自己家門口看了一會兒永遠在織布的娘親，這才翻山回藥谷。

回到藥谷後，丁異第一件事不是找神醫，而是跑到了專供客人居住的廂房不遠處，一片林子前，看一個滿臉落腮鬍的粗漢子練槍。他是神醫劉清遠的好友孟無咎，丁異以前沒見人真正耍過刀槍，是在送藥時第一次看見孟無咎在練槍，忍不住就看得目不轉睛，之後沒事就會來晃上一趟。

孟無咎也不理他，任由他看著。

隔日，丁巽在藥童的責罵聲中歪七扭八地寫完大字，又跑到樹林看孟無咎練槍。

又隔一日，丁巽手裡拎了一根跟孟無咎的槍長度差不多的木棍，學著孟無咎的動作比劃，居然學了三分像。孟無咎挑挑眉，換了套槍法，速度也越發地快了，丁巽見此便停住，目不轉睛地盯著看。

第四日，他居然把這套新槍法學了個七、八成，孟無咎大笑，蒲扇大掌在他瘦小的肩膀上用力拍著。「你小子不錯！」

丁巽握著木棍，乾巴巴地講了兩個字。「想學。」

孟無咎大鬍子一甩。「不教！」

丁巽也不纏著，依舊每天自己拿著木棍跟著他比劃。如此半月後，孟無咎大步走進書房，主動跟劉清遠商量。「你這小徒弟有些悟性，不如給了某吧。」

丁巽雖不擅言辭，但心性極佳又認真好學，凡事一教就會，劉清遠怎麼捨得？「我尋了幾十年才得這一個好根苗，怎捨得轉手送予他人門下，便是你也不能。」

孟無咎大馬金刀地往凳子上一坐。「你這老兒恁地小氣！某帶他回軍營替你錘打幾年又沒壞處，再說你是醫我是武，本就相得益彰，有何不可！」

劉清遠哈哈大笑。「是無不可。不過這小子莫說是你，便是我也帶不走。不信你且去試，若他肯跟你走，老夫便將這徒兒分與你一半！」

孟無咎虎目圓睜。「此言當真？」

「當真！」劉清遠點頭。

孟無咎茶杯一放，邁虎步返回樹林中，拎了丁異就道：「老子收你當徒弟，十日後你與老子回營，老子把一身本事都傳予你！」

丁異不驚不喜，只抬頭問：「軍營在，哪、哪裡？半天，能跑、回、回家嗎？」

孟無咎粗重的眉毛擰起。「遠著呢！莫說半天，便是半月你也跑不回來，好男兒志在四方！」

丁異頭一轉。「不！」

孟無咎瞪大眼睛。「你再給老子說一遍！」

「不！」丁異說得斬釘截鐵。

孟無咎拎著丁異一頓狂搖。「你小子可知老子的槍法猛冠三軍？想跟老子學槍的人有的是，老子能看上你，是你小子的福氣！」

但不論他怎麼講，丁異只一個字。「不！」

孟無咎氣得狠了，把丁異摔在地上，一個人回屋吃酒。

隔日，孟無咎早起練槍。丁異照舊拎著根新木棍在旁邊學，那根舊的被孟無咎生氣地折斷了，這根新的更不成樣子，居然還帶了個九轉十八彎，孟無咎看了就更氣。

這小子不拜師就光明正大地偷學藝，這臉皮忝厚！

他哪裡知道丁異做事只憑自己的喜好，是因為自小到大從沒人跟他講過道理，加之天性機敏，知道孟無咎對他沒有惡意，便放心大膽地跟著練了。

如此又是十日，孟無咎騎馬離去時扔了一本槍譜在劉清遠的搗藥罐上。「算老子的醫藥費！」

劉清遠撚鬚大笑。「老夫替我那不知好歹的徒兒謝過孟將軍。」

孟無咎心裡堵得難受，策馬走了。

非常意外的，劉清遠居然發現丁異的目光戀戀不捨地望著孟無咎的身影，半天不回神。他以為丁異想跟孟無咎走，便道：「你若想，老夫便讓藥童帶了你追去。」

藥童才不肯，縮回自己的石頭屋裡不肯出來。

丁異搖頭，繼續種草。劉清遠撚鬍鬚，順著丁異的小腦瓜想了想，試探問道：「你莫不是看上他的馬了？」

丁異點頭。

劉清遠爆笑許久，才擦著眼淚道：「三日之內，你若能將一百零八個要害穴位記準了，老夫便賞你一匹馬！」

丁異兩眼灼灼地點頭。

三日後，丁巽就騎著他的一匹小馬回村找雲開了。
雲開驚奇地圍著小馬轉了幾圈。「這馬大小，正適合你騎呢！」
丁巽指了指馬背。「妳，騎。」
雲開從未騎過馬，不過看這小馬溫順，便仗著膽子踩石頭爬上去，丁巽拉著馬在曬麥場上繞了幾圈。
馬兒不驚不惱，走得平穩，雲開收了小心謹慎，咯咯地笑。「這是神醫送給你的？」
丁巽點頭。
「神醫待你真不錯。」雲開感嘆道，若非神醫，丁巽哪能有馬騎。
「給、給妳。」丁巽眼裡都是快活。「騎，找我，玩。」
雲開立刻搖頭。「不行，我不能要！」
見丁巽一副受傷的小表情，雲開解釋道：「這是神醫給你的，再說我家連個院牆都沒有，怎麼養馬？別人見到馬惦記上也是個麻煩，你自己留下好生照顧，騎著來回村裡也快一些。」
雲開不肯要馬，他很失落，掏出一個錢袋子遞過去。「買、買，衣裳。」
雲開會意，跑到正帶著人扣土坯的爹爹身邊，拉了他小聲道：「神醫給丁巽錢讓他去買衣服，丁巽想叫我一起去。爹，我能去不？」
安其滿直起身看了看丁巽身上又破又短的舊衣裳。「你倆太小了，爹洗洗手跟你們一起去。」

雲開搖頭。「我倆不去遠地方，就到北邊楊家村的店裡買。」楊家村隔五日一集，那邊有兩家店鋪賣大人小孩的成衣。天災過後，難民都返鄉種田了，也沒啥不妥的，安其滿索性塞給雲開一把銅錢。「那好吧，自己買糖吃，莫用丁異的錢。」

「知道啦。」雲開揣著沈甸甸的小荷包，上馬跟丁異去買東西。過來幫忙扣土坯的村人笑起來。「安二哥這是要招丁異做女婿啦？」

安其滿大笑。「孩子才幾歲，你們可別亂鬧，讓二成哥聽見不好。」

「丁二成是不怎麼樣，可有個神醫徒弟當女婿也氣勢得很，安二哥不如應了吧。我看丁異這小子跟你家丫頭還是滿配的。」又有人起鬨。

其他人跟著哈哈大笑，雲開也聽見了，只能無語望天，傻妞跟小磕巴，可不是很配嗎？這裡的小孩子早熟，丁異曉得媳婦兒是要娶回去跟他過日子的人，心裡一百個樂意娶雲開回去給他當媳婦兒的。

只是不知道，雲開樂不樂意？

今天是集日，楊家村集上人不少，雲開和丁異把小馬拴在布店門口。

山村集市的成衣布店，賣的都是村裡人穿的衣裳，便宜又結實。店主家見他們挑的東西越來越多，便走過來問道：「你們家大人呢？」

雲開挺起小胸脯。「我就是大人，給我弟弟買衣裳！」

店主看著這兩個小蘑菇釘，笑呵呵地問：「可帶了銅板？沒錢拿不走衣裳。」

丁異立刻張開手，露出幾粒銀白晶亮、成色上好的銀角，店家的眼睛立時就亮了。

「好，好，隨便買……」

雲開給丁異挑了兩身春衫、兩身夏衫和四雙鞋子，一番討價還價後，終於以讓店家吐血的價錢買下一大包衣物，先讓丁異到裡間換上一身春衫。再出來時，方才那個一身破衣裳的小受氣包，真真成了個帥氣養眼的小正太。

丁異從來沒穿過這麼舒服又暖和的衣裳，他的小手忍不住在袖口蹭啊蹭的，好不自在。

雲開拉著丁異到隔壁的雜貨鋪，花三文錢買了一把小桃木梳和兩條藍色的頭繩，幫丁異梳起兩個總角，用頭繩固定好。「非常好，這樣就更像我弟弟了！」

因她頭上也是梳了兩個總角，區別只是紅頭繩而已。

這還是記事以來，只有雲開替他梳過頭，丁異眼裡含著兩泡淚。

他的心情，身為孤兒的雲開怎麼會不懂？這也是為什麼她見到丁異總是心軟的緣故吧，雲開沒有多說，只捏捏他的小臉。「還想買什麼？」

丁異搖頭。

雲開忽然問道：「你給神醫行過拜師禮了嗎？」

丁異茫然地搖頭，不曉得拜師禮是什麼東西。

雲開在旁邊的點心鋪子挑了一包店裡最好的點心，讓丁異給劉神醫帶回去。「帶回去給神醫和藥童吃，再問神醫能不能收你做入室弟子。如果能，咱們再買好東西行拜師禮。」

丁異聽著這一大串話非常為難，不過還是點了頭。

他又包了兩包一樣的點心，一包遞給雲開，另一包抱在自己懷裡。

兩人將衣裳包放在小馬背上，拉著馬喜孜孜地往回走，剛出村就被人截住了。

一個橫眉豎目的落腮短鬍大漢，伸出粗壯的胳膊擋住雲開和丁異的去路，氣勢洶洶地嚷嚷道：「你們偷了老子的馬和銀子還想跑！給老子拿過來！」

丁異站在雲開身前，抬起頭大聲道：「我，的！」

「你的個屁！走開，再敢囉嗦，老子揍死你！」大漢上前就要搶馬，後邊看熱鬧的人不少，偏偏離得遠遠的，面上頗不贊同卻不敢說話。

丁異轉身從馬鞍下拉出一根一尺半長的棍子，雙手握緊一刺一挑，硬是逼得比他高兩個頭的大漢後退三步。

丁異真學會功夫了！雲開大聲叫好，一旁看熱鬧的吃瓜群眾們小聲叫好。那落腮鬍大漢甩膀子大步上前。「哎喲，你小子還敢動手，看來不給你點厲害你不知道老子是誰！」

雲開拉住丁異，大聲喚人。「舅舅！」

大漢被雲開叫懵了，瞪著四白眼問：「妳叫誰舅舅？別瞎叫！」

「我沒瞎叫！」這大漢長方黑臉四白眼，厚嘴唇大門牙，跟楊氏活脫一個模子刻出來的，雲開自然不可能認錯。「我倆是南邊盧安村人，我親大伯叫安其金，大伯娘楊氏是您的親妹妹，您說我不叫您舅舅該叫啥？」

楊家村一霸楊滿囤，瞪大眼珠子上下打量雲開。「妳就是安老二兩口子領回來的那個傻妞？」

雲開：「……」

楊滿囤下巴點了點丁異。「那這小子又是誰？」

「他可就厲害了！」雲開咳嗽一聲，隆重介紹丁異的身分。「他是藥谷劉神醫的徒弟，丁異！這匹小馬就是神醫所贈！」

楊滿囤的胖臉頓時五色雜陳，楊家村看熱鬧的人這下紛紛上前圍住丁異。「他就是神醫從盧安村收的徒弟？」

「這孩子一看就不一樣！」

「神醫看上的人能一樣嗎？」

「可我聽說他爹可不是個好東西……」

被人圍住正不自在的丁異聽到有人提起他爹，更不自在了。

雲開曉得丁二成是丁異被村人欺負的主要原因，也是他自卑的主要源頭，大聲道：「他爹是他爹，他是他！丁異可厲害了，不信你們問，人身上的穴位他都知道！」

丁異慌得拉住雲開的衣裳，神醫是說過一個人全身有好幾百個穴位，但他只知道主要的。

雲開不曉得這些，楊家村的人更不曉得，有好事者首先問道：「睛明穴在哪兒？」

雲開鼓勵地看著丁異，丁異的手指慢慢指向眼內眥角稍上方凹陷處。

「對了！」那人驚嘆。

又有人問了幾個，丁異都說對了！

大夥兒看他的眼神變得尊敬起來。「丁小神醫，我這胳膊肘早晚總是針扎一樣疼，你知道咋回事不？」

這小神醫的稱呼讓雲開眉開眼笑的。

「還有我，我吃點肉就拉肚子是咋回事？」

「你走開，拉肚子是你沒福氣吃不了肉！小神醫，我媳婦兒三年還懷不上，你聽劉神醫說過該怎麼治不？」

……

雲開立刻抬起手叫道：「且慢！丁異剛跟著神醫學，還沒出師怎麼能給大夥兒看病？大夥兒讓讓，我們要回去了，神醫還等著呢。」

大夥兒雖然不捨這個難得的機會，但還是讓出一條路，雲開似笑非笑地看著小馬旁邊呆站著的楊滿囤。「舅舅，這馬？」

「丁異的，丁異的，是妳舅我眼花看錯了。」楊滿囤立刻賠笑。身為村霸，什麼人的東西能搶、什麼人的東西不能動，他心裡門兒清。劉神醫可是連曾地主都供著的人，他今天敢動了丁異的馬，明天曾地主就會把他捆成團，滾到藥谷去討好神醫。

雲開暗笑，要不是打著劉神醫的名號，她和丁異兩個小孩怎麼敢大搖大擺地拿著銀子出來買東西！

出了楊家村，雲開見丁異低頭不說話，問道：「那些人因為你懂得多羨慕你、尊敬你，你不高興？」

丁異悶悶地道：「不、不想，給人，看，病。」

雲開歪著小腦袋問道：「為什麼？」

丁異抿緊小嘴不說話。雲開想了想，問道：「不想靠近他們，不想跟人說話？」

丁異點頭。

雲開就笑了。「你看劉神醫有經常給人看病嗎？等你學會了一身本事，想給誰看病就給誰看病，不想給誰看病就不給誰看病，全憑你高興，沒人奈何得了你。」

還可以這樣？丁異笑了。

兩人一路回到村裡，丁異牽著小馬望著自己家門口猶豫著。

雲開小聲道：「走，咱們回你家，讓你娘看看你的新衣裳和小馬。」

丁異點點頭，滿懷期待地推開家門，一手牽著小馬，一手提著點心，小心走進去。雲開在門外，見到堂屋門口正在織布的朵氏聽到聲音，抬頭向丁異這邊看了一眼，然後又面無表情地轉回頭繼續織布。

丁異呆呆地站著看了娘親一會兒，終是沒有勇氣再走過去。他把點心放在地上，牽著馬出來輕輕把門帶上，和雲開默默地穿過路邊看熱鬧的婦人孩子，走到雲開家門口，頭再沒抬起。

曬麥場上一群漢子還在扣土坯，見兩人回來後，把煥然一新的丁異一頓猛誇。

丁異低著頭一聲不吭，這樣的孩子是不討喜的，大夥兒說了一會兒便沒了興致，又轉頭去忙活。

梅氏拎著茶壺過來，笑道：「看你們這一臉汗，快擦擦喝點水。」

雲開接過娘親的布巾擦過臉，又接了水碗，梅氏也倒了一碗給丁異。「換了這一身真好看。」

丁異默默接過水喝了，拉住雲開的衣袖。

「想回去了？」雲開點頭。「我送你一段。」

現在丁異有馬了，來回更快了，也不用再翻山抄捷徑。不過此時丁異沒有上馬，讓雲開陪他走一段，待繞過第一個彎沒人能看到了，雲開才伸手揉了揉丁異頭上的小總角。「沒事，有我呢。」

丁異伸出瘦小的胳膊，抱住雲開無聲地哭了。

安其滿請村人幫工管飯過來扣土坯，開始時只打算先蓋東廂房的。但村人之間人情厚，以前村裡人家有事，安其滿沒少去幫忙過，人情往來，所以這次他家有事，來的人自然也不少。

有些如上次受了他送藥方借錢之恩保住親人命的曾林，更是積極地叫了本家七、八個壯丁過來幫忙，賣命地幹活。

見來了這麼多人，曾林和曾應夢都勸安其滿道：「既然東廂房和正房都要蓋，幹麼還分先後？索性一起蓋，一次完成！」

安其滿覺得也是，跟媳婦兒商量後，乾脆多扣土坯多買磚買瓦，折騰一次了事！

眼見著安老二家幹得熱火朝天，一車車的東西送過來，村人紛紛傳安其滿發達了，剛分家就能有十幾二十貫錢蓋青磚大瓦的成套院子。

安其滿逢人就說這是他家閨女帶來的福氣，這話村人哪會信，安其金兩口子更是嫉妒得兩眼通紅，安其金不好開口說什麼，楊氏卻是百無禁忌，四處說安其滿兩口子心眼多、不實在，分家前就藏了私房錢，這錢該是夥裡的，根本就不是他倆的！

這話還是有人信的，安其滿兩口子分家不過兩月，沒做買賣、沒賣地、沒賣閨女，哪來的這些錢？

安其滿早就曉得會有這一天，便說出是跟開雜貨鋪的朋友合夥做買賣賺了點，又從朋友那裡借了些錢，雖這次花得多，但總不能讓家人入冬還住在茅屋裡，這才咬牙蓋房的。

安其滿笑道：「大夥兒以後去升記買東西時報我的名兒，多少能便宜一點，大夥兒都是血汗錢，能省一文省一文。」

這樣不只消了大夥兒的疑慮，還替升記雜貨鋪招攬了生意，好個一箭雙鵰！抬頭看著老宅的破屋子，安其金只能生悶氣。

楊氏不信。「一個破雜貨鋪賣什麼能一個月賺二十貫？當家的，依我看，沒分家時二弟就偷著入股了，他們蓋房的錢本就該有咱的一份！」

安其金心裡不痛快，每天黑著臉去幫安其滿扣土坯，晌午吃飯時要多塞一個糜子麵野菜窩頭，要把吃的虧再吃回來！

不去幫工？那不成，親兄弟蓋房他不去幫工，會被村人戳脊梁骨！

厲氏也是難受著，二兒子給錢給東西，她是拿著氣不拿也氣！三兒扔下毛筆，天天跑去老二那裡幫工，她又疼又氣！還有那老二媳婦，這幾年厲氏好不容易將她收拾順眼了，沒想到才分家幾天梅氏又變回妖精，厲氏氣得在家罵街！

梅氏住得遠了，厲氏罵她聽不到。她繡的屏風拿到繡房，訂貨的老太太看了非常喜歡，竟給了十四貫的工錢。還完楊氏娘家十貫的債，又孝敬了厲氏一貫後還有餘錢，梅氏跟丈夫商量著，想在新房地上鋪石板，乾淨又亮堂。

安其滿立時跑去隔壁村石匠家訂了貨，才剛回來，迫不及待地跟妻子和閨女交代。「訂的是一寸厚的青白石板，這個色乾淨也亮堂，我跟石頭哥熟，給了個實在價。」

「嗯，什麼色都好，聽你的。」梅氏笑得開心，她最近吃得好，臉上有了肉，笑起來異常好看，這讓厲氏厭惡非常的妖精樣兒卻讓安其滿看直了眼，惹得梅氏兩頰緋紅，更是美不勝收。

雲開見爹爹那傻樣兒捂嘴直笑，劉神醫說了，她娘親只是體弱，沒有大毛病，養好了就能生養的，要生幾個都成。若不是因為安老頭去世，爹娘得守孝不能同房，說不定明年初她就該有弟弟了。

心情大好，雲開帶著小狗出門，到小河邊放鴨，她咬著草穗靠坐在石頭上，悠哉看著小狗在草上翻滾，小鴨子在河裡游泳，別提畫面有多美了。

「傻妞！」

雲開抬頭見地主家的傻兒子騎著小馬，拿著纏金線的馬鞭得瑟地停在她面前，後邊跑著哼哈二將，其中害曾八斗受傷被罰去洗馬的阿去，也終於回歸到狗腿跟班隊伍中，恨意十足地盯著雲開。

「小磕巴呢？少爺我要和他賽馬！」曾八斗四處找丁異。藥谷他不敢去，因為神醫會在藥谷邊上種稀奇古怪的東西，去了會沒命的。

雲開壓下斗笠遮住臉。「沒來。」

「喲吼——我家少爺跟妳說話，妳這什麼口氣！」阿去壞得流油。「二少爺，小的把這小狗抓了給您下酒？」

曾八斗看著正在轉圈追咬自己尾巴的傻狗，皺皺短眉毛。「太小了，沒肉。」

雲開不耐煩地抬起斗笠。「離遠點，別嚇著我的小狗和鴨子！」

曾八斗三隻先是愣了，然後怒了。傻妞絕對是在挑釁他這南山鎮一霸，不爭回這口氣，他以後還怎麼混？「阿來阿去，連人帶狗都扔水裡！讓傻妞明白明白，爺我是誰！」

「是！」阿來搶先去抓雲開，阿去只得退而求其次，抓起小狗扔到河裡，濺起一個大大的水花。

只見小狗在水裡歡快地撲騰著，而阿來接近雲開，沒抓著人不說，反被她倒了一手的藥粉，他呸了一聲。「又整這些嚇唬人，給我下去！」

阿來說完就覺得手癢，趕緊跑到水邊洗手，沒想到越洗越癢，他嚇壞了。「妳這個傻妞給我抹的啥，怎麼這麼癢？」

「大黑，上來！」雲開逕自拿棍子把小黑狗撈上來，不搭理阿來。

曾八斗好奇地跑上前看。「怎麼樣了？給少爺我瞧瞧。」

阿來伸出右手，曾八斗立時起了雞皮疙瘩。阿去幸災樂禍地道：「阿來的手成癩蝦蟆皮，沒法要了！」

曾八斗的小肉眼盯著雲開手裡的小紙包。「這是啥？少爺我買了！」

「癢癢粉，你也想抹？」雲開慢悠悠道。

「少爺，快救救小的。」阿來癢哭了。「少爺把小的的手剁了吧，小的受不了了……」

阿來從小和他一起長大，曾八斗也不忍見他這麼難受，氣呼呼道：「傻妞，少爺我不吃妳的鴨子也不扔妳的醜狗了，妳把解藥拿出來！」

雲開慢悠悠地問：「還有呢！」

曾八斗咬牙憋屈地道：「不找小磕巴賽馬！」

腦子還不算笨嘛，雲開問道：「說話算數？」

「不算數的是小狗！」曾八斗的臉鼓起來。

雲開招手叫阿來過來，倒了些藥水在他的手背上。「自己抹勻了，別再亂抓，留疤我可不管。」

剛被折磨得死去活來的阿來，忍著鑽心的癢把藥水抹在手背的大小疙瘩上，很快便止癢了，他癱在地上，眼淚嘩嘩的。

曾八斗眼見阿來手背上的疙瘩變成小紅點，越發地中意雲開手裡的癢癢藥粉了。「傻妞，妳這藥賣給少爺我怎麼樣？多少銀子妳隨便開！」

雲開立刻搖頭。「賣給你讓你拿來對付我？我又不是真傻！」

曾八斗舉起胖手指發誓。「絕不對付妳！」

雲開看著他不說話，曾八斗心不甘情不願地道：「還有小磕巴！」

「十貫！」雲開直接開價。

地主家的傻兒子根本就不在乎銀子。「阿去，給錢！」

阿去掏出幾塊碎銀子遠遠地扔給雲開，雲開才把小藥包和藥水遞給曾八斗，笑咪咪地道：「這點藥粉還夠用一次，你給人抹上後記得半炷香內使用解藥，因為過了半炷香的時間就不癢了，那多沒趣。」

曾八斗皺起小眉頭，阿去立刻上來哄。「看阿來癢成那鬼樣，是個人就忍不了半炷香的。」

阿來有氣無力地點頭。「再沒解藥，小的就要撞樹求死了。」

雲開蹲到阿來面前。「而且這藥還有一個後效——」

阿來嚇得瞪大眼睛。

「你這隻手以後再也不會生凍瘡了，不錯吧？」雲開笑咪咪的。

驚嚇過度的阿來抽抽鼻子，「哇」的一聲哭了。

曾八斗欺負丁異的點子有一半都是阿來想出來的，雲開早就想教訓他了，現在看他哭，就只有一個字可以表達她的心情——爽！

曾八斗小心翼翼地把藥包和藥水收好，突然聽見身後有噠噠馬蹄聲傳來，大喜地回頭。

「小、小、小磕巴！」

「別忘了你答應了什麼，想當小狗的話就去比！」雲開提醒曾八斗。

堵了這麼多天才終於堵到，卻不能比了，曾八斗一臉不爽。丁異跳下馬跑到雲開身邊，警戒地看著曾八斗和一身狼狽的阿來，問道：「沒，事吧？」

雲開搖頭。「你不是這幾天要忙嗎？」

丁異小聲道：「神醫說，要我，拜、拜師。」

貼在旁邊偷聽的阿去立刻嚷嚷。「二少爺，小磕巴要拜神醫為師了！」

拜師就是正式弟子了，跟隨便打雜的小藥童可不一樣！曾八斗的小臉由入鍋前的包子變成出鍋時的包子，鼓了！

雲開才懶得理那三隻，拉著丁異到一邊。「這是好事，什麼時候？」

「今、今天，神醫讓我，叫妳，去。」想到可以跟雲開一起騎馬，丁異臉上就止不住地笑。

雲開不明白神醫為什麼要她去，卻立刻答應了。「好！拜師該準備什麼禮品呢？」

曾八斗立刻跳出來。「我知道，乾肉、芹菜還有老些東西，我哥拜師時我見過！」

雲開順嘴問了一句。「你哥拜了誰為師？」

曾八斗挺起胸脯。「青陽書院的山長寧適道，寧山長可是咱們青陽縣鼎鼎有名的大儒呢。」

雲開眨眨眼睛，對寧適道這個名字感覺有些熟悉，似乎這個人跟自己有很大的關聯，或者說跟傻妞有很大關聯……尚摸不清原主背景的她偶爾會有這種模糊的印象，她不以為意，接著問道：「除了乾肉和芹菜，還需要什麼？丁異是拜師學醫不是學文，拜師禮也一樣嗎？」

曾八斗哪知道那麼多，硬著頭皮道：「一樣！」

雲開又問道：「你拜師的時候呢，用的什麼？」

「十條乾肉。」曾八斗有些心虛，他書讀得不好，只拜了鎮裡的先生，連青陽書院的邊都沒摸著。

雲開覺得還是再找個人問一下較好。「這是大事，咱不能差了禮數，等我去問問三叔。」

雲開在幫自己家挖地基的人群中尋找三叔安其堂，幫工的村人聽說丁異要正式拜神醫為師，恭賀聲一片。

安其堂用脖子上的手巾擦著汗。「學醫和學文應是一樣的。拜師有六禮：芹菜、蓮子、紅豆、紅棗、桂圓和乾瘦肉條，有些大戶人家還會給先生準備紅封，神醫定非庸俗之輩，紅封可免，六禮應備。」

曾八斗拜師的時候，除了乾肉，他爹還包了個大大的紅封，聽安其堂這麼說，他就氣不順。「直接送錢不好嗎？啥不是錢買的，送了錢，先生想買什麼就買什麼！我爹說了，只有沒錢還死要面子的窮鬼才瞎講究！」

曾八斗的暴發戶氣息撲面而來，大夥兒惹不起躲得起，又開始挖地基。

雲開拉了丁異到一邊商量。「我剛幫你賺了十貫錢，咱現在就去買乾肉，其他東西我家都有，回來再拔芹菜。」

丁異睜大眼睛，雲開湊近他的耳邊，笑嘻嘻道：「那個治凍瘡的藥粉賣給曾八斗了。」原來這藥粉是丁異跟神醫學治凍瘡時製藥的失敗之作，害他吃了不少苦頭，還被藥童嘲笑了好幾天，後來送給雲開防身的。

曾八斗湊上來。「說啥呢，說啥呢？」

「我和丁異要去買東西，你自己玩！」雲開推開曾八斗湊過來的胖臉，拉著丁異就走。

曾八斗立刻跟上。「小爺我想去哪兒就去哪兒！」

雲開懶得理他，拉著丁異商量。「你娘那裡要不要說一聲？」

自上次他穿了新衣回家仍舊被娘親無視，之後回來，丁異都只是在門縫中巴望一眼，沒再進過家門。

拜師是大事，丁異點頭。

來到丁家，雲開在外面等，見丁異打開大門進去後，小胖子曾八斗在後邊嚷嚷道：「我也要進去！」

雲開反手把門關上。「在這兒等著！」

曾八斗哼唧幾聲才靠在牆上玩馬鞭，街角的幾個閒人見到傻妞和曾八斗站在一塊兒，眼神都不一樣了。

第八章

院子裡一如既往地乾淨，朵氏照舊在堂屋裡織布，照舊是抬頭看了丁異一眼，隨即又淡漠地低頭踩著織布機。丁異慢慢走到堂屋門口，自他記事起，娘親就是每日織布，織好後託人帶去城裡換成米麵回來維持生計。這個「生計」並不包括丁二成的，甚至不包括丁異的。娘親織了這麼多年的布，從未給他做過一次衣裳，他穿的是大伯家丁聰哥的舊衣裳。

就算是飯，娘親也只做她自己的，若是被爹搶了去，她便餓著，若是他吃一碗，她就少吃一碗，以至於後來他都不敢在家吃飯。

現在不一樣了，他跟著神醫學醫，能賺錢養家了，能給娘親買米買麵，丁異鼓起勇氣開口：「我，我，我……」

朵氏厭惡地擰起柳葉眉，丁異便慌了，連句完整的話也講不出來，最後倉促地把兩粒碎銀子放在門邊，轉身出去。朵氏看了眼那髒兮兮的碎銀子，又低頭繼續織布。

門開了，曾八斗藉機往裡望一眼，大叫道：「你娘長得還挺順眼的嘛！」

阿去也往裡看。「二少爺，聽丁二成講，他媳婦以前是夫人的丫鬟呢！」

聽到夫人、少爺這樣的稱呼，屋內的朵氏身子猛地一顫，轉頭對上曾八斗的胖臉。恨，她的眼裡都是恨！

曾八斗擰眉正覺得不對勁時，丁異和雲開已經拉著馬走了，他甩掉念頭立刻跟上。

雲開見丁異的臉色，就知道他和娘親又是兩廂沈默了半天，便拉著丁異聊起這幾天的趣事，曾八斗時不時地插上一句敗興的話，三人之間的氣氛倒是頭一次融洽。

今日是楊家村集日，坐在村口大樹下的村霸楊滿囤見曾八斗來了，立刻放下茶壺屁顛屁顛地跑過來牽馬。「二少爺，今兒村裡來了個耍猴的，帶著一大一小兩隻猴，那猴會敲鑼，小的這就去給您叫過來！」

曾八斗素來愛熱鬧。「還不快去！」

見楊滿囤跑了，雲開把丁異的小馬直接拴在馬樁上，進去逛集市。曾八斗等著看猴，沒有跟去。如今旱情解了，集市也漸漸熱鬧起來。賣菜的、賣自家木匠活或織的布的、賣吃食的，賣小雞小鴨或雞蛋鴨蛋的……雲開拉著丁異一樣樣看過去，停在一個小攤子前。

攤子上擺的是蘆葦和竹子編成的鞋子、蓋子、斗笠、籃子等，雲開一邊越看越開心，一邊拉著丁異就要走。丁異沒動，小聲道：「有，錢。」

雲開嘴角勾得更高了。「不用買，我會做！」

丁異見她高興也跟著傻笑，兩人只買了一大條乾肉從集市出來，在拴馬處見曾八斗正傻呵呵地坐在楊滿囤的村霸專座上看耍猴，楊家村村霸彎腰帶笑陪著。

鎮霸和村霸的區別，一目了然。

耍猴人帶著一大一小兩隻猴，小猴身前放著一面小巧的鼓，小猴正跟著耍猴人的梆子，有節奏地拍擊鼓面，大猴跟著節奏跳躍，曾八斗看得樂呵，見丁異他們出來忙招手。「快來看！」

雲開有正事，直接跟丁異上馬走了。曾八斗也不看猴了，立刻跟上，他爹可說了，讓他跟丁異多親近點，看有沒有機會也進藥谷、甚至結識神醫，現在這大好的機會可不能錯過。

一行人回到村裡，卻見丁二成坐在雲開家邊上的大石頭上。見到曾八斗，丁二成立刻點頭哈腰地道：「二少爺騎馬真是又快又穩，落下我那兔崽子一大截。」

曾八斗得意地看著丁異，丁二成上前殷勤地替曾八斗牽馬，滿口不停地誇著，把曾八斗逗得捧腹大笑。因著丁二成的到來，丁異的頭又深深低下了，丁二成這樣只讓他覺得難堪、自卑。

得知丁異要拜師，丁二成挺直腰桿。「我是你老子，我得跟著去。」

曾八斗咳嗽一聲，丁二成立刻會意。「少爺也去！」

丁異沒有說話，雲開低聲在丁異耳邊道：「別管他們，咱們跑了吧！」

丁異聞言，拉了雲開的小手，讓她抱好自己，一夾馬肚子就跑遠了，曾八斗見他們跑了，踢開丁二成策馬追上去，丁二成氣得跳腳，跟在後邊跑著罵丁異，阿來阿去也在後邊跟著跑。

丁異帶著雲開跑不快，竟然還是讓曾八斗和丁二成追了上來，一行人到藥谷時，入口石屋裡的藥童見來了這麼一堆人，不幹了。「不是讓你只叫傻妞來嗎？這一大幫子都是誰，幹麼的？」

丁二成喘著氣。「我是丁異的爹，過來給神醫磕頭觀禮的。」

曾八斗也嚷嚷道：「我是丁異的朋友，也是過來觀禮的。」

丁異轉頭，曾八斗氣鼓鼓地瞪回去，明目張膽地威脅道：「你要敢說不是，少爺我一把火把你家燒了！」

「就是，聽話！」丁二成一巴掌招呼在丁異的後背上。

雲開皺皺小眉頭，按理說丁二成的身分擺在這裡，他要去觀禮，藥童也不能攔著。可就他這樣不教養孩子的爹，讓他進去誰都覺得難受。

藥童還沒開口，有人騎馬到了谷口。「拜師是喜事，藥谷不該拒客，請他們進去吧。」

雲開回頭，見身後馬上端坐一位鶴髮童顏的老者，這老者慈眉善目，觀之可親。

藥童從石屋中跑出來行禮。「白先生，您來了。」

老者點頭微笑。「尊師可在谷中？」

「正在谷中候您大駕，先生請。」

雲開還是第一次見到如此守禮數的藥童，猜測這位老者應該是位非凡的人物。

老者將馬交給僕從，抬手請丁二成一同入內，丁二成請曾八斗入谷，他才跟著一起進入，入谷後就開始四處張望，看哪裡會種有靈芝仙草。

待他們進去後，老者向丁異和雲開自我介紹。「老夫白秋為，是尊師相交多年的老友，受邀前來觀禮。」

丁異學著藥童的模樣，拱手一躬到地。「丁，異。」

雲開對丁異的表現非常滿意。白秋為的目光落在雲開身上，溫和問道：「聽到老夫的姓名，小丫頭因何發笑？」

雲開眨巴眨巴眼睛，自己笑得那麼隱晦，居然都被發現了……

「先生恕罪，雲開聽到您的名字，想起詩經裡的名句『將子無怒，秋以為期』，覺得您的名字取得很好，才笑了笑。」

「我夫人當年第一次聽到老夫的名字，也是這麼說的。」白秋為展顏，五官尚存年輕時的風華。

正這時，雲開聽到曾八斗嚷嚷著。「這裡也沒啥好玩好看的，我爹非叫我進來幹麼……」

丁二成趕緊哄道：「這裡的山水是比不得曾家的園子，可這裡住著神醫，您看這些藥草，隨便拔一棵出去就得值好幾貫錢。」

看到丁二成貪婪的眼神，雲開覺得他走時順手帶幾棵藥草出去賣一點也不奇怪。

「銀子我家有的是，誰在乎這個！」曾八斗不情不願地向前走。「怎麼還沒到！」

阿來指著前邊的竹屋喊道：「二少爺，到了，您看！」

曾八斗看著站在竹屋前迎客的白鬍子老頭，有點失望。「那就是神醫嗎？跟一般人也沒啥兩樣嘛，還不如剛騎馬來的這個老頭有氣勢呢。」

藥童聽了狠狠瞪過去，曾八斗翻翻白眼，繼續大搖大擺往前走。

一行人來到竹屋前，劉清遠先跟白秋為打過招呼，又問丁異。「這位是？」

丁異低著頭，聲音幾不可聞。「我、我爹。」

丁二成立刻上前。「小的丁二成，這位是南山鎮曾春富老爺家的二少爺曾八斗，乃是我兒的好友。曾老爺讓少爺過來觀禮，給您問好。」

曾八斗還算禮貌周全地行了禮。劉清遠略點頭後，丁二成又巴巴地誇獎曾八斗，言裡言外的意思是神醫也應收他為徒，才不會委屈此等天地間難得的人才。

雲開無語望天，這丁二成真是夠了，不知道的還以為曾八斗才是他親兒子呢！

誇了半天見神醫不為所動，丁二成識時務地住嘴，一躬到地。「神醫肯收丁異為徒，是小人的榮幸。」

這還像句人話。劉清遠上前一步，抬手扶他起來，雲開注意到劉神醫的手在丁二成的手腕上握了握，忍不住好奇起來。

眾人進入滿是書藥香的竹屋，儀式便開始了。

劉清遠正中端坐，雲開奉上六禮後，丁異先跪拜牆上的祖師像，又磕了三個響頭喊了聲師父，劉清遠將一套銀針和一枚小小的印鑑交給丁異，訓話道：「你當懷仁善之心，不因病者尊卑貴賤之別，只以傷病輕重而醫。不可害人，不可妄做，可記下了？」

丁異叩頭。「記、記下了。」

劉清遠點頭。「起來吧。」

雲開微張小嘴，就這幾句就完了嗎？不應該說幾句什麼「若是有違師訓，不管你在何處，為師也當前去清理門戶」之類的？

劉清遠的目光落在六禮上卻滿是嫌棄。「雲開丫頭，這芹菜還不及老夫的巴掌長，論分量也不如蓮子重，妳這是何意？」

雲開無奈。「神醫爺爺，大旱過去還不滿一月，這已經是把我家菜園子一半的芹菜都拔來了，等過些日子，我再給您送三巴掌長的芹菜過來補上好嗎？」

劉清遠吹鬍子瞪眼。

拜師六禮中的芹菜寓意學生勤奮好學；蓮子寓意為師者苦心教育。這芹菜比蓮子還少的意思，在場的也只有白秋為明白，他放聲大笑。

此時丁二成又腆著臉湊過來。「神醫啊，您老看我兒子幾年能出山行醫？」

劉清遠微笑。「少則十年，多則二十年。」

「嗄？」丁二成不由自主地提高聲調。他還指望著過些日子就能靠丁異看病賺錢呢，這可倒好，被神醫一棍子打到幾十年後了！

劉清遠看在丁異的分上，對丁二成仍是以禮相待，還送了他和曾八斗一人一小竹筒清火明目的藥茶，才讓藥童送不相干的一行人出谷，又讓丁異領著白秋為在谷中遊覽，獨留下雲開一人。

「妳覺得丁異如何？」劉清遠開門見山地問。

雲開中肯評價。「獨立能力強，善於觀察模仿，記憶力非常好。」

劉清遠點頭。「丁異自小缺乏父母教導，自卑謹慎，凡事喜歡悶在心裡。現在能讓他主動開口的，只有妳一人，妳的言行對他的影響非常大。」

雲開明白這是神醫找自己來觀禮的緣故，垂手認真聽著。

「你們都是好孩子，老夫希望妳日後與丁異相處時，對他多加開導勸解，讓他遇事莫鑽牛角尖。」劉清遠目光灼灼，待雲開回話。

「這……」雲開皺起小眉頭。「神醫爺爺，雲開見過的世面不多，除了耍嘴皮子，其他方面可能還不及丁異，我怕把他帶壞了。」

「妳盡力便是。」劉清遠微笑。「妳雖喜歡耍些小聰明，但本性不壞，如此甚好。」

……這叫什麼評價？

「那就好，神醫爺爺放心，雲開會盡力的。」雲開一口應下。當日神醫收治娘親時，她曾跪在這屋裡信誓旦旦許了諾，凡神醫爺爺日後有用得到她之處，她絕不推辭。再說這跟丁異有關的事，只要是對他好的，她也不會拒絕。

劉清遠含笑點頭，不過又接著問：「妳覺得丁二成如何？」

雲開晃晃小腦袋。「不如何。他們父子完全不同，雲開分得清楚。」

劉清遠卻爆出一個驚人的消息。「老夫觀丁二成口角黑灰，說話氣弱，聲低音不亮，為他診了脈，發覺他脾腎虛弱積年甚重，不應有後。」

雲開瞪大眼睛說不出話。

劉清遠接著慎重地說道：「此事不到緊急時刻，不要告訴丁異知曉。待日後他醫術有成，自會明瞭。」

丁異不是丁二成的親生兒子？這消息實在太勁爆了，待雲開回到家之後，仍好半天都緩不過勁來。以神醫的醫術，既然說出口就起碼有九成的把握。但如果丁異不是丁二成的兒子，又會是誰的兒子？他娘朵氏以前是曾家的丫鬟，因為做錯事才被配給丁二成受苦，她做錯了什麼事呢？丁異會不會是曾家的孩子？

想到曾八斗那蠢樣，雲開覺得又不像，她小聲問娘親。「娘知道丁異的娘當年是做錯了什麼事，被曾家趕出來的嗎？」

梅氏搖頭。

雲開托著腮。「會被毒啞了嗓子送出來，應該是知道了什麼不該知道的事……」

「那也不一定。」梅氏卻不這麼覺得。「娘聽說丁異她娘本有副好嗓子，只是曾夫人善妒潑辣，就是丁異的娘沒做錯什麼，也有可能被毒啞，畢竟曾家下人讓曾夫人弄死或弄殘的可不少。」

在這人命不值錢的朝代，主家隨意打殺奴僕的事情並不少見，娘親說的也有可能。看來這件事，要麼從曾家下手，要麼就得讓丁異治好他娘親的嗓子問個明白。

不過就朵氏那彆扭性子，治好後會不會告訴丁異也不一定呢。

另一邊，曾八斗也在丁二成和阿來阿去的護送下回府，進到他娘親房中舉著茶葉炫耀道：「娘快看，神醫送給兒的清火明目茶！」

曾夫人頓時喜上眉梢，拔開竹筒聞了聞。「的確是好東西，娘先取一半著人給你大哥送去。」

曾八斗噘起嘴。「娘有什麼東西都想著大哥！」

曾夫人點了一下小兒子的額頭，笑罵道：「你眼睛好得很，明目做什麼！你大哥日日挑燈苦讀，才需要這樣的東西。」

曾八斗賴在娘親懷裡哼哼唧唧的，屋內的丫鬟都捂嘴笑，曾夫人笑道：「行了，娘晚上跟你爹說一聲，下月浴佛節時讓你爹帶你去青陽縣玩個痛快。」

曾八斗跳起來歡呼。「娘最好了！」

待曾八斗瘋過了，才把去藥谷的事情原原本本地講了一遍。曾夫人本就嚴厲的眉眼中盡是不忿，丁二成和朵蘭那小賤人，居然會養出個入了神醫眼的兒子！

行過拜師禮被神醫收為親傳弟子後，丁異想不飛黃騰達都難！

曾夫人又問門口的阿來、阿去。「那位姓白的老者是何人？」

阿來立刻回話。「稟夫人，那人自稱白秋為。」

「你聽清了？當真是白秋為？他長得什麼模樣？」曾夫人站了起來。

「是他親口說的。」阿去非常肯定。「那老先生白鬍子青袍白馬，頭上戴著束髮的白玉簪，腳下是鹿皮靴……對了，他的右手上還戴著個墨玉扳指！」

這身富貴打扮，一定就是了！曾夫人立刻吩咐。「八斗，快去跟你爹講，日升記的老東家到藥谷了。」

曾八斗立刻跳起來跑了。日升白家，曾八斗聽爹爹念叨過無數次，是比他們家地多、錢多、人也多的大戶，如果曾家能跟白家搭上橋，身價還得往上滾一滾。

待兒子走後，曾夫人聽阿去說兒子在盧安村居然被朵蘭瞪了，立刻瞪圓了眼。正這時，徐嬤嬤卻進來報。「夫人，丁二成在門外求見。」

曾夫人狠狠把茶杯摔在地上。「讓他滾！」

徐嬤嬤嚇一跳，趕忙應了往外退。

曾夫人又恨恨地道：「給那蠢貨透點兒風聲，讓他回家好好收拾小賤人！」

丁二成聽了徐嬤嬤的話，趕回家時兩眼通紅。「妳個不要臉的臭婆娘，老子在外邊拚命，妳這臭婆娘竟敢在後邊給老子打破槽！」

「打破槽」是這裡的俚語，是背地裡壞別人好事的意思，徐嬤嬤話裡話外的意思就是朵氏鼓動著丁異破壞夫人和曾家的名聲。

朵氏明白這該死的男人又在曾家受了氣，頭都不抬地繼續織布。

丁二成罵了半天不解氣，抄起凳子砸過來。「織！老子讓妳織！妳他娘的除了織布還會幹什麼！」

朵氏冷冰冰地看他砸，越是這樣，丁二成越發地氣惱，拳頭向著朵氏就揮過來。「老子打死妳！」

朵氏從織布機上抽出一把柴刀舉起來，丁二成熟練地躲開，抬腳踢朵氏的小腿，沒想到朵氏左手竟然也握著一把刀，丁二成這次躲不開了，腳尖狠狠踢在刀背上，他「嗷」的一聲抱著腳跌倒在地，嘴裡仍舊不住地咒罵。

朵氏兩手握刀，麻木冰冷地看著地上縮成一團的鬼東西。

丁二成狠狠罵道：「妳他娘的少給我兒子出餿主意！我兒子是神醫入室弟子，老子是曾家老爺面前的大紅人。妳他娘的不討老子高興，等老子有錢領幾個小妾回來伺候著，到時候不收拾死妳！」

朵氏諷刺地勾起嘴角。

丁二成繼續罵。「別他娘的仗著妳有副臭皮囊，以為老子就捨不得，看老子今晚不收拾死妳！」

他的罵聲傳到隔壁的安其金耳裡，躺在炕上的安其金忍不住嘆口氣。

聽得正美的楊氏用大腳踩著安其金的大腿質問道：「人家打架你嘆啥氣，心疼那騷狐狸了？」

「人家天天連大門都不出，怎麼惹著妳了？就沒從妳嘴裡聽過一句好話！」安其金煩躁地轉身，背對楊氏。

楊氏冷哼一聲。「不出門就勾引得村裡光棍圍著丁家門口轉悠，不是騷狐狸是什麼？說，你是不是心疼了，是不是背著我跟她有一腿？不對，現在村裡的狐狸精有兩個，說！你到底跟哪個有一腿？」

媳婦兒說的另外一個狐狸精，自然是指二弟妹，安其金立時急了。「有個屁！再胡說老子抽死妳。」

楊氏還是不放心，抬腳在自家男人的背上來回蹭著。

挖了半天地基的安其金正腰痠胳膊疼，背往後一搡，怒道：「一邊去，累著呢！」

楊氏聲音發嗲。「你累就讓我來嘛——這麼久沒弄，你不想要？」

想當然是想的，安其金聲音帶著掙扎。「爹的四七還沒過呢，別鬧！」

家裡老人去世，身為子女的就算不去支起茅屋守墳，在家也該夫妻分房睡一年的，這個時候要是折騰出孩子，可是十足打臉的不孝證據！

「娘又不在家，你動靜小點兒誰知道啊，來嘛——」楊氏的腳繼續在丈夫腰間敏感處踩踏著。「我小日子剛過，不會有事的，來嘛——」

安其金被勾得忍不住了，轉身將楊氏壓住。「妳個臭婆娘，真是翻了天了！」

楊氏攬住丈夫的脖子低聲笑，還故意用鼓鼓的胸脯蹭著丈夫的胸膛。「你要是有種，就把我再翻回來啊！」

安其金呼吸粗重地拉扯媳婦的衣裳。就在這緊要時候，安大郎忽然跑進來喊道：「爹娘，不好了！」

安其金翻身滾下來拉被子遮醜，臉紅脖子粗地吼道：「滾出去！」

安大郎被罵得莫名其妙。「奶奶和五奶奶在街上打起來了！」

楊氏瞪著四白眼問道：「你又跟土蛋幹架，被土蛋揍了？」

「沒有啊！」安大郎著急地講。「是為了娘藏的東西，五奶奶說奶奶偷了娘藏的東西，要奶奶拿出來。」

安其金提上褲子瞪著楊氏。「妳就沒個消停的時候！」

「我啥也沒幹，再說我的東西娘不是想拿就拿，哪用得著偷啊！」楊氏忽然琢磨明白了，穿著鞋就往外跑。「不對！當家的快走！大郎說的『娘』不是我，是咱娘的娘——咱奶奶藏的東西被咱娘拿了那件事，被五嬸知道了！」

安其金也猛地想起去世多年的奶奶上傻妞的身說的話，嚇出一身白毛汗。

坐在織布機旁的安如意說道：「大哥，我也想去。」

安其金大步往外跑。「娘讓妳在家織布，妳就老老實實地待著，出去也是被罵。」

他們兩口子趕到大街邊時，厲氏和安五奶奶各站一邊，跳著腳地罵得不堪入耳，邊上圍了不少看熱鬧的，安三奶奶也在人群中，卻沒有出來勸架的意思。

楊氏一見這場面，心裡就打了退堂鼓，安五奶奶論罵人的能耐，一點也不比她親婆婆厲氏差，她現在衝上去根本就不頂事。

安其金硬著頭皮上去了。「娘、五嬸，您老倆一塊兒住了這些年，再怎麼也有情分……」

「放屁、放屁、放屁！」

「畜生才跟她這老東西有情分！」

兩個老太太調轉矛頭，衝著安其金火力全開地罵。安其金立時敗下陣來，厲氏才轉頭接著罵安五奶奶。「我的兒子輪得著妳教訓？手殘嘴賤的老東西，嘴賤想罵人回去罵妳家那兩鱉孫去！」

人群中安五奶奶兒子安其田中槍。

「妳家才是鱉孫，一窩子鱉孫！」

安其金再次中槍。

兩人對視片刻，同病相憐地打招呼。

「哥。」

「兄弟！」

「我去把其滿哥和其堂找過來吧？」獨樂樂不如眾樂樂嘛。

安其金絕對同意。「讓大郎去，順便把二弟家的傻妞也叫過來，這事都是她整出來的！」

安大郎顛顛地跑到村南，還在挖地基的安其滿和安其堂聽了也發怵。待到了現場，雲開聽了一會兒便明白兩個老太太為啥吵了。

安老頭走了已有些日子，關於厲氏和安其金兩口子的風言風語總算過去了，厲氏出來遛大街跟人嘮嗑抱怨，替自己開脫，說若不是安三奶奶家那一窩耗子，她家老頭子也不至於喪命。

這話傳到安三奶奶耳朵裡時，已是走了好幾個樣的。還算老實的安三奶奶立時就不高興了，拉著安五奶奶道起厲氏的閒話，不經意間將傻妞被鬼上身，把厲氏嚇尿的事情說了出來。

安五奶奶一聽就不幹了，厲氏偷了讓婆婆死了都惦記的東西，不管是啥，都得吐出來！

安五奶奶氣勢洶洶地找上厲氏，讓她把東西交出來，安三奶奶在人群裡解氣地圍觀。

安五奶奶抄起吵架必帶裝備——水葫蘆，灌下幾大口溫水後，拽住雲開就問：「大姊兒說，妳太奶奶到底說了啥？」

一句話，就把村人的注意力都集中在安雲開身上。如今大家都知道，她可不是一般的傻妞，而是集了安家八輩祖宗的福氣、去世多年的安家老太太向菩薩求來的傻妞，給安其滿兩口子帶來好運的傻妞！

雲開對著幾十雙眼睛，故作茫然地搖頭，著重強調自己不叫傻妞。「太奶奶附在雲開身上說話時，雲開啥也不知道，就覺得身上暖呼呼的。」

眾人無語。

被鬼上身的人都覺得渾身冰冷，這傻妞卻是暖和的，真是被安家的祖宗厚待了呢！

見問雲開問不出什麼，兩老太太又吵得不可開交，直到驚動了安太爺前來。老頭子吹鬍子瞪眼地嚇唬一頓，厲氏才說了實話——一串佛珠！

原來安其金的奶奶在世時，曾去青陽縣的寺廟求回來一串保佑平安的佛珠，老人家一直拿著當寶貝，說死了也要帶著進棺材。不想老人家去得急，死前沒來得及燒，所以這串佛珠被厲氏拿了去。

厲氏說完，老淚橫流。「娘回來找，我就把佛珠燒了，自那之後，家裡就事事不順，現在連老頭子都死了……」

眾人聽得無語，安五奶奶鬧了半天沒得著好，恨恨地走了。待眾人散了，厲氏狠狠瞪著雲開。「都是妳，都是妳，都是妳！」

雲開懶得理她，拉著爹爹回家繼續蓋房。父女倆回到家中，梅氏聽了此事，低聲道：「那佛珠我見過，燒了怪可惜的。」

家裡忙著蓋房，三人說了幾句話就散開了，安其滿帶著人挖地基，梅氏帶著幾個幫忙的婦人燒水做飯，雲開出門放鴨子。

一會兒就聽路上傳來響亮的鞭子聲，雲開回頭見一輛拉著梁木的牛車，慢慢過來了。

牛車停在雲開家門外，就聽到牛二嫂的大嗓門叫開了。「這老粗的紅松木當梁，別說是下雪，就是下冰雹下石頭也砸不塌啊！」

雲開也跑過去看熱鬧，圍著散發著木材香氣的木頭笑。

安其水的媳婦郝氏盯著雲開的小臉看了一會兒，驚訝道：「二嫂，雲開這小臉有了肉，咋就這麼水靈好看呢！」

幾個婦人聞言，目光都落在雲開的小臉上，果真發現面前這小丫頭，跟她們初見時面黃肌瘦、眼神呆板的傻妞不大一樣了。

分家這一個半月來，雲開吃得飽穿得暖，面黃肌瘦的小臉慢慢恢復了以前的輪廓，長長細細的眉，又大又圓的杏核眼，明顯的雙眼皮，挺直的小鼻梁，殷紅的小嘴，笑起來格外好看。

這樣的女娃兒，跟幾個月前那個傻妞連不到一塊兒去。

雲開被眾人看得不好意思，一頭扎在娘親的懷裡躲了起來。梅氏憐惜地摸著她微黃的頭髮。「我家大姊兒本來就水靈好看，剛來時是因為認生才總低著頭。」

大夥兒繼續樂呵呵地議論著。「聽說妳家大姊兒是菩薩送來的，這可是真的？」

梅氏微微點頭。「她太奶奶親口說的。」

郝氏想到今日自己的婆婆和四伯娘厲氏的那一頓吵，笑道：「你們還真別說，這孩子長得順眼，讓人見了舒坦，自然帶著好運氣。妳看二哥家有了這孩子，分家後日子過得一天比一天好，不光她自己，連她娘我二嫂也越來越水靈了——」

梅氏被郝氏誇得瓜子臉通紅，抬手虛打過去。「打妳個潑嘴的婆娘，當著這麼多人什麼話都敢說！」

郝氏咯咯笑著躲開。「可不是我一個人這麼說的，不信妳問牛二嫂和曾林嫂，是也不是？」

這時，路上傳來了噼哩啪啦的鞭炮聲，眾人都轉頭看過去，曾家報喜的人很快到了，原來是曾家的大少爺曾九思中了秀才，曾春富帶著兩個兒子回來祭祖了。曾家一邊放鞭炮一邊遍撒銅錢，村裡孩子們哄鬧地上去撿錢，熱鬧非常。

安其堂看著比自己還小兩歲的曾九思，心裡一陣難受，若不是爹……

雲開此時也抱著小狗出來看熱鬧了，見到坐在馬上的曾九思和曾八斗，嚇了一跳。因為這對親兄弟長得實在不像一個娘生的。曾八斗胖臉小眼，曾九思卻面容俊秀、身材修長，是那種能讓小姑娘芳心暗許的富家少爺。

雲開盯著曾九思看了一會兒，總覺得他的眉眼有些熟悉，似是在哪裡見過。

在眾人羨慕的目光和恭喜聲中，曾春富在前、兩個兒子在後，到曾家剛修繕過的祖墳前擺祭桌向祖宗報喜。

曾九思跟在父親身後，惹得村裡的小姑娘芳心亂顫。

雲開可不是小孩子，她覺得這半大孩子曾九思太能裝了，他的笑容、動作都是刻意做出來的，看起來完美，卻假得很，還不如旁邊的曾小胖子看著順眼。

跪在祖墳前的曾八斗見雲開終於看見他了，衝著她擠眉弄眼做鬼樣。雲開忍不住望天，她剛才說錯了，這哥兒倆沒一個順眼的。

「二弟，」曾九思小聲提醒道：「仔細爹看到了。」

曾八斗趕緊規規矩矩地趴在地上，聽爹爹跟祖宗念叨他的大兒子有多聰明、多厲害。

終於念叨完了，曾春富站起來跟里正說事，曾九思放眼大好青山，生出滿懷詩意。「爹，兒想去附近轉轉。」

曾春富滿臉笑。「去吧。」

曾八斗也趕緊道：「爹，兒也想去附近轉轉。」

曾春富橫眉怒目。「少給老子惹事！」

曾八斗被罵皮了，笑嘻嘻地帶著阿來阿去跑了。曾九思則帶著小書僮山阿漫步山林，帶走一片小姑娘的心神。

曾八斗跳到雲開身邊。「傻妞，妳那跟屁蟲小、小、小磕巴呢？」

果然他快成磕巴了，雲開抱著自己的小狗轉身。「不知道！」

聽這聲音脆生生得很順耳，曾九思回身，沒有看到雲開的臉，只看到她身上的粗布衣裳和懷裡黑不溜丟的髒狗，敗興地轉身離去。

「傻妞妳知道不，我哥這次考秀才，拿了案首呢，案首喔！」曾八斗得意洋洋地炫耀。

「案首是第一名？」雲開問道。

「那當然，我哥出馬，一個頂兩！」曾八斗樂呵得不行。「因為我哥中了秀才，我爹高興，要去縣城擺謝師宴，他答應帶著我一起去！不光能吃好吃的，還能去逛縣城的浴佛節廟會呢。妳個傻妞知道什麼叫真正的大廟會嗎？小爺給妳講……」

雲開實在懶得搭理這貨，轉身回去幫娘親燒火，曾八斗在後邊扯著脖子喊：「那場面，真叫一個『車如流水馬如龍，花月正春風』！」

雲開愣住，回頭看著曾八斗得意洋洋的胖臉。

「怎麼樣，這詩好吧？我哥寫的呢，他就是因為這首詩入了學正大人的眼，才得了案首的。妳個傻妞知道是什麼意思嗎？少爺我給妳講講……」曾八斗巴拉巴拉地說個不停。

雲開則不屑地勾起嘴角，這詩乃是她賣給曾春富的詩集中的一首，根本是套用南唐後主李煜的原句來的。

雲開再看不遠處站在高高的山石上倒背手微抬頭看青山，活脫擺出大詩人李白動作的曾九思，真是倒足了胃口。

曾家熱鬧了半天，日頭落西山時才回鎮裡，梅氏站在自家窩棚邊看著騎在大馬上離去的曾九思，念叨著。「曾大少爺才十五歲就長這麼高，難得的是會讀書寫詩，將來一定大有前途。他爹，咱們要是能給開兒找個這樣的女婿就好了。」

雲開用力搖頭。「我可不想要這樣的，假死了。」

安其滿也點頭。「才多大的歲數就這麼端著，長大了還了得，開兒說得對，不能找這樣裝大瓣蒜的女婿。」

梅氏笑了。「你們倆這是怎麼了？」

「看他不順眼！」父女倆異口同聲地講完，又惺惺相惜地笑了。

「爹娘，你們知道嗎？他中秀才寫的詩，就是從女兒這裡拿的那詩稿裡的。」雲開小聲道。

安其滿立刻道：「我就知道！」

梅氏皺起眉，也改了口。「是嗎？那這樣的人，咱們開兒可不能嫁。」

雲開忍不住笑了起來。

蓋房，只要有人手，買齊了東西，說快也快。

半個月後，雲開家的新房上了梁、蓋了瓦、裝了窗戶、安了門，又用了十天，正房的地面上鋪好了石板，四面牆壁刮了白，門窗的漆也乾了，炕也疊了起來，算是成了。

安其滿用剩下的碎磚碎石，圈起了一人多高的院牆、疊起了豬圈。如此一來，原先連個院牆都沒有的茅屋、曬麥場，就變成了有四間寬敞正房、兩間東廂房、帶院牆的方正大院。

正式搬進堂屋的這天，天上又飄起淅淅瀝瀝的小雨。

一家三口坐在堂屋裡，開著門看著雨，嘴角的笑收都收不住。

這段日子安其滿黑瘦了一圈，可精氣神卻是十足，幹啥都覺得有勁；梅氏幹的都是做飯、洗碗這些雜活，沒累著，因為飯吃得飽、人心裡也痛快，一天比一天水靈，安其滿看過去，總覺得媳婦兒現在的模樣與自己五年前初見她時越來越像了，每次見了，總讓他的心忍不住怦怦地跳。

雲開見了爹偷瞄娘親羞紅耳朵根的傻樣，就忍不住地笑。

「幸好咱們蓋好房才下雨，否則今天就只能坐在窩棚裡喝粥了。」安其滿捧著粥碗傻笑。

「汪，汪，汪！」在雨中轉圈咬尾巴的小黑狗，奶聲奶氣地叫著往大門口跑去。

「有人來了！」

安其滿放下碗去開門，只見安如意身披蓑衣，一臉急切地對二哥道：「娘讓二哥二嫂過去一趟。」

安其滿道：「好，妳先回吧，我們吃完飯就去。」

安如意低聲道：「娘說讓你們這就過去。」

雲開皺起小臉，這老太太安生沒幾天，又要鬧事了？

梅氏把碗筷收進盆裡。「別讓妳奶奶等著，咱們這就去吧。」

待到了老宅，雲開看著堂屋放的織布機上織出的密實的布，衝著安如意挑了挑大拇指，安如意的眼神兒裡帶著得意。

「娘叫我們來，有事？」安其滿問道。

厲氏壓住自己的火氣。「浴佛節的時候，娘打算去廟裡燒香，叫你們過來商量商量。」

安其滿剛要點頭，卻聽雲開問道：「奶奶要去哪個廟燒香？」

如果是去南山鎮的小廟，老太太自己慢慢走或坐牛車，半天也就到了，怎麼可能叫他們來商量。

厲氏瞪起三角眼。「老娘想去哪個就去哪個！」

雲開小腦袋一歪。「不是您說找我們商量的？」

厲氏看著長得越發像梅氏的雲開，一千個氣不順。「老娘是找妳爹商量，妳給我閉嘴，閉嘴，閉嘴！」

厲氏罵完，安其滿就問了。「娘想去哪個廟燒香？」

雲開低下頭，笑得小肩膀直抖。

厲氏則是氣得直抖。「你……」

「娘想去縣城的化生寺。」安其堂替娘親答道，再吵起來什麼事也成不了。「就是咱奶奶求佛珠的那個寺廟。」

化生寺？雲開眨巴眨巴眼睛，總覺得這名字似乎在哪裡聽過……

安其滿沒吭聲，盧安村到縣城有上百里路，加上燒香，一個來回怎麼也得四、五天的功夫，這可是件大事。

厲氏見二兒子不吭聲，心裡就老大不舒坦。「怎麼樣?你奶奶兩個兒子說去化生寺燒香就去了。我生了三個兒子還去不了了?!老娘活到現在連鎮子都沒出過，想去趟縣城怎麼樣了?!」

雲開抽抽嘴角，如果這麼算的話，村裡生七個兒子的趙老太不應該是走得最遠的?

「大哥去哪兒了?」安其滿不答反問。

楊氏立刻道:「幫我爹幹活去了，我家沒你那些賺錢的門道，不幹苦力還能幹啥?」

安其滿點頭。「還是等大哥回來再商量吧。」

厲氏一聽就開罵了。「你個白眼狼，不想出錢就直說!」

安其滿解釋道:「娘，不是錢的事。災荒過去還沒多少日子，路上不見得安生，兒是怕出事。」

楊氏立刻瞇起四白眼得意地笑。「曾老爺明兒個要去化生寺燒香還願，他開口了，說鎮裡想去燒香的都可以跟他們一路走，他家有護院跟著，保大夥兒沒事。咱跟著曾家後頭走，還能有啥不安生的?」

安其滿還要說話，厲氏又哭鬧了起來。「自你奶奶的佛珠燒了後，咱們家就沒一天順當過，娘這些日子思前想後的，才咬牙要拖著半條老命去化生寺求佛珠。娘是為了誰?難道是為了我自己嗎?娘這把老骨頭還能活得了幾天?我看你們就是盼著我早死!」

安其滿見娘親這樣，也不好再阻攔。「大哥跟著一塊兒去嗎？」

楊氏立刻嚷嚷道：「我爹那兒活兒正忙，你哥哪有功夫去逛廟會。」

雲開又問了句。「伯娘跟著去嗎？」

「我……」楊氏眼珠子一轉。「也沒空！」

梅氏拉了拉丈夫的衣袖，安其滿會意，便不再反對。「我先去找人打聽情況，娘在家也收拾一下，若是能成，咱們明日跟著曾家的車隊一起走。」

見二兒子答應了，厲氏立刻擦著眼淚道：「兒啊，還是你懂娘的心啊。」

安其滿帶著雲開和梅氏回到自己家中，與媳婦兒商量道：「梅娘，妳和開兒也一起去吧。難得有這麼個機會，妳也跟著去轉轉，這些年別說去鎮裡，妳連村子都沒出過，憋壞了吧？」

雲開自然是想去的，眼巴巴地看著梅氏。梅氏有些心動，不過……「咱們的大院子空著也不成啊，你帶著開兒去，我在家收拾吧。」

雲開搖晃著娘親的胳膊。「娘，一起去吧，幾天也就回來了，回來後咱們再一起收拾。」

安其滿也勸，梅氏看著丈夫的眼神便明白他想去化生寺求子，不由得心一軟，應了。

安其滿也不待雨停，踩著木屐便出去打探消息。

離太陽落山還有約莫一個時辰時，雨漸漸小了，雲開穿上木屐。「娘，咱們要去青陽縣的事，我想去跟丁異說一聲。」

梅氏立刻搖頭。「雨天翻山可使不得，摔了可怎麼辦？待妳爹回來，讓他跑一趟。」

雲開跑到村口，焦急地等待爹爹歸來時，忽然聽到一陣由遠及近的馬蹄聲，不由得睜大眼睛，見到一個身影騎著馬，出現在她的視線裡。

雲開激動地揮著手臂跑過去，抬起小臉，笑道：「下雨呢，你怎麼突然回來了？」

丁異跳下馬，笑得比雨後的彩虹還燦爛。「想，找、找妳，玩。」

雲開也笑得極開心。「我也正想辦法要找你呢。我們家打算明天去青陽縣參加浴佛節的廟會，你要不要一起去？」

兩個人說過要一起出遠門玩的，這也是雲開想找丁異的原因。

丁異睜大漂亮的眼睛。「去！」

「嗯！」雲開的眼睛笑成月牙兒。「去青陽縣來回要好幾天，你回去跟你師父商量一下，收拾幾件衣裳，咱們一起去。」

「好。」丁異立刻答應。

雲開又道：「明天你騎著馬去縣城太累，不如跟咱們一起坐車？」

「好。」只要雲開說的，丁異從不反對。

丁異送雲開回家，離開後沒多久，安其滿就回來了。「曾家明天辰時出城，我跟老許租了牛車，咱們趕牛車去，一輛牛車準能坐得下。」

雲開覺得不好。「不如讓老許伯伯趕車去，咱們按人頭付給他錢。」

安其滿卻覺得不好。「那樣得多花不少錢。」

雲開笑道：「若咱們自己租牛車，大伯娘一定會帶兩孩子跟著去，到時候花的錢更多。如果咱們按人頭交錢，她就不見得會去了。」

安其滿也琢磨明白了，伸手輕點雲開的額頭。「妳個鬼丫頭，我這就去跟老許說一聲。」

「明天早上再去吧。」梅氏不捨丈夫來回奔波。

安其滿笑呵呵的。「沒幾步路，一會兒就回來了。」

雲開拉著爹爹央求道：「爹，最好說服他們家趕兩輛牛車，這樣我和娘親就不用跟奶奶坐一輛車挨罵了。丁異也跟咱們一塊兒去，爹別忘了把他也算上。」

梅氏不好意思地低下頭。「這樣……最好。」

第二天，天剛微微亮，梅氏就起身了，她輕快地進入新廚房裡點上油燈，從鍋裡端出發麵盆，開始和麵。

麵還沒和好，安其滿也起來了，走進廚房坐在灶邊燒火，現在分了家，沒了娘盯著，安其滿進廚房也不用小心翼翼的。

紅紅的火光映著兩個人的臉，亮堂又溫馨。

「多烙幾張餅，再拿上一小罐鹹菜，萬一路上餓了，前不著村後不著店的，就能當飯吃。」梅氏輕聲道：「也給娘帶點兒。」

安其滿應了一聲。「還是妳想得周到。」

梅氏興奮中帶著不安。「我有點害怕，不曉得外邊是什麼樣子，亂不亂、人凶不凶……」

安其滿在鎮裡當過夥計，跑過幾趟青陽縣城。「沒事的，跟咱們這裡人差不多，只要咱不鬧事就沒人惦記。不過……」

梅氏轉頭，見丈夫帶笑望過來。「不過什麼？」

「妳和開兒還是戴個圍帽吧，可以擋住日頭，也能擋擋居心不良的人的眼。」媳婦兒和閨女長得好，安其滿怕她們的模樣被人瞧了生出歹意。

梅氏的不安很大，一方面也來自於容貌。她自小死了親娘，後娘幾次想把她嫁到富戶當妾換錢。後來還沒來得及賣出去，梅氏的親爹就將她輸給了賭坊。她被賭坊的人抓走要賣到窯子去抵債時，是路過的安其滿替她出錢還債，還娶了她進門，梅氏這才沒有一頭撞死在家門口。

嫁到盧安村後，梅氏怕給安其滿惹事，除了下田之外很少出門，這麼多年連村北楊家村的集都沒去趕過。

「要不我還是……」

「梅娘，別怕。」安其滿輕聲安撫媳婦兒。「讓妳們遮擋一下，也是怕那些人污了妳們的眼睛。現在咱有了錢，跟以前不一樣了。」

聽見公雞的打鳴聲，雲開也從炕上爬起來，穿好衣裳跑到廚房，見爹娘已經把飯做好了。

「好香！」雲開洗了手，撕了一塊餅坐在爹爹身邊開吃。

待一家人吃完飯收拾好東西，隔壁村老許的牛車便到了家門口，村裡曾林家也跟著一起去，於是安其滿讓雲開去叫曾林，他趕到老宅去請厲氏。

果然不出雲開所料，楊氏也跟了來，但聽說按人頭算錢後，便罵咧咧地把閨女塞給安如意，自己不上車了。聽到梅氏和雲開也去，厲氏的臉發黑，可出錢的是安其滿，她也沒法子管。

曾林扶著老娘上了車，安其堂也扶著厲氏上了老許家兒子趕的牛車，安如意抱著安雲好跟上，當梅氏拉著雲開慢慢走到厲氏的牛車邊，厲氏立刻罵道：「別跟我坐一輛車，老娘看到妳倆就心煩！」

梅氏立刻拉著雲開上了另一輛牛車。安二姊兒偷偷藏在小姑的懷裡，又轉頭偷看黑臉的奶奶，心裡又慌又怕。「小姑……」

安如意正因能去縣城而雀躍著，嚇唬她道：「別鬧，鬧就把妳扔下去！」安二姊兒立刻把頭扎回小姑懷裡，裝作自己不存在。

才出村走沒多遠，雲開就大聲叫道：「丁異！」

只見抱著小包袱，穿了一身新衣裳的丁異立刻從石頭上跳下來竄上牛車。在另一輛牛車上的厲氏皺皺眉，只是小磕巴現在是神醫的徒弟，身分不一樣了，她也不好說什麼。

丁異上車後跟安其滿和梅氏打了招呼，便坐在雲開身邊，低著頭不說話了，不過從目光裡看得出他是開心的。

曾林的娘盯著丁異瞅了一會兒。「這孩子長個兒了。」

梅氏輕聲道：「是長了不少。」

雲開問娘親。「娘，我長了沒有？」

「長了。」梅氏笑著握住女兒的小手。「個頭長了，肉也長了。」

曾林的娘也跟著笑。「越長越像妳娘，好看！」

雲開的眼睛頓時又彎成了月牙兒。

一路又上了幾個人，待到鎮南口時，兩輛牛車上加車夫各八人，坐滿了。雲開他們這輛車上了一對母子，看著也是老實人。等了約半個時辰，城門內一陣車馬喧譁，曾家出城了。

曾地主和大兒子曾九思騎馬在前，身後是十幾個騎馬的佩刀護院，高頭大馬車有四輛。

曾春富見到城門口這老些人，臉上帶著笑，曾八斗跟在他爹身邊像隻翹尾巴的喜鵲。

曾春富拱手高聲道：「鄉里鄉親本就該互相幫襯，大夥兒跟上，咱們出發了。路上大夥兒別鬧騰，我保證大夥兒安生到化生寺。」

他身邊的曾九思也掛著謙和的笑，目光在人群中掃過，落在戴著圍帽的梅氏和雲開身上片刻，才跟著爹爹騎馬在前帶路。

雲開的目光落在曾家最後一輛馬車的車夫上，那個穿著嶄新皂青外衫，戴著黑色小帽，笑得一臉得意的趕車人，不正是丁二成嗎？

看來他在曾家混得不錯，已經從馬廄洗馬的馬夫，混到趕車的車夫了。

曾林也發現了丁二成，低聲道：「丁異，你爹也跟著去啊？」

丁異的頭深深埋在胸前，曾林見他這樣便不再理這茬，又跟安其滿聊起閒話。梅氏也與曾林的娘話家常，雲開拿出一條繩子，撞了撞丁異的肩膀，小聲問道：「翻花繩，玩不玩？」

丁異立刻點頭，兩個小傢伙便玩在一處。

最前邊曾家的馬車上，曾八斗正打著滾地跟娘親鬧著。「我看到小磕巴和傻妞了，我要去找他們玩，我要坐牛車！」

曾夫人皺眉。「牛車有什麼好的，連個車篷也沒有，又髒又臭人又多，再說你跟什麼人玩不好，偏要跟傻子磕巴一起玩！」

「別人不好玩，我就要跟他們一起玩！」曾八斗鬧著。

曾夫人被纏得沒辦法，只好哄道：「行了，派人把那兩個孩子帶過來讓我瞧瞧，你們就在這車上玩。」

雲開教丁異翻花繩時，一個騎著高頭大馬的曾家護院掉馬頭到了車隊正中間，大聲喊道：「哪個是小磕巴和傻妞？」

車隊一陣哄笑，雲開的臉黑了，安其滿也皺起眉頭，梅氏緊張地抱住雲開和丁異。

「娘不用怕，不是找我們呢。」雲開安撫娘親道。

護院又叫了兩遍，見沒人應聲，返回馬車旁。「夫人，沒找到人。」

「蠢貨！」曾八斗把腦袋探出來大罵。「就那個戴著白色圍帽的小丫頭，還有她身邊的臭小子。」

牛馬隊伍中戴圍帽的婦人有幾個，但是戴著圍帽的小丫頭卻只有一個！護院又跑回來，用馬鞭指著雲開和丁異罵道：「耳朵聾了？剛沒聽見爺叫你們?!」

丁異抬起頭。「沒、沒叫名！」

還真是個小磕巴！護院忍不住樂了。「行了，快跟我走，我家夫人和少爺要見你倆。」

雲開想起劉神醫說過丁二成可能不是丁異親爹的事，她不想讓丁異到曾夫人跟前晃悠，便拉住丁異，靠在娘親胳膊上裝著咳嗽幾聲，嘶啞地解釋。「我生病了，不敢過去打擾夫人和少爺，怕給他們過了病氣。」

安其滿趕忙道：「是呢，這孩子咳嗽幾天一直不好，所以我們才想去廟裡燒香的。」

護院又跑回去稟告。

曾夫人聽完立刻皺了眉。「那傻妞病著呢，不許你跟他們玩，找你哥背書去！省得見了寧山長，你再一句話都答不上來給娘丟人！」

曾八斗苦了臉。「我不要見山長，我見到他就害怕，啥也想不起來。」

「不見也得見！」曾夫人拉下臉。「去後邊你哥的馬車上讀書！」

一唸書就頭疼的曾八斗，只好委委屈屈地去找大哥。

曾夫人斜靠在馬車的軟榻上閉目養神，大丫鬟來喜立刻過去給她捶腿。徐嬤嬤低聲道：

「寧家大姑娘，還沒消息呢。」

曾夫人皺起眉頭。「丟了大半年，能找早就找回來了！不是死在外頭就是被人抓了賣遠了，哪裡找去！」

死了最好，就那麼個上不得檯面的傻子，還想嫁給自己的大兒子，寧家也真幹得出來！

曾家與寧家是姻親，寧家大女兒寧若雲滿月時，曾春富帶著在青陽書院讀書的六歲大兒子上門提親，寧適道一向對曾九思這個小天才愛護有加。想著曾家雖是商戶，但以曾九思的聰明才智，改換門楣是早晚的事，便交換信物給兩個孩子訂了娃娃親。

不想寧若雲長大之後竟是個什麼都學不會的癡兒！其父寧適道乃青陽第一才子，天下讀書人的表率，親生嫡女居然是個不能識字的傻子這件事，著實令他難以接受，便將女兒深藏後院不許她見人，卻沒有退了與曾家的親事。

曾夫人去年去寧家作客時，才捕風捉影地聽了些風聲，細打聽之下驚出一身冷汗！暗罵寧家做事不厚道的同時，也將此事告訴了自家老爺。沒想到曾春富卻毫不在乎，說只要是寧家嫡女，便是個傻子，他們家也要娶回來養著！曾春富想的是一定要讓兒子攀上寧家這個高枝，至於娶回來的傻媳婦，就跟寧家一樣說她生病不能見人，關在個小院裡給口飯吃，過幾年再給兒子娶個平妻傳宗接代就是。

曾夫人和曾九思正愁無計時，那寧若雲卻在八月十五偷跑出門看花燈時走丟了，寧家翻遍了青陽縣也沒尋回來，曾夫人只盼著這傻子再也找不回來才好。

徐嬤嬤又笑著問：「寧家二姑娘聰慧可愛，這一年不見定越發地漂亮了。老奴記得寧家二姑娘可喜歡跟在大少爺身後九哥哥、九哥哥地叫了。」

曾夫人勾起嘴角。「若素那丫頭確實不錯。」

把九思與寧若雲的婚約換成與寧若素的，是曾夫人這次前來縣城的主要目的，一個癡兒、傻子，還想惦記她兒子！曾夫人忽然睜開眼。「八斗常念叨的那個傻妞，是怎麼回事？」

徐嬤嬤早就打聽過。「那丫頭不是個傻子，只是因為饑荒時餓得狠了才那樣，現在吃飽又緩過來了，牙尖嘴利的。」

曾夫人又安心地閉目養神，心道自己真是想多了，世上哪有這麼巧的事。

牛車晃悠悠地在路上慢慢走著，過了新鮮勁後，面對著一樣的農田一樣的山，雲開便打起瞌睡，梅氏將閨女攬在懷裡輕輕拍著，雲開便慢慢地閉上眼睛睡了。丁異拿著繩子，興趣十足地翻著玩。

前邊的牛車上，安二姊兒也躺在三叔懷裡睡著了，安其堂一手摟著小姪女，一邊搖搖晃晃地看書。惹得前後牛車上的人一片誇，說厲氏有福氣，生了個好兒子。

待車隊停下時，丁二成拿著馬鞭氣勢洶洶地衝過來，大罵道：「你這畜生，老子抽死你！」

丁異自小就活在丁二成的棍棒之下，早就練就了眼觀六路、耳聽八方的神通。他聽到身後風聲不善，立刻從牛車側邊跳下去。

丁二成一鞭子抽在牛車上，「啪」的一聲將梅氏嚇了一跳，雲開也被嚇醒了。安其滿護在妻女身前，怒道：「好端端的你這是幹什麼？」

丁二成握著鞭子，指著丁異罵道：「老子教訓兒子，輪不到你多嘴！小畜生，你給老子滾過來！」

丁異的身子不由自主地一抖卻沒有跑，而是抬頭看過來。那不是害怕而是擔憂，擔憂因為他牽連到雲開。雲開氣壞了，啞著嗓子問道：「丁叔這是幹什麼，丁異做錯了什麼事你要拿鞭子抽他？」

丁二成大罵。「老子的兒子，老子想抽就抽，你們哪個也管不著！」

曾林的娘也拉下臉。「你爹活著的時候，也沒這麼抽過你！」

曾林的娘是長輩，丁二成沒直接罵回去。「我小時候聽話懂事，哪像這個畜生！去青陽縣燒香這麼大事兒，提都不跟老子提一句！要不是剛聽二少爺找他，我都不知道他跟著來了！孀兒說說這樣的東西，不揍咋辦？」

曾林的娘罵道：「丁異跟神醫在山裡學醫，你一天天地不在家，他去哪兒找你？去哪兒跟你說？再說了，這孩子以前十天半月地鑽進林子裡不見人影，老婆子也沒見你啥時候找過！」

丁二成哼了一聲。「這就算了，剛才二少爺找他過去玩，這死小子竟敢不去，就這眼力見兒，不打能成嗎？」

丁二成的火氣主要是嫌丁異沒有巴結曾八斗給他鋪路！雲開冷冰冰地道：「我們走上百里路去化生寺燒香拜佛，圖的是吉利，盼的是家族興旺、財源廣進。丁叔在路上這麼鬧，真要見了血壞了運道，你擔得起嗎？」

雲開這麼一說，前後幾輛牛車上的人心裡那點不痛快都被帶了出來，紛紛指責起丁二成。

「就是，你要教訓兒子回家教訓去，在這兒折騰什麼！」

「真鬧了血光之災，別說咱們白去了，曾家老少也白去了，我看你這差事還能幹幾天！」

眾人你一言我一語地抱怨著，丁二成也怕這些話傳到曾家管事的耳朵裡，只得收了鞭子，恨恨地瞪了雲開一眼，又指著丁異罵道：「你個畜生給老子等著，看老子回去怎麼收拾你！」

丁二成走後，雲開才跟娘親從牛車上跳下來，走到丁異身邊，拉起他的小手，果然是冰涼的。

「沒事了，餓不餓？我娘烙了大餅，咱們一起吃點。」

丁異不等雲開安慰他，就先開口。「我，我沒，事。」

自小被爹娘和村人打罵，從來都是自己受著，現在有雲開護著他，丁異心裡只有高興，怎麼會有一丁點難受。

雲開胸中的陰霾霎時間被這笑容掃得無影無蹤。「嗯，嚐嚐看，我娘做的餅可好吃了。」

兩個小傢伙小松鼠一樣地吃完手裡的東西，又喝過水，靠在樹上歇著。丁異從包袱裡偷偷拿出一個小瓶子，倒出兩粒綠豆大小的藥丸。「吃，吃了，好。」

藥的清香味散開，雲開接過吃下去，小聲叮囑道：「你收好別讓旁人看到，自己吃。」

丁異卻將小藥瓶塞在雲開手裡。「拿著，吃。」

雲開心中一暖。「一天吃一粒，對嗎？」

「嗯。」見她肯要，丁異笑得非常滿足。

這定是神醫給丁異準備的在路上吃的藥，雲開叫過爹爹，將藥的事跟他說了，讓他和娘也吃上。

安其滿猶豫道：「妳奶奶那裡……」

如果厲氏病倒了，也確實是個麻煩，雲開便將藥瓶遞給爹爹。「怎麼用，爹說了算。」

安其滿拿著藥瓶，心裡也沈甸甸的，摸了摸兩個孩子的頭，道：「丁異，別管你爹咋樣，你是個好孩子，咱們都知道。」

安其滿偷偷把藥丸倒出來數了數，按來去五天算，先將娘親、媳婦兒、閨女和丁異的數出來，還剩下不到十粒。

這樣就不能光明正大地拿給娘吃了，若是讓她看到，怕就沒有他媳婦和閨女的分了。安其滿拿出兩粒藥丸泡在水葫蘆裡晃開，拿過去只說是去火的茶，讓包括曾林母子在的眾人一人喝了一些。大家是一個村出來的，出門在外當然要相互幫襯著。

歇了一會兒，眾人又上了牛車，繼續趕路。剛睡過的雲開精神了，又跟丁異在牛車上翻花繩。她驚訝地發現，自己跟娘親學來的幾種丁異居然都學會了，還舉一反三地翻新出她沒見過的花樣。

「娘？」雲開只得求助。

一直看著他們的梅氏和曾林的娘都笑了，梅氏探手到丁異的小手邊，嘗試著將花繩拉來拉去變了個模樣，不想丁異靈巧的手指頭在梅氏兩手撐起的繩子間這樣一勾、那樣一挑，繩子在他指尖就變回了雲開熟悉的模樣！

「老牛套車，這個我會！」雲開兩手的食指和小拇指一勾一拉。「花手絹！」

丁異也抿唇笑，手指勾勾拉拉，出現的又是雲開熟悉的樣子。

「板凳！」這小遊戲很有趣，雲開玩得津津有味，她還故意將繩子翻亂，可丁異總有辦法拉回正途。

曾林的娘越看越驚奇，她是眼瞅著雲開教丁異翻繩的，這麼一會兒的功夫，丁異就玩得比雲開好了。「難怪神醫會相中這孩子，他學東西真快。」

曾林也感嘆著。「怕是不出幾年，丁異就能擔得起小神醫這個名頭，給人開方拿藥了。」

丁異被雲開教了好多次，現在被人稱讚，也知道抬頭對人家笑笑了，曾林的娘見了，又是一頓猛誇，丁異聽得耳朵都紅了，雲開捂著小嘴只是樂。

傍晚時分，曾家在路邊一家大客棧落腳，大夥兒也都拉住疲憊的牛馬下了車。

安其滿跟進去問了客棧的價錢，只要了兩間下等客房，娘親和妹妹、姪女一間，媳婦兒和閨女一間，他帶著三弟和丁異睡大通鋪。

跟著來燒香的人們，包括曾林母子，大多聚集在河邊的空地上鋪開帶著的包袱皮或破褥子打地鋪。農家掙錢不易，能省則省。這種能省則省裡，藏著的是不為外人道之的辛酸和窘迫。

第九章

第二天一早，一家人出了客棧，見曾八斗正抱著肩膀靠在馬車上得瑟著。

「傻妞、小磕巴，要不要跟少爺我坐馬車？有好吃的好玩的，還寬敞，曬不著！」

「二少爺心腸真好。」厲氏衝著曾八斗討好地笑著，曾八斗身側的丁二成也趕緊給丁異使眼色。

丁異跟雲開異口同聲地回絕。「不要！」

丁二成恨不得上去一腳踹死這個蠢貨！

曾八斗皺起粗濃的眉毛，忍著脾氣道：「少爺我今天不打人，只想跟你們玩。」

「我病了，喜歡曬著。」雲開啞著嗓子，又抬小手咳嗽了兩聲。

曾八斗不信。「妳拿下圍帽給少爺我瞅瞅，前兩天好好的，怎麼會忽然病了？」

「著涼了。」雲開才不想理他，拉著丁異上了老許的牛車。

今天跟昨天不同，靠近青陽縣城後，路上行人多了起來。坐車的、推車的、騎馬的、騎驢的、步行的、挑擔子的，不只丁異和雲開，兩車人都睜大眼睛四處看著，新奇又興奮。

待到了城西不遠的化生寺邊時，燒香趕廟會的人已經成群結隊了。大夥兒將車馬停在廟外，約定了返程的日子後各自散開。第一件事，當然是進廟燒香。

寺廟內的模樣與雲開見識過的大同小異，塑了金身的佛像望著匍匐在地的世人，不悲不喜。善男信女們將心中萬千的期盼寄託在佛像上，一次次地以頭觸地，虔誠無比。

雲開和丁異跟著爹娘意思意思地磕了頭，便四處瞧著。

燒完香出來，厲氏和曾林的娘這兩個上了歲數的了卻了心願，想找地方坐著歇了。安其滿和曾林在山邊尋了家小棧，讓兩位老人住下後，便決定出來逛廟會。

於是安其堂抱著安雲好，梅氏拉著雲開和丁異，安其滿拽住安如意，先後加入人群中。

浴佛節還有三日，但化生寺前的廟會已非常熱鬧了。廟會上的貨物種類繁多，飛禽貓犬、蒲合、簟席、屏幃、鞍轡、弓箭、時果、臘脯、農具等一攤挨著一攤，討價還價聲不絕於耳。再往前，有文房四寶、書籍圖畫等高雅之物，更有寺廟師姑賣繡作、領抹、花朵、珠翠頭面、生色銷金花樣袱頭帽子、特髻冠子、絛線之類的東西，生意極好。安其滿在花花綠綠的東西前停住腳，問媳婦兒。「梅娘喜歡哪個？」

戴著圍帽的梅氏聲音帶著笑意。「我不用這些，可以給開兒挑幾件頭飾。」

見父母停住，雲開他們也站住了看。雲開不是想買，而是在看哪些東西好賣，他們能不能弄到或者能不能做出來賺錢。安如意忽然湊過來，壓抑著興奮道：「大姊兒快看，那是哪家的公子，比曾大少爺還要好看！」

雲開看過去，見一丈外站著三、四位書生，待看清安如意說的那個十五、六歲文質彬彬的少年時，雲開的眼睛瞪大了。那個人她知道，不，應該說是傻妞記得，這是傻妞的親哥！

見雲開不動，安如意小聲嘰喳著。「是吧，妳是不是也覺得他很好看？」

傻妞的大哥察覺到她們的注視，平淡地看過來。雲開立刻拉了拉自己腦袋上的圍帽，傻妞的大哥目光只輕輕一掃又收回去，繼續傾聽朋友們談論字畫。

「他在看我是不是？大姊兒，妳說他是不是看到我，還聽到我說的話了？哎呀，羞死我了！」安如意捂住通紅的小臉，兩眼泛著水光，激動又興奮。

丁異發覺雲開的小手出汗了，小聲問道：「雲、雲開？」

雲開微微搖頭，表示無事，繼續跟著安如意和丁異慢慢走，不過她不再注意路旁，而是追隨著那個「大哥」，看他與人說話，看他微微帶笑，看他彎腰翻動桌上的字畫……看著看著，屬於傻妞的記憶一點一點地躥出來。沒錯，這是她的「大哥」！

為數不多的畫面裡，這個大哥沒有罵她打她欺負她，沒有因為她做了傻事而嘲笑她，只是淡漠地站在一邊看著，在傻妞的印象裡，這樣的人已經是非常好的人了。雲開捨不得爹娘，更不想回到傻妞冷冰冰的家裡，但她想搞清楚傻妞到底是怎麼個來歷。

與傻妞的大哥擦身而過時，雲開聽到他正低聲評價著攤上的一幅山水畫。「此畫氣象蕭疏，煙林清曠，峰巒深厚，只可惜構圖不夠大勢，筆墨法度尚欠火候……」

這音調也合上傻妞記憶中的聲音，只是少了淡漠和疲憊，多了清雅，更加悅耳。

「致遠言之有理，此畫確實欠些火候。」旁邊的少年附和。

「致遠兄跟在寧山長身邊學畫，眼界自然高得很，依在下看來，這幅畫也屬市面可見的上品了。」又一年輕人說道：「畢竟這世上有幾人能及得上山長的畫技。」
「致遠，可否替兄弟求一幅令尊的墨寶……」另一個圓臉的矮個兒少年笑嘻嘻問道。
被稱為致遠的年輕大哥微笑。「下月八日就是天鵬兄祖母的生辰了吧？在下請父親為祖母畫一幅賀壽圖吧。」
天鵬激動地握住致遠的肩膀。「致遠此言當真？」
致遠微微一笑。「君子一言，駟馬難追。」
天鵬喜得傻笑。「祖母若是得了山長的畫，定會開懷。」
「那是，青陽書院山長的畫，豈是那麼容易得到的！」旁邊的小書生羨慕至極，只恨自己沒有家人近日過壽，否則也可乘機求一幅山長的墨寶。
雲開聽曾八斗提過幾次青陽書院的山長，他名作寧適道，乃是青陽縣鼎鼎有名的大儒，也是曾九思的老師！傻妞記憶中那個中年肅板的爹爹，居然是鼎鼎大名的青陽書院山長！
慢著……雲開忽然想起一件事，曾九思……九、九歌……九哥！
那豈不是說曾九思就是那個，讓傻妞的繼母和同父異母的妹妹用他的名頭，將傻妞誆出家門的，她從未謀面的……未婚夫！
她才不要嫁給曾九思！再後來的廟會雲開逛得索然無味，回到客棧後也是心事重重的。
梅氏摸了摸她的小臉，輕聲問道：「開兒不高興？」
雲開靠在娘親懷裡，悶悶地叫道：「娘。」

「娘在呢，是看上了什麼東西？若是不太貴，娘讓妳爹去給妳買回來。」梅氏將雲開抱起來，輕輕拍著。

雲開搖頭。「不是，就是想叫娘。」

梅氏輕輕地笑了。「是不是累了？咱們早點歇息，明天精神了，娘再帶妳四處轉悠，聽妳爹說，青陽有一條街專賣胭脂水粉，咱們一起看……」

這家小客棧條件雖不及昨晚住的那家，好在還算乾淨，安其滿依舊要了兩間客房，他和三弟、丁異還是睡大通鋪。用過晚飯，來了精神的厲氏要出去轉轉，安其堂和安如意陪著，將五歲的二姊兒安雲好交給梅氏帶著。小孩子貪玩也貪睡，安雲好用過晚飯沒多會兒便睡著了，梅氏將她放在炕上蓋好被子，一家人在屋內小聲閒聊。

娘親難得有機會出來，雲開便道：「爹娘也出去轉轉吧，我和丁異在屋裡守著二姊兒就好。」

梅氏搖頭，卻被雲開勸著同意了。安其滿也想帶媳婦兒到客棧外隨便走走。「爹娘就在窗下那條街，我鎖上門，你們不要出去，有事就打開窗戶喊，爹能聽見。」

雲開和丁異乖乖點頭。待他們走後，丁異拉著雲開坐在小凳子上，認真看著她的臉。

「妳，怎麼，了？」

雲開微微搖頭。

「那、那個『致遠』，妳，認識？」丁異時刻關注著雲開，自然察覺到了她的不對勁。

雲開不想騙丁異。「那個人，我模模糊糊記得他好像是我以前家裡的人，我……」還未說完，雲開的小手便被丁異握得發痛，她趕緊道：「你別慌，我覺得現在這樣挺好，我也不想回去。」

丁異的手這才鬆了些。「不、不回去，不認、他？」

「嗯，起碼現在不能認。」雲開嘆口氣。「那個家裡的人對我都不好，只有這個哥哥還不錯，起碼不會打我罵我。」

不打不罵，在丁異的認知裡也算是很好的人了，他又害怕起來，怕雲開忽然想留在青陽不回去。

雲開接著道：「這件事除了你我，千萬不能讓人知道，我爹娘也不行，明白嗎？」

丁異點頭，心中因與雲開之間又多了小秘密而雀躍。

「我想查清楚這個家是怎麼回事，你身上有沒有帶你弄出來的那個治凍瘡的癢癢粉？給我來點兒，長一臉疙瘩比較穩妥。」癢癢粉抹上，立刻搽藥水就不會癢，但會長一層小紅疙瘩，看起來很瘆人，做偽裝還是不錯的。

「還、還有更好的。」丁異從小包袱拿出一個小瓶子。「這個，變、變胖，五，天。」

變胖就是腫起來的意思吧？這可是個好東西，雲開拿著聞了聞，味道還挺好。「這也是你做的？」

「藥，童，嚇、嚇我。」丁異慢慢地說著。「不怕！」

雲開立刻鼓勵道：「你越來越厲害了！這個要怎麼用？」

「抹上，別，太多。」丁異開心地笑，這個東西好玩極了。

雲開先抹了一點在胳膊上，一會兒胳膊便腫起來，脹脹的但不疼。雲開便在自己的臉上尤其是眼睛、臉頰和下巴上抹了一些，待臉腫起來後，她摸著腫了一圈的臉問丁異。「怎麼樣？」

丁異忍不住笑。「胖，了，好多。」不過一樣可愛，好看。

為了以防萬一，雲開又將癢癢粉抹在臉上和脖子上，給自己添了一層小疙瘩，上了個雙保險。丁異什麼都想跟雲開一樣，也跟著在臉上抹了一些，長出一片小紅疙瘩，心中很是開心。

待安其滿和梅氏逛完小街回來見到這兩孩子，梅氏驚得小花燈都掉在地上。「你倆的臉這是讓什麼咬了？」

雲開笑咪咪的。「我倆沒事，這是抹藥抹出來的，過幾天就能好，爹娘看，這樣不是更妥當嗎？」

梅氏依舊擔憂地摸著閨女的小臉，方才還白白嫩嫩的，現在都不能看了。「過幾天真能好，一點疙瘩也不留？」

見丁異用力點頭，他們兩口子這才放下心來，又忍不住笑了。

安其滿盯著腫成癩蝦蟆的閨女，笑道：「這樣好，真挺讓人放心的。」這幾天他總怕閨女被人捉了去，現在那些拐子見了閨女，怕是都得繞著走了。

梅氏也有點心動。「不如娘也抹一點？」

安其滿：「……」

待到浴佛節的正日子，一家老少換上最好的衣裳，早早趕到化生寺去參加浴佛盛會。時辰還早著，但他們趕到時，殿前已是人山人海了。厲氏雖年紀大又號稱腿腳不索利，卻比誰都有勁，硬是拉著安其堂從人群中擠出一道縫跑到最前頭。

雲開見到佛殿前已擺起直徑四尺多的金盤，金盤前又置了小方座，前陳經案，四隅立金穎伽，磴道欄檻，四周又陳列了許多錦繡襜褥，精巧奇絕。

眾人圍在殿前靜靜待到吉時，化生寺的僧人開始出來吹鑼擊鼓，又有僧人擁著一座兩尺高、一手指天一手指地的金身佛像過來，置於金盤中。從各地趕來的善男信女們都畢恭畢敬地跪在殿前祈求佛祖賜予恩福，雲開被梅氏拉著也跪下，雙手合十盯著佛像看。

在住持的引領下，眾僧開始唸唱佛經，寶器齊響。雲開正陶醉在佛音中，就見金盤中的佛像竟然開始動了。金佛在金盤中周行七步，再次停下時，依舊面對眾人。

這實在太神奇了！雲開張大嘴巴，不曉得這是怎麼回事，難道那金身佛像是真人假扮的？便在這時，殿前高臺上有水噴下，在四月盛陽中，水柱顯出一小道彩虹，落入盤中，香氣四溢，待盤中水滿後，噴水也停止了。唸唱佛經的聲音依舊在，卻因著剛才的場面，添了玄妙神聖。包括厲氏在內的所有人心中只有一個念頭：佛祖顯靈了！

化生寺的住持拿起長柄金勺挹水灌佛子七次，浴佛的儀式圓滿結束，眾人跪著祈求浴佛水。住持先用金勺取了七勺浴佛水，又分作七七四十九盞，讓僧眾分給眾人。

跪在殿前的信眾沸騰了，都把手伸高祈水。

見水越來越少卻還沒有分到自己面前，厲氏急了，乾脆爬起來跑到分水僧身邊祈求，僧人也沒拂了這位老人的心意，遞上一盞。雖引起了眾人的一陣埋怨，但厲氏還是美滋滋地喝了一口，才跑回安其堂身邊催促道：「三兒，快喝！」

安其堂沒有接。「二哥先喝。」

厲氏卻一把奪過來塞給安其堂。「你喝！咱們家以後要靠你光耀門楣呢，你二哥喝了有個屁用！」

雲開皺了眉，這水她還真沒心情喝，拉了娘親道：「我剛才聽僧人說，沒領到浴佛聖水的可以去次殿取，娘，咱們走吧？」

「那你們還不快去，在這兒杵著幹啥！」厲氏瞪著眼睛護住碗，生怕梅氏和雲開搶聖水。

安其滿拉著媳婦兒站起來。「我們這就去！三弟，這裡交給你了。」

安其堂不好意思地點頭。「二哥二嫂快去，願佛祖保佑你們早得麟兒。」

厲氏親眼看著安其堂把水喝下去，才安了心。

安其堂喝過後，把碗交給眼巴巴看著的小妹和二姊兒，安如意心想著自己祈求如昨日少年郎那樣的郎君的心願喝了一大口，又餵了二姊兒一小口。

這一趟再求個佛珠就圓滿了，厲氏笑呵呵地往外走。

安其滿四人擠進側殿，果然見有僧人面前放著一個大桶，依次給信眾取浴佛水。排著隊終於輪到安其滿一家時，安其滿先往旁邊的功德箱裡放了香火錢，梅氏才莊重地接了水，四人走到一邊。

梅氏先遞到安其滿嘴邊，兩口子喝過後，眼中俱閃了淚花。雲開本不想喝這佛祖或許是個真人的洗澡水，但爹娘眼巴巴看著，她也只好抿了一小口，又遞給丁異。丁異一口喝下去，面不改色。雲開心想這裡的浴佛水肯定不是殿前金盤裡取過來的，那金盤裡的浴佛水應該被化生寺的和尚善加利用了，比如送給青陽縣的官家富戶，以換得更多的施利。那青陽書院的寧家，會不會也來了？

「喝過浴佛水了，咱們也去放生吧？」安其滿建議道。浴佛節有大型的放生會，廟外與湖水相連的放生池邊有漁民列作兩行，專賣活魚、烏龜、蚌等，供信眾放生祈福。安其滿買來烏龜和魚苗，烏龜遞給雲開和丁異，他和媳婦兒放生魚苗。

雲開和丁異一起將四腳亂蹬的小烏龜放入放生池中，看牠快速游走潛入水底得了活命，心裡覺得挺舒坦。

「娘，魚兒游走了。」雲開另一側的一個小姑娘，聲音也甚是歡喜。

雲開轉頭看到一張精緻的小臉，心頭便是一顫。這個小姑娘就是日日以欺負傻妞為樂的，她同父異母的妹妹！

雲開又看這小姑娘身邊華衣盛妝的婦人幾眼，沒錯了，這個就是傻妞的繼母——寧適道的第二任妻子。就是因為這個女人孜孜不倦的教導，才讓傻妞頻頻出醜，讓寧適道對她愈加厭惡，甚至直接下令不許她再踏出小院半步。

雲開隔著圍帽垂下的白紗見到這兩張臉，屬於傻妞的記憶片段點點滴滴浮上來，扎根於傻妞內心的恐懼讓她不適也讓她憤怒，真想抬腳將這表面偽善內心惡毒的後娘踹進放生池裡餵烏龜！

吊梢眉帶著幾許凌厲的江氏忽然看過來，皺眉警戒地問：「妳是何人？」

雲開沒有回答。

寧若素也轉過小臉看著雲開，清脆問道：「今日是浴佛節，妳為何戴著圍帽？」

雲開冷冰冰地回道：「想戴！」

「娘，」寧若素轉回頭。「這位姊姊為何戴帽，素兒都沒戴。」

江氏拉過女兒，溫和笑道：「這位小姊姊想必是有什麼難言之隱，素兒莫鬧。」

梅氏也拉起雲開，心中對面前這個長得還算過得去的小姑娘非常不滿。什麼叫她都沒戴！難道她沒戴，自己的開兒就不能戴嗎？

若論模樣，自己的閨女比她好看多了！這孩子的娘也是不會說話，什麼叫難言之隱？搞得她家開兒好似多醜才戴著圍帽一樣！

江氏轉頭給身邊的婆子使了個眼色，婆子會意，轉到雲開身邊，假裝不經意地抬手掀雲開的帽子。雲開豈會沒注意到婆子的動作，卻沒有制止，反而異常配合地被摘了圍帽。

緊盯著雲開的臉的江氏母女，突然見到一張長滿紅點子的豬頭臉，驚得往後退了一大步，齊齊尖叫著跌入放生池中。雲開也受了「驚嚇」，委屈地轉頭藏在娘親懷裡，嘴角勾起一抹壞笑。

寧家的婆子見夫人和姑娘落水了，大聲呼救，寧家的丫鬟不會水，池邊放生人中立刻有幾個跳下去打算搭救江氏母女。哪知江氏一邊掙扎著踩住池底，抱著女兒藏在沒過胸部的水中，一邊驚聲尖叫著。「不要過來，誰都不許過來！」

下水救人的男子都停住了，這到底是救呢，還是不救呢？四月陽光雖盛，但水依舊是寒的，落水的滋味豈會好受？但這對母女不讓人救的緣由，圍觀的信眾心裡也能明白一二。她們怕有辱名節！越是富貴人家，越是在意這些東西。若是她們渾身濕漉漉地被人拽上來，老的也就是被人嘲笑丟了臉而已，小的怕是要「以身相許」了吧？

「欸？我說怎麼看著這位夫人有點眼熟呢，她不就是書院寧山長的夫人嗎？」人群中有人認出江氏母女的身分，立刻引起一陣轟動。

青陽書院的山長寧適道，在青陽縣聲望極高。他的字畫千金難求，他的風采雅冠青陽，他的妻子也是青陽女子賢良淑德的典範。

知曉她們的身分，水中兩個年輕的男子立刻大步往前走，當寧山長的女婿，他們願意！

「你們躲開！」水中的江氏尖叫著。

「寧少爺來了，大夥兒快讓開啊！」人群分開，雲開見傻妞的大哥急匆匆趕來，身後跟著的竟是同樣滿臉憂色的曾九思。

雲開回頭，看到水中只露著半個腦袋的寧若素望向曾九思的驚喜眼神，心中冷笑。

寧致遠接過僕從遞過的斗篷，立刻跳入水中，遮住江氏露在水上的半截身軀。「兒子來遲，讓母親和妹妹受驚了。」

江氏強撐著貴婦人的作派，微微點頭後才「暈倒」在寧致遠肩頭。

「娘！」掛在江氏身上的寧若素察覺到娘親的不對勁，忍不住哭了起來。「哥哥快帶娘親上岸。」

寧致遠一人無法帶走她們兩個，若是留寧若素在水中又有滅頂之災。寧致遠只好回頭喊道：「九思，煩勞你。」

曾九思立刻跳入水中，伸手去扶江氏，卻不想寧若素竟放開母親，撲進他的懷裡，可憐兮兮地道：「九哥哥，素兒怕。」

曾九思愣了，他下水本該將師母送上去，素兒則應由寧致遠帶上去才合規矩，不想素兒竟嚇得連規矩都忘了，整個身子都在抖。

曾九思不由得心生憐惜，揚起手中的斗篷將她牢牢包裹住抱了起來。

寧致遠微微皺眉，不過當著這麼多人的面再將妹妹拉過來已是無用之舉，還是先離開這是非之地為好。

他們剛上岸，寧適道也匆匆趕來，見妻女如此狼狽，臉色便沈了。「快送回寮房，請劉郎中。」

眾人紛紛咋舌，劉郎中是青陽醫治寒熱的名醫，鮮少出診。不過病人是寧山長的妻女，大夥兒又覺得這是理所當然的。

已戴上圍帽的雲開直直看著寧適道，心中百味雜陳。

這就是傻妞的爹，這些仰望著他的人，可知他們眼中光風霽月的寧山長，會因為女兒不聰明，便將她關在小院中不聞不問？

「老爺，就是那丫頭害得夫人和姑娘落水的！」寧家的婆子不肯放過害主子當面出醜的雲開。

已裹上斗篷擋寒的曾九思看過來，認出雲開後厭煩地皺了眉，追著江氏母女去了。

同樣裹著斗篷的寧致遠，含著怒意走過來。「妳是何人？」

跟他後娘居然是同一種語氣呢。雲開微微咬唇，江氏待傻妞刻薄，但待寧致遠卻是十足的好，以至於寧致遠深信江氏是個好母親，傻妞被欺負只是因為若素年幼調皮罷了，所以他不管！

安其滿護住妻兒回話。「我們是遠路過來燒香拜佛的，是這位大娘碰落了我閨女的圍帽，才嚇到了您家的夫人和孩子，山長請恕罪。」

「她那臉是挺嚇人的，我這個大老爺們看了都是一蹦，差點也掉水裡去。」

「人家長得醜，戴著圍帽就是怕嚇到人，也怪可憐的。」

眾人議論紛紛時，被安其滿叫做「大娘」的婆子氣得臉色發青，剛要發作，卻被自家老爺淡淡看過來的清冷目光驚出了一身汗，低頭不敢言語。

雲開握緊拳頭，就是這種看廢物的眼神，傻妞印象深刻，因她每見寧適道，都會被迫加深一遍記憶。

寧適道走到安其滿四人面前，誠意十足地道歉。「這位兄臺，是寧某治家不嚴，才讓您的家人受到驚嚇，還請您恕罪，寧某回去定好生約束下人。」

雲開諷刺地勾起嘴角，一句話就撇清了他老婆的責任，全推到替罪羊婆子身上，真是好手段！

寧山長當眾折腰給白丁賠罪，立刻引來一片稱頌聲。

安其滿見寧適道如此客氣，立刻拱手客氣道：「不敢，是我家閨女臉上長疙瘩，才驚了您的夫人和孩子，您趕緊回府照顧家人吧。」

寧適道看著雲開，關懷道：「令嫒的病症可請郎中診過？兄臺若是不嫌寧某唐突，不如帶著孩子跟寧某回去，請劉郎中為她診治？」

安其滿自是不肯。「孩子已在用藥了，郎中說不出十天半月就能見效，就不到您的府上叨擾了。」

寧適道這才帶著兒子離去，寧致遠根本認不出眼前其貌不揚的小姑娘就是他的親妹妹。眾人議論紛紛，自此青陽傳說中又多了一段寧適道放生池邊的佳話。

梅氏也道：「青陽書院的寧山長，果然名不虛傳。」

安其滿也點頭。「可惜三弟沒跟來，他平日對這位山長是讚不絕口的。」

看看，連自己的爹娘都開始誇了，雲開咬唇，心中有些無力，丁異拉住她的小手。「走？」

雲開立刻冷靜了。「爹娘，咱們走吧，待在這裡怕會有麻煩。」

安其滿這才回神。「對！剛那婆子是故意掀開兒的圍帽的，我看得真真的！山長是好，可他夫人和家裡的下人倒未必，咱們快走。」

「就是，那婆子一看就不是好人。」梅氏也道。

另一邊，寧適道進入寺廟跨院，見到已換了衣衫規矩立在門外三尺的曾九思，微微點頭後才邁步進入寮房中。

房內，已「醒來」的江氏滑下兩行清淚。「老爺把妾身送去家廟吧，妾身再也無顏在您身邊伺候了。」

裹著被子的寧若素半跪在娘親身邊，淚水一滴滴地摔在素白的被子上，委屈至極。

寧適道立在門口一言不發地看了一眼，便絕情地轉身離去。

寧若素立時慌了。「娘，爹爹他？」

江氏閉上眼睛，丈夫有多麼愛惜他的名聲和顏面沒有人比她更清楚，今日之事怕會讓他對自己心生厭惡，這半年怕是不會進自己房中歇息了。

「別怕，妳爹生氣幾日也就好了。雖然出了些紕漏，但還算順利。」江氏強撐著安撫女兒。

寧若素羞紅了小臉，怒道：「娘跟著一起落水了，怎還算順利呢！」

江氏精明地笑著。「當著那麼多人的面，曾九思跳下水把妳抱上岸，妳與他的親事就已經是板上釘釘，牢牢的了！」

「娘！」寧若素羞得用帕子捂住小臉，撲倒在江氏身邊。

按著江氏的計劃，待曾九思被寧致遠帶到放生池邊時，女兒假裝腳滑摔倒在曾九思的懷裡讓眾人目睹，如此這般，若素與九思的親事便成了。

哪知會遇到個醜得驚人的鄉下丫頭，害得她也跟著落到水裡！

江氏咬牙。

「娘，那個醜女一定要捉回來狠狠收拾，咱們落水的時候，女兒看到她偷笑了，她是故意的！女兒一定要讓她知道她得罪的是什麼人！」寧若素小臉上的陰狠與她娘親如出一轍。

江氏何嘗不想將那醜丫頭抓回來亂棍打死，可是……「妳爹已當著眾人的面饒了那家人，咱們再去找後帳，被妳爹爹知曉就麻煩了。」

「不讓我爹爹知道不就行了！」寧若素不甘心。不知道為什麼，她對那個醜女異常厭惡，看到就想打她，看她哭，看她出醜。這種憤怒以前都只針對她家那個見不得人的傻妞的，不曉得為什麼看到那醜女也會如此。

女兒還是太小，不曉得分析事情的輕重，江氏訓教道：「咱們抓了醜丫頭後，她的家人會告官還是找妳爹爹？」

寧若素噘起殷紅的小嘴。「找爹爹！」

「天下沒有不透風的牆，所以這件事眼前不可做。」江氏道。

寧若素不服。「可咱們瞞著爹爹的事又不少，就連找人弄走傻妞，娘都敢……」

江氏驚得起身捂住女兒的嘴。「胡說什麼！」

寧若素委屈地掛起淚花。「娘，女兒嚥不下這口氣，咱們這次落水會讓江萍兒笑死女兒的！」

江萍兒是江氏親兄之女，兩個小姑娘相互攀比得厲害。

江氏嘆口氣。「這件事怎麼能跟那件事比呢？這裡是化生寺，不是咱家後院，娘哪裡控制得了？莫鬧，等過了風頭再尋她們出氣就是。妳的眼光不著眼終身大事，盯著個醜丫頭做什麼？娘想著曾夫人也該來了，待會兒她來了，妳就避出去，娘好與她說話……」

聞得消息的曾春富，當然是帶著妻子曾夫人急匆匆趕來探望，兩人眼角眉梢都是掩不住的喜氣。

真是人算不如天算，他們還沒想好怎麼讓寧適道把九思與寧家長女的婚約轉到次女身上，老天就幫他們做好了。若是這樁親事成了，曾家一定要給化生寺再塑一座金身佛像！

曾夫人去寮房探望江氏，兩個婦人間如何相互試探、勾搭成事不需多提，且說曾春富快步進了寧適道的房間，見兒子與寧致遠站在一起已能平分秋色，不只眼角，嘴角也揚了起來。

「寧山長，尊夫人和二姑娘還好吧？」

「已請劉郎中診過，無大礙。今日之事多虧了九思伸以援手，曾兄教子有方，寧某感激不盡。」寧適道真心道謝。

曾九思連忙彎腰行禮道：「此乃學生分內之事。」

曾春富笑得合不攏嘴。「九思這麼出色跟我沒啥關係，都是山長您教得好。九思從啟蒙就跟在您身邊，他能有今日，您的功勞比我大，您是我們曾家的大恩人。」

寧適道嘴上客氣，表情卻是十分受用的。

喝了兩盞茶後，曾春富才問道：「若雲近日可有消息？」

傻妞閨名寧若雲，取潔白如雲之意。

曾九思也掛起關懷之色，見寧家父子臉色沈重微微搖頭，他才偷偷放下懸著的心。

曾春富悲憤道：「那拐走若雲的畜生若是抓到了，老子非剝了他的皮不可！好端端的孩子被他們抓了去，大半年了也不曉得被他們賣到……」

「爹！」曾九思見爹爹越說越沒邊，趕緊截住。

曾春富這才發現自己居然在寧山長面前粗魯了，光風霽月的寧山長最不喜的就是粗魯之人的……

曾春富表情一轉，正容道：「只可憐了若雲這孩子，小小年紀就要遭這樣的罪。」

寧致遠抿緊唇，之所以到現在還找不到大妹，乃是因為父親根本沒費心去找！父親必定覺得大妹那樣子，還不如找不回來省心。寧家人都明白饑荒年被人拐去的大妹又是那樣的心性，怕是早已黃沙埋骨了，只是沒人願意提起罷了……

寧適道強掩悲傷。「當年訂下九思與雲兒的婚事本就倉促，莫說如今尋不到雲兒，便是尋回來了，雲兒的名節已損，寧某也不能將她嫁入曾家為婦。」

曾九思聞言心中暗喜，便聽恩師接著道：「九思，你將定親信物還予為師，願你日後再覓佳偶，喜結良緣。」

曾春富眼睛閃了閃，便聽兒子異常堅定地道：「恩師已將若雲許給學生，她便是學生之妻。不論如何，待她歸來，學生定依約娶她進曾家，待她如珠如寶，不離不棄！退親之事，恩師莫再提起，折煞九思了。」

寧致遠低頭心想，若是曾九思知道自己的大妹乃是個癡兒，不知還會不會如此堅持。

曾春富也是咬定了不退，寧適道再三勸阻後，只得嘆息。「若是一直尋不回雲兒，豈不是誤了九思的終身大事？不孝有三，無後為大，九思要為師害你擔上不孝的罪名嗎？」

曾九思連連搖頭，慌得不知如何是好。

曾春富終於點起正題，文謅謅地道：「世人都知咱們兩家是親家，退親之事山長莫再提起。若是實在尋不回若雲，不是還有若素嗎，若素還未訂親吧？」

聽了父親的話，曾九思緊張地握拳，寧致遠若有所思地看了曾家父子一眼，又看向自己的父親，這樣的事情並不少，但父親對素兒未來的夫婿期待極高，怕是不會贊同。

果然，寧適道臉上沒了笑。

曾春富笑呵呵地等著寧適道開口應承，曾九思卻已看出恩師動怒了，趕緊上前一步表明自己的態度。「父親，兒已與雲兒訂親，若素便是我的妹妹，此事萬萬不可。」

曾春富皺眉。「可是方才在放生池，你與寧二姑娘……」

「父親！若素失足落水，兒身為她的師兄，又是她未來的……姊夫，施以援手乃在情理之中，並無越矩之處。」曾九思義正辭嚴。

寧適道臉上這才微微有了笑意。「九思所言甚是。曾兄可去拜見過化生寺的住持了？」

曾春富聽明白了，心中失望，面上還是笑呵呵的。「還沒有。」

「懷讓大師佛法高深，字字珠璣句句雋永，寧某約了懷讓大師參論佛法，曾兄可願一同前往？」寧適道邀請道。

他一個商人懂個屁的佛法！曾春富笑呵呵地站起來。「能隨寧山長同往，曾某榮幸之至。」

待他們走後，寧致遠徑直問曾九思。「九思想娶素兒？」

曾九思耳根通紅。「致遠莫聽我父親胡言……」

「那就是不想了？」寧致遠微笑又問。

曾九思脖子也紅了，吶吶不能言。

寧致遠繼續問道：「九思覺得我的大妹雲兒不及素兒？」

寧若雲乃是寧致遠的親妹妹，他定是向著寧若雲的，想到這裡，曾九思趕忙搖頭。「九思從未見過雲兒，也從未將她二人相比，在九思心裡，雲兒是九思未過門的妻子，素兒，只是……妹妹。」

「從未見過？」寧致遠笑得意味深長，轉身走了。

那邊，寧夫人江氏與曾夫人正惺惺相惜地談著兩家退親再訂親好，還是直接對外說當初與曾九思訂親的就是二姑娘若素合適。

「夫人比我見多識廣，此事由夫人拿主意便是。」只要不讓他們娶傻妞回府，曾夫人怎麼著都樂意。

江氏溫雅地頷首。「退親再議親怕是對兩家都無益，也徒增事端。」

「夫人所言甚是。」曾夫人笑呵呵的。

江氏對曾夫人的態度極為滿意。曾家這麼巴結著想娶素兒進門，圖的無非是寧家的身分地位罷了，只要老爺的地位不降，素兒在曾家就不會受氣。

江氏想與曾家訂親，一方面是因為看著曾九思是個人物，另一方面就是看中了曾家的萬貫家財。錢財乃立命之本，寧家多年來的開銷遠比進項大，現在只不過是在人前強撐起個空架子罷了。

若是自家老爺不那麼自命清高，肯在庶務上下些功夫，她何至於過得如此拮据！江氏對此也是頗有怨念的。

曾夫人心滿意足地回到自家暫住的小院，見到怏怏不樂的大兒子，問明詳情後驚得站起來。「寧山長這是什麼意思？」

曾九思心如刀絞。「怕是恩師對若素妹妹的親事，已另有打算。」

曾夫人急得在屋內團團轉。「完了，完了！若真如此，你爹定不會同意與寧家傻妞退親，那傻妞生死不知，到底要拖到什麼時候才算個頭？你都十五了！」

曾九思也心中煩躁，乾脆回房閉門讀書。

曾夫人叫過徐嬤嬤。「放生池邊的事打聽清楚了？」

徐嬤嬤將事情講了一遍。「說來也巧，那嚇壞了寧夫人和寧家二姑娘的醜女，正是跟咱們一路來的盧安村的傻妞安雲開。」

曾夫人皺皺眉。「她醜成那樣，八斗怎麼還會想跟她一起玩？她們母女兩個都戴著圍帽，難不成她娘也一樣醜？」

徐嬤嬤笑道：「老奴一個月前親自去看過，傻妞的娘梅氏，模樣雖不算出挑，但比村裡的農婦白嫩些，還能入眼。傻妞也只是瘦了些，也稱不上醜。這一次戴了圍帽，應該是生了什麼怪病，夫人可不能放二少爺去跟傻妞玩，我聽說小磕巴丁異臉上也長了點子，這病怕是會傳的。」

曾夫人立刻警惕起來。「吩咐曾福派人看住八斗，再跟那些來燒香的村人講，咱們要在青陽多住幾日，他們若是等不及的，可先返回。」

逛累了的雲開四人回到客棧聽到這個消息時，並不覺得詫異。

曾林說道：「一起來的鄉親們想著明日一早結伴啟程回去，咱們不如也跟著回吧，路上人多才不容易出事。」

農人春忙，出來這些天地裡的草怕是已長得老高了。安其滿點頭。「一起回。」

待到曾林走了，雲開便與爹爹商量。「廟會上新奇的小玩意兒不少，咱們不如買一批回去放在雜貨鋪裡或者集日去擺攤賣，爹覺得如何？」

安其滿倒沒有想到這一點，聽女兒一提，也想出去看看。「我出去看看什麼東西好賣。」

雲開站起來。「開兒跟著爹爹一起去吧，娘在房內歇息。」

丁異不用說，自然是雲開在哪裡、他就在哪裡。

三人剛到集市上，便碰到了厲氏。厲氏抓住安其滿，急切地問道：「聽說大姊兒衝撞了寧山長的夫人和千金？」

安其滿解釋道：「是有人打落了開兒的帽子，寧家母女被嚇到，失足落了水，不過人都沒事，寧山長也當眾說了不再追究這件事。」

厲氏厭惡地看了雲開一眼。「好端端的，怎麼就成了癩蝦蟆？」

「才不是癩蝦蟆，不信我摘下帽子來給奶奶看！」雲開氣鼓鼓地回道。

厲氏趕忙往後退了一步。「別！我怕看了噁心得吃不下飯！兒啊，就算山長不追究，娘覺得你也該再上門賠個不是去，問問他家夫人和孩子好點了沒有。你嘴笨說不清楚，讓你三弟跟你一塊兒去吧。」

安其堂也兩眼期待地看著二哥，若是能與寧山長說幾句話，那才叫不虛此行！

雲開冷笑，轉了一大圈，原來厲氏在這裡等著他們呢！

安其滿不同意。「這件事雲開本來就沒錯，再說寧山長也不追究了，咱們再上門道歉實在是沒道理。」

見到三弟失望的模樣，安其滿又提道：「山長就歇在化生寺後院的寮房內，三弟不如去轉轉，或許能碰到也未可知。」

安其堂趕緊問道：「二哥，山長生得什麼模樣，穿得什麼衣裳？」

「穿了件山青色長袍，比一般人高了半頭，白臉，長眉善目，半尺長的黑色美鬚髯，一看就是讀書人，很有教書先生的架勢，三弟一看就知道。」安其滿介紹得極為詳細。

安其堂認真記住轉身就跑，厲氏急忙忙在後邊追著。

雲開抽抽嘴角，心道三叔這模樣跟現代的追星腦殘粉有得一拚，若日後她與寧家人遇上，三叔站在哪一邊還真不好說。

實在走不動的安如意可憐巴巴地看著安其滿。「二哥——」

安其滿接過安如意抱著的犯睏的姪女，塞給她幾文錢。「買點喝的頂一會兒，咱們轉一圈就回去。」

安如意在旁邊買了一碗酸梅湯灌下去，才長長吁了一口氣，問雲開。「你們在找啥？」

「隨便看看。」雲開也沒多說，只是拉著安如意跟著爹爹一路看過去，專找精緻賣得好的小玩意兒。

彩陶、糖人、魯班鎖、九連環、華容道、走馬燈、布老虎……這些攤子刷新了雲開對古代生活的認知，原來這裡的玩具也是五花八門、精緻奇巧，再有就是各種家用的小飾品、小用具，也是讓人忍不住掏錢。

他們是坐牛車遠路來的，大件自然不好帶回去。安其滿從頭到尾轉了兩趟後，最終挑了一百個魯班鎖和五十組七巧板。

因買得多，安其滿以極低的價格拿下來，將東西包好揹在肩上，便不能抱著姪女了。

雲開拍拍安雲好的小臉。「二姊兒醒醒，咱吃好吃的了。」

二姊兒安雲好立刻醒來，矇矓地四處看著。

果然是個小吃貨，雲開遞給她一個漂亮的糖人，讓安如意拉著她的手慢慢走。

扛著東西回到客棧，吃過午飯歇了一會兒，厲氏和安其堂回來了。雲開見到安其堂一臉失望，便知沒有尋到寧適道。

安其滿拍了拍三弟的肩膀。「後晌和晚上再去轉，沒準兒能碰上。」

厲氏冷哼了一聲。「你倒是會說風涼話，明明有由頭找上門去見人，偏讓你三弟沒頭蒼蠅一樣地瞎找，虧得他還叫你一聲親哥呢！」

安其堂掩住失望，勸道：「這事不怪二哥，是我今日運道不好。」

「呸呸呸！今日娘給你搶到了大殿前的金身浴佛水，你的運道好得不得了，咱後晌再去找，娘就不信碰不上！」厲氏不開心。

雲開好奇地問：「三叔如果找到了他，要做什麼？」

安其堂兩眼灼灼。「若是能請教學問最好，若是不能，便是看一眼也是好的。」

不愧是腦殘粉！

等著夥計上飯的功夫，雲開又問道：「三叔可知寧家都有什麼人，我見跟曾大少爺在一起的公子，人說是寧家大少爺，滿精神的。」

說起偶像相關的事，安其堂自是不停嘴。「寧山長有一子兩女，長子寧致遠一十六歲，今年中了秀才，此子頗有山長之風；兩女一個九歲、一個八歲，今日在化生池邊落水的便是次女，五歲能背書，七歲始作詩，長大後定是青陽乃至全國有名的才女……」

雲開耐著性子聽完，才問道：「那個九歲的長女呢？」

安其堂道：「據說寧山長的長女體弱甚少見人，乃是『養在閨中人未識』，待她長成走出深閨，定也是光華奪目、一鳴驚人！」

一鳴驚人估計難了……雲開眨眨眼睛。「養在深閨？」

「就是養在家中不出門的意思。」安其堂解釋完，便開始低頭吃麵。

雲開皺起小眉頭，原來寧家長女走失的事情並沒有傳開。

厲氏吃完麵，滿足地擦擦嘴巴。「若是我家三兒能娶寧家姑娘做媳婦就好了！」

「噗！」安其堂噴麵。

「咳咳咳！」安雲開咳嗽不止。

安其滿要給閨女摘了圍帽。「怎麼了這是？」

厲氏立刻閃開老遠。「不許摘，回妳屋咳嗽去！」

雲開也無意再待下去，咳著起身要回屋，安其滿也站起來要走，便聽娘又道：「二兒，後晌睡醒了跟娘去廟裡請串佛珠吧。」

「好。」安其滿應下。

第十章

說是請佛珠，不過也是買罷了。

一群人看著這些開過光的佛珠，不只是厲氏，梅氏也動了心。

攤主招呼道：「大娘隨便挑，我這佛珠都是請廟裡高僧開光加持的，能安神定氣、旺財納福。」

厲氏的眼睛被佛珠緊緊吸引，瞧這串順眼看那串也喜歡，恨不得都抱回去才好，戴著圍帽的梅氏也甚是心動。雲開見佛珠顏色各異，珠子數目也不一樣，便問道：「大叔，這佛珠的多少有什麼講究嗎？」

攤主侃侃而談。「佛珠按粒數分三品，上品佛珠為一百零八粒，中品五十四粒，其餘有四十二粒、二十一粒、十四粒，還有淨土宗的三十六粒、禪宗的十八粒等等。這十四顆寓意得十四種無畏功德；十八顆俗稱「十八子」，指六根、六塵、六識；二十一顆指十地、十波羅蜜、佛果；二十七顆……上品的一百零八粒乃求證百八三昧，斷除一百零八種煩惱之意，是最好的。」

雲開算是開了眼，不用問也知道佛珠粒數越多價錢也就越貴了，不過她還是問道：「您覺得，我奶奶和我娘戴多少粒的合適？先跟您說，太貴了咱們可買不起。」

經商多年的攤主早練就了火眼金睛，婆婆兒媳分得清清楚楚的。「這位大娘與佛有緣，當然是一百零八粒最好；這位大嫂的話，三十六粒便好，此乃三分一百零八，蘊含以小見大的義理，寓意是一樣的。」

厲氏滿意地點頭，伸手就抓起一串淡黃色帶紅紋的。「我要這串！」

安其滿也輕輕捏了捏媳婦兒的手，示意她選一串。梅氏卻拿起一串十八粒暗黑色的，這串是她看著就舒服。厲氏見兒媳婦選了更少的黑不溜丟的一串，心裡舒坦得不行，對她也請佛珠的怨念壓下去許多。

攤主眉開眼笑。「二位好眼光。大娘這串四百文，大嫂這串八百文。」

厲氏瞪起眼睛。「她那串才幾個珠子，憑啥這麼貴？」

「珠子材質不同、價錢自然不一樣。您這串是黃花松木的，大嫂那串是沉香木的，沉香木難得，佛珠自然就貴了。」攤販樂呵呵的。「不瞞這位大嫂，您可就這一溜二十多家賣佛珠的攤子去挑，沉香木佛珠只咱這裡有。我這次廟會也就帶過來十串，九串已賣了出去，這是最後一串了。」

厲氏死死瞪著梅氏。「敗家玩意兒，還不快放下！」

梅氏趕緊放下，安其滿卻又拿了起來，對雲開道：「帶著妳奶奶和妳娘旁邊轉轉，爹跟這位大哥談談價錢，多買幾串回去。」

厲氏生怕安其滿不給她買。「兒啊，娘就要那串佛珠，別的都不要了。」

安其滿點頭。「娘放心。」

雲開一手拉著丁異，一手拉著娘親到旁邊攤子去轉。厲氏慢慢跟過去，不住地回頭看安其滿，生怕他給自己換一串便宜的。

旁邊攤子是寶珠，在太陽的照耀下光華奪目，雖然買不起，過過眼癮也好。

丁異見雲開盯著一串三色的佛珠看，走過去指著問：「多少，錢？」

攤主見問價的是個穿布衣半臉疙瘩的孩子，不耐煩地道：「五十貫！」

丁異低下頭，他的錢不夠。攤主冷哼一聲，不再搭理丁異。

雲開低聲道：「我不喜歡佛珠，不過是看這串珠子顏色跟其他的不一樣，才多看了幾眼。你有喜歡的嗎？」

丁異失落地搖頭。

「有勞大叔，這串佛珠怎麼賣？」另一邊有人溫和有禮地問道。

雲開手一緊，轉頭見寧致遠站在攤子另一側，修長白皙的手指拿起丁異方才指著的那串珠子。

攤主臉上立刻笑開了花。「寧少爺能看上小攤的東西是小人的榮幸，您儘管拿去！」

寧致遠搖頭。「您如此說，致遠惶恐，不敢買了。」

攤主笑得春光燦爛。「少爺好眼光，這串是佛家七寶中的珊瑚、硨磲、瑪瑙三寶製成的，小人請高僧開光加持，在佛前供奉了七七四十九天才取回來的，品質是一等一的好。

不像其他這珠子，都是用玉石的邊角料雕成，您若誠心買，便給小人個本錢——二十貫吧。」

丁異抿抿嘴，雲開也皺眉，寧家的面子竟然這麼值錢？

寧致遠示意身邊的書僮。「取二十五貫交予大叔。」

「這可使不得。」攤主連連擺手。

寧致遠笑道：「大叔辛苦，這是您該得的。若是您覺得多了，不妨日後見有人落難時便施以援手，與人結個善緣吧。」

「您真是太心善了。」攤主笑著收起沈甸甸的銀子。「聽說寧夫人和二姑娘落水了，她們還好吧？」

寧致遠微笑。「母親和妹妹安好，致遠便是來為她們請佛珠安神的。」

「您真是孝順。」攤主恭維地笑著。

雖然從頭到尾寧致遠都沒有看自己一眼，雲開卻知道他已意識到了她的存在，知道讓他母親和妹妹落水的人就在此處，甚至可能是故意買自己買不起的佛珠。這心眼也真是，雲開心中冷笑。

見到寧致遠，厲氏跑過去拉住安其滿。「兒啊，快去找你三弟，寧家大少爺來買佛珠了，快叫他過來！」

安其滿苦笑。「咱們連三弟去了哪裡都不知道，去哪兒找？」

「滿廟找，你們快去！娘就在這兒看著寧少爺！」厲氏瞪了眼。「快去！」

安其滿還未與攤主談妥價錢，只得請他先把兩串佛珠幫自己收起來，又遞過去一串錢。

「大哥先收著這定錢，我去去就回。您再琢磨琢磨我剛才說的價錢，若是可以，我再拿十串！」

攤主滿臉笑著將佛珠收妥。「好說，兄弟先去找人。」

安其滿帶著梅氏和兩個孩子四處去找安其堂，而只買了一串佛珠的寧致遠，轉了一圈沒找到其他中意的佛珠，便被人請到安其滿訂下佛珠的攤子前。

攤主見寧致遠過來，一臉褶子擠成了花。「咱這裡的佛珠都是精心雕琢開光的，寧少爺打算選串什麼樣的？」

寧致遠斯文帶笑。「聽人講您這裡有沉香木珠？」

「有的有的！」攤主立刻將最後一串沉香木佛珠拿出來，雙手遞給寧致遠。「這沉香質地也只一般，您給瞧瞧？」

寧致遠接過珠子掂了掂，又送到鼻下輕輕聞了聞。「正如您所言。」

「若是上等的木頭也落不到小人手上。」攤主恭維地笑。

寧致遠微笑。「雖不是上等，但也戴得。您這佛珠開價幾何？」

攤主立刻道：「八百文。」

「價錢也算實在。」母親點名想要沉香木串，能碰到也算是有些氣運，這串先買下，改日見了好的再送予母親便是，寧致遠示意身邊的下人給錢。

攤主犯難了。「少爺稍等，我家裡還有一串比這好的，天黑前小人讓人取過來送到您的府上去吧。」

「何須煩勞，這串便可。」寧致遠溫和笑著。

攤主十分猶豫啊。「少爺，這串小人已賣了，人家連定錢也交了。再賣於您，小人怕是難與買主交代。您看？」

寧致遠聞言，立刻將佛珠還給攤主。「既然如此，小生……」

「不用不用，這串送給寧少爺，我們不買了！」厲氏立刻跑了過來。

攤主兩眼閃亮地看著厲氏。「大娘作得了主？」

「作得……」

「不行！」雲開走過來了。「這佛珠是我爹買給我娘的，誰也不給！」

寧致遠見又是這個丫頭，心中微煩。「既然如此……」

「我說行就行！妳個死丫頭瞎咧咧什麼，滾一邊去！」厲氏瞪三角眼罵完雲開，又轉頭對寧致遠笑如菊花。「少爺儘管拿去，算是咱們兩家結個善緣。」

寧致遠本不想買了，可看惡意將母親和妹妹嚇落池中，讓她們當著青陽老少丟了寧家臉面的小丫頭母女如此中意這串佛珠時，便不想讓她們如意。「老夫人既然如此講……」

「大叔不是說買佛珠看的是眼緣嗎？我娘第一眼就看上了這串佛珠，又已交了定金，這佛珠就是我娘的。您是做買賣的，凡事都有個先來後到，您說這佛珠該給誰？」雲開打斷寧致遠，堵著一口氣不肯將佛珠讓與他。

攤主囁嚅道：「可妳奶奶……」

「我娘買東西用的又不是我奶奶的錢，自然是要我娘自己說了才算！」雲開寸步不讓。丁異直接伸手將寧致遠手上的佛珠搶過去，緊緊握在手中。

眾人見了無不搖頭，寧少爺看上的東西這些人居然還敢爭奪，便是不識抬舉了。厲氏氣得跳腳。「你們混帳，混帳，混帳！」

「無妨，老夫人莫氣，小生再尋便是。」寧致遠本就不願自降身分與村婦小丫頭爭論，見他們糾纏不清，抽身欲走。

不想厲氏卻一把抓住他的衣衫。「寧少爺莫走！大姊兒把佛珠交出來，否則老婆子抽爛妳的臉皮！」

雲開就笑了。「浴佛節不殺生不食葷，奶奶要抽儘管來啊，最好抽出血來，看佛祖怪罪誰！」

見雲開如此刁蠻，寧致遠只覺得這小丫頭不只面目可憎，心也可憎，立刻轉身走了，厲氏氣得哆嗦，轉身就去廟裡找老二給她作主。

雲開和丁異是被爹爹派回來照應著厲氏的，見她一走，兩個人忙要跟上。攤主沈著臉拉住丁異的胳膊。「給錢！」

丁異二話不說從懷裡掏出一把碎銀子放在攤子上。「夠，不夠？」

攤主立刻帶了笑。「夠了，夠了！」

雲開掃了一眼。「七角銀，加上我爹剛才給的定錢，我倆先帶走這一串佛珠，等我爹回來多退少補。」

攤主苦了臉，雲開和丁異急匆匆進了內殿，哪知因為人多、厲氏又腿腳快，一會兒的功夫人便不見了，雲開和丁異個頭矮，踮著腳也見不到人影。兩人到處尋，來到了人少僻靜處，雲開急匆匆地在拐角處一頭撞在寧適道身上，帽子也被撞掉了。

寧適道看清雲開浮腫帶紅疙瘩的臉時，胃中一陣翻滾。雲開看也不看他，撿起圍帽扣上就走。

寧適道溫和挽回道：「小姑娘因何如此匆忙？」

「找我奶奶！」雲開回了一句，腳步不停地走。

寧適道卻又關懷地提示道：「此處已是廟宇深處，一般人難以入內，小姑娘不如去前殿看看。」

雲開邊走邊胡亂點頭。「多謝！丁異，咱們走。」

丁異卻站在原地，抬頭盯著寧適道。

若論長相，這個還算順眼一些，寧適道倒背著手彎腰笑問：「這位小兄弟有話要與寧某講？」

雲開回頭看過來，便聽丁異一個字一個字地問道：「你、你的，大，女，兒呢？」

寧適道臉上的笑便是一僵，直起身道：「小兄弟唐突了。」

「丟，了？」丁異又接著問：「找、找過，沒？」

雲開握緊小拳頭，這都是她最關心的問題，沒想到被丁異這樣直白地問到寧適道面前。

「寧某的大女兒就在府中，只因身體不適未來進香罷了。」寧適道面容閒適，以長者之姿，原諒了丁異的魯莽唐突。「小兄弟道聽塗說之事，不可信也。」

丁異點頭。「沒，丟？」

「沒有。」寧適道異常肯定地回答。

都這樣了，實在沒必要再問下去。雲開喚丁異。「咱走吧，寧山長家的事咱們幫不上忙的，咱們找奶奶去。」

心事重重的寧適道也不知這兩個孩子在哪裡聽聞了自己的長女之事，不過現在這些不緊要，緊要的是寧家的名聲！寧適道看著兩個孩子跑遠了，繼續慢慢踱步，想著怎麼才能把妻女當眾出醜這件事，找個光明正大的理由掩蓋過去。

丁異追上雲開時，聽她輕聲道：「謝謝你。」

丁異只想著安慰她。「有爹，娘，不、不一定，好。」

他的爹娘不就待他不好嗎？沒爹娘也不見得是壞事，雲開還有安二叔二嬸，還有他呢。不過這麼多話要丁異講出來頗為艱難。

雲開用力點頭。「嗯，我不會再找他們了。」

丁異笑了。

兩人轉了幾圈也不見厲氏，更沒碰到爹娘，雲開坐在松樹下的青石上歇息，丁異坐在雲開身邊，用腳踢著腳下落了一層的松針，發現松針下有個硬硬的東西，便彎腰從濕潤的泥土裡摳出來擦乾淨，遞給雲開玩。雲開接過去，對著太陽看了看，這石頭晶瑩剔透的，中間還有塊黑影，便笑道：「你看這裡邊像不像盤腿坐著一個和尚？」

丁異也望過去。「像。」

「收起來吧，我拿著怕丟了，待會兒找人問問這是什麼石頭，看著挺好看的。」雲開把石頭還給丁異，這小傢伙手緊，什麼東西交給他都不用擔心丟了。

丁異剛要把石頭裝進袋子裡，寧適道卻快步走過來。「你手中的石頭可否讓寧某一觀？」丁異不喜歡他，把石頭收好，繼續在地上找。

寧適道又問雲開。「小姑娘，可否讓這位小兄弟拿出石頭，讓在下一觀？在下看那塊石頭眼熟，似乎在哪裡見過。」

雲開笑了。「我倆在樹下撿塊石頭也是有主之物，不會正巧是山長您的吧？」

「非也！」寧適道搖頭。「你們莫緊張，就算石頭是有主之物，你二人撿了便是你們的，只是可否……」

「不！」丁異直接拒絕，他善察言觀色，覺得石頭被寧適道拿走就再也要不回來了。

寧適道正焦急著，轉頭見化生寺的住持懷讓正從遠處的僧房走出來，便高聲喚道：「懷讓大師，請移步。」

懷讓走過來雙手合十。「寧施主，兩位小施主。」

「大師，這位小兄弟方才在樹下撿了一塊白色玉石，寧某遠遠見了，似乎是靜疏大師遺失的那塊。」寧適道怕丁異拿著石頭跑了，趕緊說道。

懷讓眉頭微動，不急不緩地雙手合十道：「小施主，石頭可否讓貧僧一觀？」

丁異看雲開，雲開點頭，他才拿出來捧在手裡給懷讓看，還仔細不讓這和尚搶了。

懷讓微微點頭。「果然是師父那塊，尋了那麼久，不想卻在此處，阿彌陀佛。」

寧適道一臉悲憫地勸說道：「小兄弟有所不知，這塊石頭乃是住持大師的師父靜疏大師之物，靜疏大師坐化後此石被人偷走，不想竟被小兄弟尋到。此乃佛家七寶的瑪瑙石，對小兄弟而言不過是塊石頭，但對大師而言……」

「阿彌陀佛。此物被這位小施主尋到，便是與他有緣。」懷讓大師看著丁異，微微帶笑。「此石跟了我師父幾十年，多少也有了些佛性，小施主可將它戴在身上驅邪避凶，莫隨意丟棄或輕易交與他人，更不要在人前賣弄，以免惹來禍端。」

丁異瞟了寧適道一眼，寧適道有些汗顏。「小兄弟莫多想，寧某乃是君子，絕不奪人之好。」

雲開心中冷笑，他是沒奪，話裡話外的意思卻是她和丁異奪了別人的東西！

「貧僧還有事，不打擾諸位施主歇息。」懷讓行禮便要告退。

丁異拉了拉雲開，雲開明白他的意思，這塊石頭一聽就是寶物，這麼多人見過，他們戴在身上也是個禍害。「聽你的，都好。」

丁異把瑪瑙石遞給懷讓，寧適道讚道：「孺子可教也！」

懷讓卻搖頭。「施主切莫如此，貧僧並無討回之意。」

丁異卻不收手，雲開替他說道：「大師，它對我倆來說，不過是塊好看的石頭，但對您卻不一樣。」

丁異直接把石頭塞進懷讓掌中，懷讓看出他們的真誠，便將瑪瑙石緊緊扣在掌心，雙手合十。「阿彌陀佛，貧僧多謝施主贈玉之情。」

寧適道也道：「恭喜大師尋回佛門至寶，幸甚。」

懷讓用的是「贈」而不是「還」，論境界論胸懷，住持比寧適道高多了。雲開不想跟寧適道待在一處。「大師，我們還要去尋人，就此告辭。」

「兩位小施主且慢。」懷讓抬手摘下身上的掛珠，雙手遞給丁異。「這串菩提珠請小施主收下，願佛祖保佑施主。」

寧適道驚呆了，丁異托著沈甸甸的佛珠，不知該不該收。

懷讓又從衣袖裡取出一小串佛珠遞給雲開。「此珠送予小施主，願佛珠保佑得償所願。」

寧適道嘴巴微微張開。

珠子晶瑩剔透入手微涼，這是上好的翡翠，雲開立刻道：「大師，使不得。」

丁異聞言也把掛珠遞回去。

「阿彌陀佛，這些都不及師父的瑪瑙經石珍貴，二位小施主切莫推辭。」懷讓微笑。「二位施主在尋何人？」

雲開見此，便把佛珠收起來，丁異也把長長的掛珠塞進隨身的小袋子裡拎著，寧適道見他待住持的掛珠如此隨意，臉都變了幾變。

「不敢煩勞大師，我奶奶想必已經在廟前等我們了，大師告辭。」雲開說完，帶著丁異走了。

懷讓點頭謝過寧適道，寧適道趕忙道：「寧某有一事想請大師幫忙。」

懷讓雙手合十。「方才若非寧施主，貧僧怕也難如此快地尋回經石，施主請講。」

寧適道左右看看，才傾身低聲道：「賤內和小女落水之事，惹起眾多口舌，是以寧某想請大師幫忙，全了寧家的臉面。」

懷讓靜靜聽著，並不搭話。

寧適道只得接著道：「今日是浴佛節，若大師能將浴佛水倒入放生池中，讓信眾都入池沐浴，定能得佛祖庇佑吧？」

懷讓搖頭。「出家人不打誑語。」

寧適道急切道：「可大師方才還說寧某於大師有尋石之情。」

懷讓不為所動。「寧施主所求之事，有違我佛慈悲濟世之心，恕貧僧無能為力，阿彌陀佛——」

不過是說句話罷了，再說入放生池也不一定毫無益處，大師卻說得如此嚴重，寧適道頗為不解，也有些不悅。

懷讓見此，便直言道：「此時池水猶寒，廟中信眾不乏老弱婦孺，若他們都入放生池沐浴，豈能不染風寒？這些人中半數家在幾十里外，若是染病，如何醫治？何人侍疾？」

寧適道被問得一陣心虛，拱手道歉。「寧某急火迷心，還請大師原諒則個。」

懷讓雙手合十轉身而去，留下寧適道繼續苦惱。

雲開和丁異跑到廟前擺攤處，果然見厲氏已經回來了，正坐在攤前喝大碗茶，安其堂站在旁邊，爹娘卻不在。雲開趕忙問道：「三叔可見到我爹娘了？」

安其堂見到雲開和丁異，也是鬆了一口氣。「二哥二嫂去廟裡尋你們倆，你們切莫再亂跑，安心在此處等他們回來。」

雲開鼓腮，哪是他們亂跑，是厲氏亂跑好不好。「三叔可尋到寧山長了？」

安其堂失望地搖頭。「哪是那麼容易的事。」

有什麼難的，她進廟轉了一圈就遇到寧適道兩次！

「大姊兒方才也是不知事，就算寧夫人落水並非妳之過，但也與妳有關。寧少爺出來尋佛珠安母心，妳為何還要橫生阻攔？不過是串佛珠罷了，咱們買哪串不一樣？」安其堂聽母親提到此事，不禁嘆息一聲。

就是串佛珠，他們為啥偏要來搶自己的！

但雲開當然不能當著腦殘粉說寧家父子的不是，只笑嘻嘻道：「雲開知道了，下次一定改，三叔莫氣。」

安其堂苦笑，哪裡還有下次，他們此去，此生也不曉得還有沒有機會得遇山長。

安其滿和梅氏回來，見雲開和丁異平安無事，懸著的心才算放下。安其滿也已疲乏，到攤前買下早就看好的佛珠，便帶著一家老少返回客棧。

安二姊兒，還在夢中。

雲開將廟裡發生的事情講了一遍，又取出翡翠佛珠遞給娘親。「這佛珠娘戴著吧。」

丁異也掏出長長的掛珠，放在桌上。

梅氏嚇得不輕。「這可是住持的佛珠啊！」

「我聽過靜疏大師的名號，他是化生寺有名的高僧。」安其滿在外邊跑過幾年，知道的事情自然比家裡人多一些。「靜疏大師隨身帶了多年的石頭，一定不是凡物，住持大師取走石頭，送你們倆佛珠，也算合情合理。

「住持給了你們倆便收著就是。」說完，他把雲開的佛珠遞給媳婦兒。「妳丟三落四的，這佛珠讓妳娘幫妳收著，回家再給妳。丁異這串你自己收起來，回去交給你師父或你娘都好。」

丁異想到娘親，把長長的珠子小心收了起來。

「其滿在不？」門外有人喚道。

安其滿打開門，見曾林抱著外衣站在門口。「有人說在放生池沐浴，以後就能無病無災活到百歲，你們去不去？店裡好些客人都去了。」

雲開覺得此事蹊蹺，立刻問道：「曾伯聽誰說的？」

「大夥兒都這麼說。」曾林急匆匆道：「咱一起走吧，他們說寺廟的高僧還倒了浴佛水進去，再不去，天晚了水更涼了。」

隔壁的厲氏聽了趕忙跑出來。「去，當然去，這就走！」

去個毛！雲開勸道：「奶奶已喝過殿前浴佛水，得了佛祖保佑，不用再泡放生池了吧。」

「這可不一樣啊！」曾林解釋道：「喝浴佛水管內，泡放生池管外，聽說寧山長家的夫人和孩子泡了第一波放生池水，沾的福氣最多呢。」

雲開真想翻個大白眼，這下不用想也知道這謊話是從哪兒傳出來的！

「這麼冷的天，若著涼了怎麼辦？」安其滿自然不想娘去。

「怎麼會著涼，快走！」厲氏回屋抱了衣裳鞋子就跟著曾林母子往外走，安如意顯然也有同樣的想法，被她抱著的安二姊兒純粹是睡多了想出去玩。

安其堂略帶羞赧地笑著。「寧夫人和姑娘泡過的池水，怎麼也是有福氣的，娘泡泡腳也是好。」

雲開暗道，腦殘粉！骨灰級腦殘粉！

安其滿乾脆不管了，雲開拉著爹爹回到房裡。「爹覺不覺得這事有蹊蹺？」

「有啥蹊蹺？浴佛水要捐香火錢才能喝，難不成這放生池也得交錢才能洗？」安其滿不解。「這就有點過了吧。」

寧適道精心營造出來的光輝形象短時間內難以撼動，雲開不再多說，四人在屋裡吃過晚飯，又到外邊的夜市遊逛，走沒多遠就見一批人抱著衣裳走過來，嘴裡嘟嘟囔囔的。

安其滿看到了曾林母子，過去問怎麼回事。

「廟裡的和尚攔著不讓洗，說洗了也沒用。」曾林鬱悶著。

曾林的娘埋怨道：「說什麼沒用，還不是怕大夥兒都去泡放生池，沒人再買浴佛水，他們賺不到香火錢！」

安其滿又問：「曾林哥看到我娘他們沒有？」

「還在水邊沒回來，想等僧人走了再去泡。」

……大半夜的泡冷水不是找病嗎？安其滿嘆口氣。

雲開問道：「曾伯，那有人泡了水嗎？」

「有好些個呢，起初就兩個僧人攔著，哪裡攔得住，後來廟裡又出來一大群和尚，一個挨一個站在放生池邊攔著，入水的人才少了。」

雲開又問：「都是男人嗎？」

「也有女的，有錢人專圍了一塊布在裡邊洗，沒錢的就在外邊讓家人擋著洗洗臉和手腳。」曾林很是失望。「我和娘只洗了臉和手，腳還沒來得及洗。」

雲開無語，為了沾沾福氣也是夠拚了！

待他們走後，雲開四人坐在路邊歇息，安其滿琢磨著。「廟裡的僧人說沒有用，那是誰說有用的？」

丁異直接道：「寧，家！」

這話將安其滿和梅氏嚇了一跳。「這話可不能亂說。」

雲開笑道：「爹想想，寧家母女掉進水裡失了顏面，這面子要怎麼找回來？這難道不是個好主意？」

本來是失足落水，後來變成入水祈福，事情就完全不一樣了，更何況後來那麼多人洗了，這對母女更不顯眼了。再被人說起來，她們就成了第一個入池沾福氣的，這不是醜事而是好事。

安其滿還是不願相信。「可寧山長應該不會……」

「若是我和娘落水讓人笑話，爹會怎麼樣？」雲開問道。

梅氏又趕忙拉住雲開。「別亂說話！」

安其滿想了想。「帶著妳們離開，回去就沒人知道了。」

「咱們可以一走了之，但寧家走不了，他們的家就在這裡。」雲開笑道：「不過這些跟咱沒啥關係，咱明天就要走了！」

他們身旁的攤子正好坐著一桌兩個人，聽完雲開的話，黑衣的短鬚男子對對面的青衣少年笑道：「看到沒，也有不傻的。」

少年轉頭去看那個看得挺明白的小姑娘，卻見她大晚上還戴了個圍帽，便想到嚇得寧家母女落水的也是個戴圍帽的小姑娘，難道就是她？

丁異察覺到那人的視線，不高興地瞪回去。

少年被發現了也不惱，拱手上前打招呼。「在下白雨澤，小兄弟如何稱呼？」

丁異自然不會開口，安其滿趕忙道：「在下姓安，家裡孩子不愛說話，讓白少爺見笑了。」

「貴人言慢，智者語寡，安小兄弟當屬智者，有福氣。」名叫白雨澤的少年聲音很是好聽。

言慢和語寡這兩樣丁異算是占齊了，雲開笑彎了眼睛，心道這白雨澤真是會說話，而且不光會說話，長得也很順眼呢，眉眼清秀鼻直口方、目光坦蕩，一看就讓人覺得舒坦。

白雨澤跟安其滿攀談起來，從廟會聊到天災，從天災聊到人禍，又從人禍聊到如今的大好年景，兩人越聊越開心，便是怕生訥言的梅氏也忍不住插幾句。

一家人起身又去閒逛後，白雨澤回到自己那桌，苦笑著喝了口茶。「看著是個樸實的莊稼漢子，沒想到心眼一點也不少。」

他聊了半天，除了對方來自南山鎮、姓安外，竟沒得到一點有用的消息。

黑衣短鬚的同伴呵呵地笑。「看人不能光看外表，要是這麼簡單，你爹幹麼還要你出來歷練？」

白雨澤站起來。「咱們也去放生池瞧瞧。」

「我可沒看人洗澡的癖好。」嘴裡這麼說著，但男子也同樣起身，晃悠悠地跟著白雨澤走了。

雲開四人回到客棧中，發現厲氏四人還沒回來，安其滿不放心地找了去。

梅氏點了油燈，看著雲開和丁異玩桌上的小玩具，又想起方才那個十五、六的少年，有感而發。「方才那個白少爺能說會道又面善，開兒以後若能找個這樣的夫婿，娘就放心了。」

丁異的小手停了，就聽雲開說道：「那樣是挺好，不過女兒還小，娘想早了。」

梅氏笑道：「是有些早，娘要多留妳幾年，咱們十四訂親，過了十六再嫁人。妳要知道，在家是孩子，嫁過去就是媳婦，上邊有婆婆管著，哪有在娘家過得舒心。」

梅氏今天心情極好，說完又問丁異。「丁異長大了想娶個什麼樣的姑娘當媳婦兒？」

雲開以為丁異不會回答，沒想到他卻抬起頭，異常認真地道：「雲開，這、這樣的。」

雲開愣了，梅氏卻笑得東倒西歪。

「行，嗎？」丁異又問道。

梅氏笑道：「嫁漢嫁漢，穿衣吃飯，你若沒有百畝良田和兩進的大院，是娶不到我家雲開這麼好的姑娘的。」

丁異點頭。「以、以後，會有。」

雲開看著他執著的小眼神，忽然覺得不妙，該不會這死小子真的想娶自己吧？

「你才幾歲就想娶媳婦了？等長得比我高一個頭了再說吧！」雲開一巴掌扣在他的小腦袋上，惹得梅氏又笑了起來。

安其滿還沒回來，梅氏也不敢讓丁異獨自去睡大通鋪，便在這屋的地上鋪了被褥，讓他在這屋裡睡。

隔日，雲開睡醒了，揉著眼睛起身問道：「奶奶她們回來沒有？」

「回，來了。」丁異笑咪咪的，看著雲開就心情很好。

今天要趕回去，他們準點到廟口與老許的牛車會合。雲開見厲氏容光煥發，安如意卻呵欠連天的，小聲問娘親。「奶奶她們什麼時候回來的，泡到水了沒有？」

梅氏低聲道：「天快亮的時候才回來，妳奶奶和小姑都泡了。」

怪不得！雲開不得不感嘆信仰的偉大。

在一列牛車中尋到老許的車剛爬上去，丁異的爹丁二成就找過來罵道：「你這死小子，還記得誰是你親爹不？走，跟老子一起回去！」

丁異轉身就跑，一溜煙就不見了蹤影，丁二成罵罵咧咧地追上去，不過他這被酒色掏空的身體哪追得上快如猴兒的丁異，跟丟了後丁二成又踅回來在原地堵著，不陰不陽地損著安其滿，說他要搶丁異當上門女婿，圖神醫的好東西。

厲氏罵道：「帶這個小畜生來幹什麼！不光不落好，還給自己添膩歪，沒事找事！」

「娘，丁異的錢都是他自己出的，不是兒帶他來的。」安其滿解釋道。

丁二成一聽兒子居然有錢，更不肯走了。

梅氏擔憂著。「這就要走了，咱們去找找吧？」

雲開小聲道：「不用找，丁異會在路上等著的。他記路很厲害，沒人抓得住他。」

牛車點齊了人頭就上路了，沒堵到丁異的丁二成罵咧咧地跟著牛車走。

丁牛車走出三、四里，還是不見丁異的影子，丁二成才不甘心地返回去，壓根兒沒想過丁異會不會出事。

他走了沒一會兒，丁異就活猴一樣地躥到車上，前後幾輛車的人都盯著他看，指指點點的。梅氏心疼孩子，遞了一塊帕子過去，丁異胡亂擦了擦，便把頭深深埋在胸前。雲開接過帕子，給他擦著脖子上滿滿的汗珠子。「就知道你會追上來的。」

丁異抬頭看到雲開的笑臉，一顆心才落了地，勾起嘴角也笑了。

丁二成回到寺裡，徐嬤嬤立刻問道：「人呢？」

丁二成嘿嘿笑了兩聲。「讓他跑了……不過嬤嬤放心，小人早晚將他逮住送到夫人面前。」

徐嬤嬤厭惡道：「可不是夫人讓你逮人的，夫人不過是讓你叫他過來問幾句話罷了。若是孩子丟了找不回來，我看你怎麼跟神醫交代！」

丁二成齜牙笑。「帶我兒出來的是安家，我兒沒回去，小人饒不了他們，就是官司打到縣老爺那裡，他們也得還我兒子！」

徐嬤嬤懶得與這渾人理論，轉身回了院內。

曾夫人正翹著手指欣賞自己剛塗染了金鳳花的鮮紅指甲，見徐嬤嬤獨自回來，漫不經心問道：「人沒尋來？」

「是，丁異跑了。」

「哼！我就知道他不能成事！」曾夫人望著銅鏡中的身影，問道：「也不知寧家打聽安家的傻妞和小磕巴要做什麼？」

徐嬤嬤的眼珠子轉了幾轉。「或許是因為寧夫人和二姑娘在傻妞手上吃了虧，打算找補回來？」

「那也該是寧夫人詢問而非寧山長。再者，害她們落水的是傻妞，干那小磕巴何事？這裡邊定有內情，嬤嬤，再派人使些銀子，尋寧家的丫鬟小廝探聽探聽。」曾夫人吩咐道。

待徐嬤嬤走了，曾夫人又問正在為她梳頭的來喜。「放生池那邊如何了？」

「回夫人，僧人還在輪流把守著，不過想泡池子的信眾越來越多。」來喜笑道：「阿來說想泡池子的除了貧苦人家，還有不少富戶。」

「三人成虎，說的人多了，假的也成了真的。」曾夫人冷笑。「寧夫人真是好手段！寧山長打算把寧若素配給哪家，可打聽清楚了？」

來喜不敢抬頭。「寧家那邊一點風聲也沒有，寧二姑娘除了她外祖家，很少出門與其他人家的姑娘來往。」

曾夫人眼神轉厲，寧夫人的娘家江氏一族也是書香門第，家中更有數人出仕，難不成寧適道看上了寧若素哪個成器的表哥，打算親上加親？

「遞帖子給江家二夫人，說我明日過府拜訪。」曾夫人抬手插上一支玉簪，眼角盡是算計。

且不說他們這裡如何算計，雲開他們已經晃悠悠地上了大路。

頭頂的太陽依舊火辣，不過這次大夥兒都有了準備，打起雨傘遮陽。

老許腦子活泛，在牛車的車幫上豎起幾根木棍用來固定傘柄，不用人手撐傘。是以回去的時候，一車人覺得比來的時候舒適許多。不過最舒適的，當數厲氏。

她此時正躺在牛車正中呼呼大睡，還打起了響亮的呼嚕，安如意和二姊兒安雲好也抱在一起打著瞌睡。

曾林的娘笑道：「妳娘這一趟來的值，喝了浴佛水、求了佛珠，還泡了放生池，現在可算能睡個安穩覺了。」

梅氏微笑。「娘身子骨健朗，就是我們的福氣。」

但不知怎的，身子健朗的厲氏半夜鬧起了肚子，一趟趟地跑茅房，第二天早上，厲氏臉色蠟黃，甚是嚇人。

雲開想這樣下去也不是辦法，拉著丁異商量了一陣兒，兩小傢伙跑去路邊的樹林裡轉悠了一圈，找了幾株草出來。

「這是？」安其堂看著草根草葉問道。

「丁異跟著他師父認了草藥，說這些都是治腹瀉的，煮了吃就管用。」雲開直接問安其堂。「三叔，你說呢？」

一籌莫展的安其堂也不敢草率決定，只得看著二哥，安其滿又問丁異。「你確定這些都是治肚子的，沒認錯？」

丁異點頭。「是。」

安其滿道：「那給娘熬些吃了吧。」

梅氏熬了草藥，讓厲氏喝了，一家人跟大夥兒重新上了牛車，繼續往回趕。不知是厲氏將肚子裡的東西拉空了沒得可拉，還是草藥真起了效果，上車後就躺在車中間昏昏睡了，安家人終於鬆了一口氣。

這次不好再分開車坐，安家七人坐在一輛牛車上，輪流照看厲氏，多出來的一個便是丁異。不過此時沒人覺得丁異多餘，雖然他是個很少說話還磕巴的孩子，但他是神醫弟子，他摘的草藥果真止了腹瀉，讓人刮目相看。

「不行，停車！」厲氏忽然坐起來，捂著肚子就往下跑。車夫趕忙停住，安如意和梅氏扶著她急匆匆進了樹林，好半天才出來。

明眼人一看就發現厲氏已換了一條褲子，原因就不用說了，三人上車繼續走，老許的牛車這時已從排頭到了中間，厲氏知道自己丟了人，臉更難看了。

「那藥沒用！我更難受了，狗屁的神醫弟子！」她把責任推到草藥上。

雲開鼓起腮幫子。「若非奶奶吃了藥，怕是得忙到上不了車吧，怎麼會隔了兩個時辰才起來？」

厲氏哼了哼，沒有力氣吵架，梅氏拉住女兒的手，示意她這個時候莫再惹奶奶生氣。

中午歇息時，梅氏又熬了一次草藥，厲氏雖嚷嚷著沒用，但還是全喝了下去。後晌坐車又拉了一次，老許的牛車從中間再到吊車尾，總算在天黑前回到盧安村家中。

安其金和楊氏一看被扶著走下來的厲氏都脫了形，又是一陣大呼小叫。

「都給我閉嘴，閉嘴，閉嘴……」厲氏有氣無力地罵著。

安頓好厲氏後，安其滿三人回了家。因為天晚了，丁異也歇在雲開家中。

隔天一早，丁異到自家門口站了好一會兒，才鼓起勇氣推門走進去。

娘親依舊坐在門前織布，聽到門響也只是轉頭看了看，又淡漠地低頭織布。丁異的心裡說不上啥滋味，站在門邊低聲道：「娘——」

朵氏一點反應都沒有。

「我、我去，化、化化……」已經沒那麼嚴重磕巴的丁異，又磕巴得厲害了。朵氏厭惡地皺眉，丁異的心跟著就一抽，沮喪地低下頭。「化生寺的佛、佛珠。」

說完，他拿出懷讓大師給他的掛珠，放在堂屋的舊八仙桌上。朵氏淡淡地掃了一眼，又看了兩眼，她一眼就能看出這掛珠是好東西，木珠且不說是什麼材質，上邊間隔的每一顆石頭都是上品的玉石！

丁異見娘親終於有了些反應，瞬間激動了。「住、住持，給、給的。」

朵氏微微點了頭，丁異就喜得不可自抑，咧嘴笑著叫道：「娘。」

這聲音裡，有依戀，有思念，有哀求，朵氏抬頭看過來，看見他的模樣卻又皺起眉頭，恢復成原本的模樣。

丁異剛燃起的小火苗，就被娘親皺起的眉毛壓滅了，他低著頭在門邊坐下，聽著織布機有節奏的唧唧呀呀聲，不知過了多久，終於靠在門邊睡著了。

朵氏織完一疋布才停下，從織布機上把布取下來，怔怔地看著蜷縮在門邊熟睡的丁異。

最終，朵氏恢復固有的冷漠，放好白布，起身拿起掛珠回屋了。

安其滿回老宅看了老娘出來，見丁異慌慌張張地從他家裡跑出來。

安其滿見丁異這樣，就知道他大老遠地回來進家門又沒得了好臉色，不禁有些心疼又有些氣憤，丁家夫妻倆就是有福不知福，若他有這麼懂事又有本事的兒子，怎麼也捨不得讓孩子遭這個罪！

丁異慌慌張張地抓住安其滿的衣服。「二、二叔……」

「慢慢說，不急。」

「我、我娘，不、不見了。」丁異慌亂得不知如何是好，手都是抖的。

安其滿也嚇了一跳，小聲問道：「家裡都找過了？茅房呢？」

丁異點頭，淚花已在眼眶裡打轉。

「別急，在村裡找找，興許是出門打醬油醋了。」安其滿安撫道。

丁異用力搖頭，磕磕巴巴地講著。「帶、帶，走了，衣裳，新、新織的布，剪爛了。」

這是真跑了！安其滿心思百轉，要丁異沈住氣，兩人回了村南的新家。

蹲在小菜園裡拔草的雲開抬頭，見爹爹拉著丁異快步進屋，也跟了進去。

「丁異他娘又跑了。」安其滿跟媳婦兒說道。

梅氏慌得小簍子都掉在地上。「啥時候的事？」

安其滿看著丁異，丁異搖頭。「我、我，睡著，了。」

梅氏慌得直轉圈。「那也就是這一個多時辰的事啊，怎麼辦，我們該怎麼辦？」

安其滿臉色凝重地問丁異。「丁異，這事你想怎麼辦？你要是想去找，二叔現在就召集村人；你要是不想找，二叔就當不知道，你也當不知道，現在就回藥谷去。」

丁異低著頭，豆大的淚珠一顆顆地砸在石板上，摔得稀碎，半天才說了一句。「能，跑得，了，嗎？被、被抓回，來，怎麼，辦？」

安其滿也嘆口氣。

以前朵氏也趁著丁二成不在家時跑過幾次，每次都被丁家人抓回來，捆在樹上狠狠地抽，最後一次差點要了她的命。或許是被打怕了，所以這幾年她消停待在家裡，沒再跑過。這次若是再被抓回來……

梅氏也掉了淚。「丁異啊，聽嬸兒一句，你娘想走就讓她走吧，被抓回來也是她的命。可萬一走了呢，她去哪兒也比在這兒強。」

雲開覺得娘親這話沒毛病，朵氏跟丁二成生活在一起確實是遭罪。可她就這麼走了，丁異呢？她就一點也不把這個親生兒子放在心上嗎？

丁異默默點頭。

「不找了，是嗎？」安其滿追問道。

丁異開口了。「不。」

安其滿又問：「你想過沒有，你娘這次要是真的走了，你們母子倆這輩子或許就見不著了。」

又有淚滴落在地上，丁異又點了頭。

安其滿嘆口氣。「既然這樣，咱們就當不知道這事。等你們家人發現了問起來，你就說你走的時候你娘還在，別的不能多說，知道不？」

丁異再點頭。

「別難受，你以後當了神醫能到處去，說不定你們母子還能遇著呢。」梅氏安慰丁異。

雲開拉了丁異道：「回藥谷吧，我送你一段。」

看著兩個孩子手拉手走出家門，爬上山坡，梅氏的眼淚撲簌簌地掉下來。「真是造孽啊……」

待繞過山頭沒人能看到也沒人能聽到時，雲開停住，拍了拍丁異的肩膀。「難受就哭吧，別憋著。」

丁異把小腦袋壓在雲開的小肩膀上，哇哇大哭。

雲開抬頭看著滿天的雲朵，眼圈也紅了。

等丁異哭夠了，雲開才遞上帕子讓他擦了擦臉。「你是不是把掛珠給你娘了？」

丁異點頭。

那串菩提子加寶石的掛珠應該挺值錢的，想必這也是朵氏逃走的很大一部分底氣吧。不過她一個不會說話、還長得那麼漂亮的小婦人，帶著串珠子又能去哪裡換錢，當鋪嗎？

「住持贈珠的時候說了，它會保佑你平安順遂。現在你娘帶著也會平安順遂，會沒事的。」雲開只得如此安慰丁異。

丁異微微點頭，然後又哭了。「娘，不、不要，我了。」

雲開也心酸啊，丁異裝得再穩重，也不過是個九歲的孩子罷了。她摸著他的腦袋安慰道：「你娘不是不要你了，她是跟你爹生活在一起，被關在那個小院子裡活得太痛苦，所以才走了。她不帶著你，是想讓你跟神醫好好學醫術，以後才有出息。」

丁異還是哭，一直哭到太陽西下，才回了藥谷。

雲開轉過山坡打算回家，卻見爹爹正蹲在地上拔草，旁邊堆起來的草垛已經比她還高了……

安其滿拍拍身邊的背簍，讓雲開過去坐。

雲開坐在倒扣的背簍上，她爹就一臉嚴肅地開口了。「開兒，丁異他娘這次估計是找不回來了。丁異跟誰都不親近，就跟妳還能玩到一處，爹估摸著以後他就拿妳當主心骨了。」

雲開點頭。

「爹也不反對妳跟他玩，不過有句話，爹可得跟妳說明白了。」

「爹說。」雲開乖乖聽著，想著爹爹可能是怕丁二成發現朵氏不見了，鬧起來開罪丁異，自己會替丁異出頭吧？

安其滿咳嗽一聲。「妳娘是掏心窩子地對妳好，爹估摸妳想做什麼事，就算她開始不同意，妳跟她多磨幾回她就什麼都會答應妳。爹今天先把話放在前邊，到時候妳也別去磨妳娘，磨了也沒用。」

雲開忍不住笑了。「爹爹到底想說什麼就直說吧，在女兒心裡，爹跟娘一樣重要。」

安其滿點頭。「丁家家風不好，丁二成又實在不是個東西，所以就算丁異不壞，就算他是神醫的徒弟，爹也不會把妳嫁給他！」

雲開瞪大眼睛。

安其滿虎著臉道：「這話妳記在心裡，就算讓妳在家當一輩子的老姑娘，爹也不會讓妳嫁給丁異！」

「爹——」雲開回過神，倍感無奈和溫暖。

「嗯？」安其滿虎著臉用力薅草，生怕這丫頭跟他擰著來，生怕她撒嬌磨人，若是那樣，不說媳婦兒，就是他也會心軟，不過這事沒得商量！

「女兒根本沒想過要嫁給丁異啊，我才幾歲，他才幾歲？」自己是換了芯的不算，丁異可是貨真價實的九歲啊。她就算再變態，能對一個九歲的小屁孩有什麼想法？

「那就現在想。」安其滿不許她打馬虎眼。

雲開見爹的臉實在難看，趕忙安撫道：「好，女兒現在想……女兒拿丁異當弟弟，在心裡也只拿他當孩子看。他現在是依賴我，等過幾年大了、穩重了，就不會這樣了，爹放心吧。」

安其滿這才算安了心。「咱回家吧，別讓妳娘等急了。」

說完他開始往背簍裡塞草，裝滿一背簍後便帶著雲開下山回家，又跑了三趟才把自己剛心慌意亂薅的草全揹回去。

看著一院子的草，雲開就忍不住地笑。「這下好了，接下來兩天的豬草都有了，剩下的曬乾，冬天也夠豬吃兩天的。」

梅氏愁眉苦臉的。「妳還笑得出來，娘都快嚇死了。」

雲開勸道：「咱們就當什麼事都沒發生過，而且是真的什麼都沒發生過，不是嗎？」閨女的心咋就這麼大呢？梅氏轉佛珠，嘴裡不住念叨著。「但盼著丁二成晚幾天回來才好。」

他回來得越晚，朵氏逃出生天的可能性就越大。

接下來的四天，雲開一家每去老宅看望厲氏送東西，都會不由自主地向丁二成家緊閉的大門看一眼。

「但願這四天的功夫她已經跑遠了。」梅氏剛說完，就聽村中央傳來一陣緊急的鐘聲，召集全村人集合。

梅氏的心不由得揪了起來。「丁二成回來了？」

「別多想，我去看看。」安其滿站起身，大步往外走。

雲開本想跟著去的，但見娘親坐臥不安的模樣，便留在家中陪她一起等著。

安其滿去了約莫一頓飯的功夫就回來了。「丁二成沒回來，是丁大成發現丁二成家的煙囪今天早上沒冒煙，讓他媳婦兒去看了看才發現了。丁家人找了里正，里正讓他們去告官，派了人去藥谷找丁異，又安排村人四處找，我得跟著去，天黑前回來。」

梅氏懸著一顆心。「你跟誰一道去？」

「曾林哥還有咱哥。」

「路上說話要小心，我和開兒等著你回來吃晚飯。」梅氏匆忙裝了水葫蘆，遞過去。

安其滿走後，雲開琢磨著朵氏會有什麼打算。

不管丁家人以什麼理由告官，朵氏的戶籍都不能用了。沒有戶籍和衙門開的路引根本就走不遠，就算朵氏僥倖走遠了，她要住店也得用戶籍。若是要在村莊或城鎮落腳常住，除了這兩樣，還得有合適的理由，要麼經商，要麼做工，要麼投親。

她容貌出眾，又是個啞巴，目標太明顯，經商和做工都不可能，那只能是投親了。那也就是說她這次逃走有投靠的人，如果沒有這個人，她早晚會被抓住，那麼誰有可能會幫她呢？

——未完，待續，請看文創風768《小女金不換》2

2019年7月出版

悍妞降夫

文創風 765～766

鄉下來的又如何，別以為這樣就能糊弄人！
有哪個女人喜歡拿著把斧頭張牙舞爪的像個母夜叉？
可她就是氣不過，明明是他們有求於人，架子竟然比她還大……

布局精巧 寫實高手／曼繽

黃英覺得自己上輩子不曉得是燒了什麼樣的「好香」，
就這麼嫁進一個表面大度有禮、實則迂腐不堪的「名門世家」，
丈夫時時掛念著陰陽兩隔的無緣未婚妻不說，
長輩與下人也全都拿她當笑話看，
讓她這個集率真、單純、善良於一身的小女子不得不武裝自己，
變成眾人眼中只會無理取鬧的野丫頭。
在黃英歷經千辛萬苦、總算獲得一些尊重的時候，
卻得知他們夫妻不過是棋盤上的兩顆棋子，
目前所有美好的一切都可能在轉瞬間灰飛煙滅、消失無蹤，
意志力驚人如她，也不禁陷入了迷茫之中……

小女金不換 1

國家圖書館出版品預行編目資料

小女金不換 / 君子羊著. --
初版. -- 臺北市 : 狗屋, 2019.07
冊 ; 公分. --（文創風）
ISBN 978-986-509-024-1（第1冊 : 平裝）. --

857.7　　　　108008607

著作者	君子羊
編輯	李佩倫
校對	黃薇霓　周貝桂
發行所	狗屋出版社有限公司
地址	台北市104中山區龍江路71巷15號1樓
電話	02-2776-5889～0
發行字號	局版台業字845號
法律顧問	蕭雄淋律師
總經銷	知遠文化事業有限公司
電話	02-2664-8800
初版	2019年7月
國際書碼	ISBN-13　978-986-509-024-1

本著作物由廣州阿里巴巴文學信息技術有限公司授權出版

定價250元

狗屋劃撥帳號：19001626

網址：love.doghouse.com.tw　E-mail：love@doghouse.com.tw